ДИАНА МАШКОВА

ПРОДОЛЖАЕТ ТРАДИЦИИ ФРАНСУАЗЫ САГАН.
ТОНКОЕ СОЧЕТАНИЕ НЕЖНОСТИ С СУРОВОСТЬЮ,
УМА С ЧУВСТВОМ, ГЛУБОКОГО ПСИХОЛОГИЗМА
С ПРОСТОТОЙ И ЯСНОСТЬЮ ЯЗЫКА ДОСТАВИТ
НАСЛАЖДЕНИЕ КАЖДОМУ

═══════

ВКУС НЕБА

ТЫ, Я И ГИЙОМ

НЕЖНОЕ СОЛНЦЕ ЭЛЬЗАСА

ДОМ ПОД СНЕГОМ

ПАРИЖСКИЙ ШЛЕЙФ

ЖЕНЩИНА ИЗ ПРОШЛОГО

ЛЮБОВНЫЙ ТРЕУГОЛЬНИК

ОНА & ОН

ОБАЯТЕЛЬНАЯ ВЕРА

ДОЧКИ-МАТЕРИ

Я ХОЧУ БЫТЬ С ТОБОЙ

ЕСЛИ Б НЕ БЫЛО ТЕБЯ

ДИАНА МАШКОВА

ЕСЛИ Б НЕ БЫЛО ТЕБЯ

роман

ЭКСМО

МОСКВА
2014

УДК 821.161.1-31
ББК 84(2Рос=Рус)6-44
М 38

Художественное оформление серии *С. Власова*

На переплете используется фоторабота *Елены Мартынюк*

Машкова, Диана.

М 38 Если б не было тебя : роман / Диана Машкова. — Москва : Эксмо, 2014. — 320 с. — (Дела семейные. Проза Д. Машковой).

ISBN 978-5-699-72699-8

Семья, достаток, любимая работа — все это было у Маши Молчановой. Однако покоя в душе она не находила. Какой толк от личного благополучия, если рядом так много несчастных брошенных детей, обреченных на одинокую жизнь в детском доме? Маша мечтала помочь хотя бы одному такому ребенку... Но ее терзали сомнения: вправе ли она брать на себя такую ответственность, справится ли с тяжелой ношей? Ведь и у нее самой не все благополучно: дочь-подросток не поддается контролю, с мужем случаются ссоры. Их семейный корабль хоть и не идет ко дну, но время от времени попадает в жестокие шторма... А если она не сможет сделать счастливым маленького человечка? Если и ее близким, и приемному малышу станет только хуже?

УДК 821.161.1-31
ББК 84(2Рос=Рус)6-44

ISBN 978-5-699-72699-8

ПРЕДИСЛОВИЕ АВТОРА

Эту книгу я писала, наверное, всю свою сознательную жизнь, а не только те два года, что работала непосредственно над текстом. Главы переписывались и менялись по многу раз, синхронизируясь с событиями... жизни. Материалов, взятых напрямую из нашей реальности — личных встреч, интервью, пройденных процедур, собранных бумаг, заполненных бланков, — становилось все больше. Со временем добавились свидетельства и документы, за которые я глубоко благодарна людям, поделившимся ими. Например, одним из таких документов стало письмо отца к будущему сыну, которое читатель найдет в конце первой части. Я привожу его полностью, без изменений и правок. Разумеется, с разрешения автора, который пожелал остаться неизвестным.

О ком эта книга? О детях без родителей и о взрослых, которые хотят им помочь. К счастью, таких людей очень много — в этом я убедилась, общаясь с друзьями, знакомыми и просто случайными собеседниками. Мне тоже близка эта идея: если человеку удалось справиться с собственной жизнью, добиться благополучия, самое верное — начать помогать другим. Конечно, на деле приходится договориться не только с самим собой, но и с окружающим миром, в котором бытует немало стереотипов. «С ума сошли?! — услышали мы с мужем от самых близких людей, когда впервые поделились своими планами усыновить ребенка. — У вас уже есть дочка. Родите еще». Попытки объяснить, что желание помочь малышу не связано с потребностью произвести на свет нового человека (кстати, одно не исключает другого), к результату не привели. И это — наглядная иллюстрация ошибочного убеждения, которое глубоко укоренилось в нашем обществе: если пара не бездетна, ей незачем усыновлять. Насколько могу судить, идея о том, что воспитывать сирот должны те, у кого по каким-то причинам не получается родить, успешно прижилась только в российских умах: во всем мире охотно усыновляют пары, у которых биологические дети уже есть. И это логично. Во-первых, при наличии опыта воспитательных удач и ошибок найти контакт с приемным ребенком становится легче. А во-вторых, желание помочь маленькому человеку, на мой взгляд, ничем не хуже потребности иметь детей.

Рождение и усыновление вполне можно совместить. В идеале — это два равноправных способа пополнения семьи. Правда, очень часто усыновлению мешает еще одно распространенное предубеждение: «чужого не полюблю». Откровенно говоря, и меня оно изрядно нервировало, даже пугало. Пока на практике очередной стереотип не превратился в пустой звук: малыш, с которым проводишь дни и ночи, очень быстро становится родным.

Ребенок без родителей — это всегда беда. Причем не только для отдельно взятого маленького человека, но и для общества в целом. За каждой такой судьбой стоит трагедия: потеря близкого человека, распад семьи, крайняя бедность, тяжелая болезнь, пагубная зависимость. То, что в нашем многоликом и переменчивом мире может случиться с каждым. Если не найдется человека, который сумеет поддержать и спасти, результат всегда будет одним и тем же: одиночество и ненужность. Мы успели привыкнуть к формуле «всем невозможно помочь». Да, это так — до тех пор, пока речь идет об усилиях одного человека. Но если у каждого взрослого, который когда-либо задумывался о детях без родителей, в голове будет мысль: «Помогу хотя бы одному», — многие проблемы удастся успешно решить. Надеюсь, часть ответов на вопросы, которые неизбежно возникают у людей, которым небезразличны судьбы детей-сирот, читатель найдет в этой книге.

Последние строки я дописывала в Болгарии: в очередной раз не успела закончить все, что планировала, в Москве. Утром и днем, насколько это было возможно, погружалась в работу, а вечером мы с детьми — четырнадцатилетней Нэллой и десятимесячной Дашей — ходили на пляж. И там, на золотом песке, под нежным вечерним солнцем, то и дело раздавались гневные окрики, раздраженное шипение и яростные шлепки. «Она по-другому не понимает!», «Я ему тысячу раз говорил!» — такие знакомые русские слова. Наверное, иначе действительно не получается, если самих родителей воспитали так же. Если и они в детстве казались взрослым помехой, раздражали мать и отца. Такие сцены в тысячный раз убеждают: нельзя прекращать разговора о детях. Иначе есть опасность навсегда застрять в перевернутом мире, где белое кажется черным, а черное — белым.

Искренне благодарю всех, кто причастен к созданию этой книги. Огромное спасибо приемным родителям за их опыт — которым я воспользовалась наряду со своим собственным. Отдельная благодарность школе приемных родителей при Центре социальной помощи семьям и детям «Берегиня» города Москвы, ее преподавателям Венере и Ирине, а также клубу приемных родителей «Счастливые сердца» и нашим многочисленным новым друзьям, которые появились благодаря общей цели. Особенно низкий поклон Сергею и Светлане, замечательным и близким для нас людям, которые тоже уже встретили и усыновили своего малыша. От всего сердца благодарю отца 23 детей Романа Авдеева, беседа с которым дала мне возможность многое понять. Недавно созданный Авдеевым фонд «Арифметика добра» объединяет всех желающих помогать детям-сиротам и поддерживает усыновителей. Огромная благодарность Светлане Сорокиной за добрые слова и за опыт, которым она со мной поделилась. Спасибо моей дорогой подруге Татьяне Федоровской за участие и поддержку. Громадное спасибо моей семье, особенно родителям, за любовь и приятие. Глубокая благодарность мудрому человеку, большому профессионалу — ответственному редактору книги Ольге Аминовой за многие годы радости от совместной работы, душевность, понимание, огромный труд и неисчерпаемую веру в лучшее. Спасибо всем, кто помогает приемным родителям на их непростом пути, не остается равнодушным, старается поддержать. Нам посчастливилось встретить немало прекрасных добрых людей в органах опеки, в детских учреждениях — повсюду, в разных городах нашей страны. Нельзя не вспомнить и тех, кто, напротив, вставлял палки в колеса, пытался унизить и запугать: без этих людей книга не была бы правдивой.

И самая глубокая благодарность — моему мужу Денису. Время окончания работы над романом совпало с особенным для нас юбилеем: 20 лет назад мы познакомились и 18 лет назад поженились. За эти годы было много всего: я бы сказала, прошло несколько жизней. К счастью, мы научились поддерживать и понимать друг друга, сумели пойти рука об руку к общим целям. Любимому мужчине, верному другу, надежному защитнику и первому читателю посвящается эта книга.

> Кто ошибется, кто угадает,
> Разное счастье нам выпадает,
> Часто простое кажется вздорным,
> Черное белым, белое черным.
>
> *Михаил Танич*

ЧАСТЬ 1

Глава 1

Она визжала, в ярости выдирая на себе волосы. Сквозь рыдания пробивалось безнадежное: «Господи!» — пьяный крик отчаяния, от которого кровь стыла в жилах. Вопль мешался с тоненьким детским плачем и грохотом поезда — состав несся мимо придорожной хибары, от которой та сотрясалась точно в конвульсиях. Обезумевшая женщина, размахивая руками, опрокинула со стола полную кастрюлю, и помойная жижа, с кусками и сгустками, полились на пол. Из зловонного месива вдруг вынырнуло крохотное полупрозрачное личико. Истеричная женщина выдернула девочку из-под стола и поставила перед собой.

Ребенок кричал от ужаса. Мать крепко держала дочь за шкирку и с ненавистью отвешивала пощечины. Кровь проступила на лопнувшей губе девочки, на лбу появились алые ссадины. Нечеловеческим усилием малышка вырвалась и побежала... «Господи, зачем я тебя родила?! — слова, перекрывая грохот состава, лавиной обрушились на ребенка. — Лучше бы ты умерла-а-а».

Люба остановилась как вкопанная и зажмурилась, вздрагивая всем телом...

Растаяли титры, погас экран. Зловещую тишину в аудитории нарушало только веселое чириканье воробья, который праздновал весну за настежь раскрытым окном. Пристыженные взрослые сидели, не шелохнувшись.

— Что можете сказать о ребенке? Как поведете себя, если такая девочка придет к вам в семью?

Преподаватель задал вопрос. Ученики молчали: что ни скажи, все прозвучит фальшиво.

Маша вздрогнула, заметив, что муж поднял руку. Ее ладонь непроизвольно дернулась, но осталась лежать на месте. Она не имела права его останавливать, они оба взрослые люди.

По-военному строгий голос Олега заполнил аудиторию.

— Девочка психически больна, — докладывал обстановку капитан, — у нее ненормальные игры. Извращенные. Жалко, конечно, ребенка, но только...

Он громоздил диагнозы один на другой. Щеки жены стали пунцовыми, губы задрожали, но оратор этого не замечал. Он с упоением продолжал монолог.

Зажмурив глаза, Маша ждала, когда муж догадается сказать о главном: не было вины Любы в том, что она не знала другой жизни. Во что ей играть, как не в побои, перемешанные с болезненными приступами нежности, и не в насилие, которое выдают за материнскую любовь? Эта девочка умнее и способнее многих других, взращенных в тепле и заботе. Маша собственными глазами видела, как старательно мела она пол в своем воображаемом доме, как деловито обучала куклу по выдуманной азбуке, бережно стирала в реке намокшее под ливнем платье. Она здоровый умный ребенок! Разумнее многих, которым самые близкие взрослые, те, что обязаны защищать и любить, не наносили душевных и физических ран. Но она другая — рожденная в параллельном мире. Обычные мужчины и женщины не в силах ни изменить эту искореженную реальность, ни принять ее.

Инквизитор вынес свой приговор. Теперь Маша уже не сомневалась, пламенная речь была предназначена именно ей. Олег делал все, чтобы она одумалась. Как всякий нормальный мужчина, защищал личное пространство, частью которого была и жена — от чужой беды. Ее и так немало выпало на их долю.

— Ребенок болен, — резюмировал капитан, — ему смогут помочь только врачи.

Зашуршали, зашелестели осмелевшие голоса. Олег задал тон, и люди его подхватили. Маша отключила слух — давно научилась делать это благодаря профессии, и стала по журналистской привычке искать в своем телефоне фильм. Ролан Быков «Я сюда больше никогда не вернусь», 1990 год. Картине больше двадцати лет. Она наделала много шуму за рубежом, завоевала десятки фестивальных наград, вот только в родной стране осталась незамеченной. Даже Маша, много лет назад самонадеянно решившая стать приемной матерью, не слышала о ней ничего.

С момента съемок прошло почти четверть века, а ситуация с детьми стала лишь хуже. Маша знала статистику: за последний год в детских домах прибавилось 118 тысяч детей, на попечении государства оказалось больше 800 тысяч сирот. После войны, в 1945 году, эта цифра была много меньше. А ведь есть еще миллионы беспризорников, которые бегут из неблагополучных семей, чтобы не погибнуть от руки пьяницы — отца или матери. Никто не ведет им счет.

В фильме Быкова шестилетняя Нина Гончарова сыграла саму себя. Ни толики актерского мастерства, только правда. У Маши закружилась голова... Она читала о Нине, а в ушах набатом звучал детский лепет, в котором проскальзывали чудовищные слова. От их радостного ксилофонного звона барабанным перепонкам становилось больно.

Чтобы заглушить невыносимый голос внутри, Маша позволила внешним звукам вернуться. Ораторы добрались уже до матери Любы: «Она «должна была думать», «обязана была позаботиться». Будущие приемные родители незаметно для себя забыли неудобный вопрос о том, что делать, когда такая девочка Люба придет к ним в семью. Нашли убежище в излюбленном русском вопросе «кто виноват?». Но разве мать, которая сама наполовину мертва, в состоянии поддерживать жизнь в ребенке? Разве на крик женского отчаяния не найдется тут же ответ: «нарожала — воспитывай»? Принято считать, что каждая женщина обязана справиться с приплодом сама. А ведь многие, безденежные, потерявшие надежду, не в состоянии в одиночестве растить детей — у них нет на это ни физических, ни душевных сил.

Непрошеные мысли заставили Машу вздрогнуть. Она вдруг подумала о собственном, глубоко запрятанном, сходстве с экранной матерью Любы. Неважно, что свой период отчаяния она пережила много лет назад: у таких разрушительных чувств нет срока давности. В отличие от тех, кто ни разу в жизни не лежал распятым на родильном столе, она прекрасно знала, что у любой женщины есть шанс скатиться на самое дно, пока ее дети слишком малы, чтобы самостоятельно выжить. Не случайно природой устроено так, что для появления нового человека нужны именно двое. Бессмысленно отрицать мужские и женские роли — продолжение рода требует обоих полов. А значит, проблема сиротства уходит корнями гораздо глубже очевидной чиновникам безответственности пьющих и больных матерей. Чем сильнее расшатан пресловутый институт семьи, тем чаще наши дети — с каждым годом их становится все больше и больше — остаются сиротами при живых родителях.

Аудитория опустела. Олег первым вышел на свежий воздух. Вокруг надрывались птицы, ароматы едва народившейся листвы мешались с городскими запахами: выхлопных газов, человеческого пота и горячего хлеба. Олег глубоко вздохнул, подняв к небу лицо.

— Хорошо!

— Воздуха не хватает...

— Марусь, не капризничай. — Он обнял жену за плечи. — Через полчаса будем дома. Хочешь, заедем за мясом, приготовлю шашлык?

Маша вывернулась из его объятий.

— Почему ты сказал, что на девочке надо поставить крест?

— Женский алкоголизм не лечится. — Он наморщил лоб, не желая возвращаться назад, в ненавистную аудиторию. — А, как известно, яблоко от яблони...

— Не будь ханжой! Я тебе миллион раз объясняла: лечится, как и любой другой. При условии, что кто-то будет поддерживать и любить. И по наследству не передается!

— Не убедила.

— Тогда что мы с тобой здесь делаем?

— Вопрос не ко мне.

— Но мы же давно все решили. Если начали, нельзя отступать. Дети не должны...

— Закрутилось-понеслось. — Олег раздраженно закатил глаза так, что под веками устрашающе сверкнули только белки, и отвернулся.

— Нет, ты послушай! Ребенок не виноват, что его мать не справилась. Ему нужна помощь, а не клеймо.

— Ты сейчас кого пытаешься убедить? — перебил он ее нетерпеливо.

— Тебя.

— Да? А мне кажется, саму себя.

Маша ответила не сразу, за несколько секунд молчания ее запал пропал.

— Я тоже живой человек, — прошептала она, — и у меня есть сомнения.

— Так вот ты сначала с ними разберись. А потом втягивай остальных. Второй месяц я трачу на эти бредовые занятия каждый свой выходной. Я устал. Я хочу обо всем забыть.

Олег сорвался с места и, запрыгнув в машину, резко повернул ключ зажигания. Маша едва успела забраться в салон следом за ним. Автомобиль зарычал разъяренным зверем и вылетел на дорогу, едва не столкнувшись с испуганно затормозившими «Жигулями».

Муж и жена ехали молча. Олег сосредоточенно рулил и нажимал на педали. Маша, отвернувшись от него, смотрела в окно на утопающую в первой зелени Москву. Лицо Любы все еще стояло перед глазами. Ролан Быков решил, что девочка отправится на небеса — дети не могут так жить. Но сама-то Нина никуда не исчезла. Похоронив, одного за другим, сестру (в этой, первой, смерти мать обвинила ее), брата и мать, она оказалась в детском доме, где и выросла. Как могла. Вовсе не для того, чтобы стать счастливым человеком...

Маша словно все еще видела на экране полупрозрачный наморщенный лобик Любы и ее раскосые глаза, в то время как за стеклом автомобиля проплывали вывески ресторанов. Возле каждого замерли в ожидании автомобили с блестящими боками. Хозяева «Лексусов», «Мерседесов» и «БМВ» наполняли субботние залы веселым гомоном и сигаретным дымом. Успешные люди отдыхали от великих трудов. Маша завидовала их заслуженной праздности: в отличие от нее самой этим хорошо одетым мужчинам и женщинам не мерещилось каждую секунду, что где-то рядом, невидимые и неслышимые в городской суете, плакали от родительских побоев маленькие Любы. Сотни тысяч Люб.

Маша закрыла глаза — слишком четко проступили сквозь лобовое стекло детские лица. Она не могла утихомирить подлое воображение: в каждой хмурой мордашке встречала серьезный младенческий взгляд собственной дочери. Кто угодно мог осуждать плохих матерей, всякий имел на это право. Но не она. Ей было слишком хорошо известно, как непросто справиться с жизнью...

Месяцы учебы в школе приемных родителей подходили к концу. Бесконечные размышления об усыновлении мешали ночами спать, но Маша до сих пор не приняла решения — только убедилась в собственной трусости. Она не справится с приемным ребенком точно так же, как не сумела стать достойной матерью своей дочери. Малыш снова изменит ее жизнь. Поставит все с ног на голову, как это сделала Дашка. К тому же другой ребенок, явившийся не из ее чрева и не от семени мужа, может оказаться человеком с характером, которого ни она, ни Олег не сумеют принять. И ничего нельзя будет с этим сделать. Темперамент определяется не воспитанием, только генами. А если к тому же он возненавидит новых родителей? Если станет испытывать их на прочность, провоцируя скандалы и даже побои? Маша знала, что так поступают все, перенесшие насилие, дети. Как долго они с Олегом смогут терпеть такое? Даже их Даша, ребенок, не знавший ни жизни в детдоме, ни побоев, выдает порой такие номера, что не многие родители выдержат. И они с Олегом порой срываются на позорный крик. Но как быть, если на месте провокатора окажется другой, не родной им по крови человек?

Взять малыша из детского дома, а потом, обессилев, вернуть — много хуже того, чтобы не ввязываться в это дело вообще. Никто не умрет, если они с Олегом, как большинство нормальных людей, перестанут подпускать к себе мысли о чужих детях. Есть в конце концов ответственность государства. Есть налоги, которые они платят исправно. На эти деньги и должны содержать сирот.

«Умрет, — болезненной мыслью пронеслось в голове, — еще как умрет».

Чертовы книги! Нужно было меньше читать о том, что большинство младенцев, брошенных матерями, тихо угасают, не дожив до полугодовалого возраста. Еда, тепло и уход в достатке здесь ни при чем — грудные дети не могут справиться с одиночеством. Ребенок делает выбор, заложенный природой: если не можешь добиться внимания взрослого, который поможет вырасти, откажись от жизни, умри. И он погибает от тоски — в роддоме, в больнице, в доме ребенка. Сколько их, ушедших, не помнит никто.

Чтобы выжить, малышу нужен свой человек. Тот, кто придет на плач, возьмет на ручки, посмотрит в глаза. Работники дома ребенка знают — стоит встретиться с младенцем взглядом, и он начинает надеяться. Ждать. Но у нянечек и медсестер есть свои дети, не могут они забрать домой и этих, чужих. А потому стараются не смотреть на тех, кто все прибывает и прибывает — непрекращающимся потоком. У отверженных два пути. Первый — лежать бревном и бессмысленно смотреть в потолок. Перестать со временем есть, отказаться спать, стать слабым и не сопротивляться инфекциям. Даже самый банальный насморк приводит маленьких смертников к избавлению от ненужности, холода и тоски. Такие дети не плачут, они понимают: к ним никто не придет.

Другая дорога ждет того, кто родился с большой волей к жизни. Он борется всеми силами. Не поддается одиночеству, тугому пеленанию, бессмысленному течению времени. Он во всем отстает от своих «домашних» сверстников — ему никогда не позволяли двигаться, не разговаривали с ним, не дарили ласк. Эти борцы за жизнь не умеют ходить к двум годам, к пяти еще не говорят, чем зарабатывают один за другим устрашающие диагнозы. Они сопротивляются смерти и успокаивают сами себя в кроватках, раскачиваясь из стороны в сторону, словно маленькие сумасшедшие. Но они верят. В жизнь и в человека, который когда-нибудь придет, чтобы забрать их ДОМОЙ.

— Приехали. Ты собираешься выходить?

От неожиданности Маша вздрогнула.

— Прости, — Олег положил горячую ладонь на острое колено жены, — не хотел тебя напугать.

Маша только сейчас заметила, что они уже у дверей.

— Ничего...

Он выключил двигатель, вылез из-за руля и обошел машину, чтобы помочь выйти жене.

— Ты хорошая, — Олег осторожно сжал узкую ладошку и вытянул Машу из машины.

— Сам знаешь, что нет.

— Пойми, всем не поможешь. Чего мы добьемся? Одного заберем. Поставим с ног на голову собственную жизнь. А там останутся сотни тысяч других.

— И что же нам делать?

Он выразительно посмотрел на нее.

— То, что должно.

— Я и пытаюсь!

— Нет. Это ошибка. Займись собственной семьей. Воспитывай Дашку. Ей нужна нормальная мать. Не уставшая, не издерганная.

— Это укор?

— Это здравый смысл! Ты уверена, что не сделаешь хуже? Дашке, мне, себе и тому, другому, ребенку?

— Не уверена...

— Тогда просто не лезь! Лучший принцип: не навреди.

Маша опустила глаза. Губы ее дрожали, но она сделала над собой усилие и не проронила ни слова. К чему им еще одна смертельная ссора? Скоро она и сама — без помощи постоянных в последнее время скандалов — сойдет с ума.

Глава 2

В тот момент он еще не знал, что его назовут Андрюшкой. Вообще ничего не знал кроме спокойствия удобной позы и безмятежного бытия — того, что предшествует основному. Зато многое чувствовал. Ощущал каждое движение мамы и даже перемены ее настроений — как землетрясение или шторм. Хотя штормило не часто: Андрюшке везло. Мама у него оказалась тихая, сидела на одном месте, старалась не шевелиться и даже не думать.

А он в это время блаженствовал — засыпал под гул голосов и покачивался с каждым плавным движением. Только изредка приятная полудрема прерывалась. Накатывала вдруг такая тоска... Мама начинала рыдать, а он бил ее изнутри кулаками, пинался. Но и в такие дни она находила, чем себя успокоить. Покупала бутылку дешевого вина, быстро хмелела, и Андрюшка забывался вместе с ней.

А теперь вот покой нарушился безвозвратно. Все вокруг всколыхнулось, закружилось и стало давить, как тиски. Мучительно. Больно. Бедная головка младенца готова была лопнуть от напряжения: как он ни сопротивлялся, а неведомые силы выталкивали ее вон. Она застревала на каждом миллиметре, казалось, еще чуть-чуть, и расплющится. Так плохо и страшно Андрюшке не было еще никогда. Помимо воли он поворачивал головку, чтобы продвинуться вперед. Сначала — вбок, словно глядя на плечо, потом — вниз, подбородок к груди. По-другому было нельзя — сверху изо всех сил подгоняли. Темечко снова уперлось, но уже во что-то мягкое. Мягкое подождало и поддалось. Андрюшка протиснулся наконец благодаря чьим-то рукам на божий свет.

Свет оказался резким и злым. Андрюшка больше не чувствовал маму. Хотел или нет, а пришлось совершить много движений сразу: расширить ноздри, поднять грудь, открыть рот. Обжигающий воздух ворвался в легкие, с силой расширив их. Он сморщился от боли и что было мочи заорал. Воздух раздирал крошечное тело изнутри. А потом перерезали пуповину.

Его обтирали, мыли, переворачивали. Смотрели, слушали, мяли. Вокруг происходило столько всего и сразу, что закружилась голова. Андрюшка заморгал и закрыл глаза, чтобы спастись. Режущий свет безжалостно бил даже сквозь веки. Больше всего на свете сейчас он хотел вернуться назад, к маме, и вместе с ней провалиться в привычный спокойный сон.

Не тут-то было. Пугающие звуки валились со всех сторон. Крики людей, лязганье инструментов, хлопанье дверей, топот ног. Он поневоле открыл глаза. Прямо над ним замерли две расплывчатые фигуры в белом.

— И как? — пожилая медсестра с любопытством разглядывала ребенка.

— Девять баллов. Отлично. — Молодая врач-педиатр закончила оценку по шкале Апгар.

— Надо ж! — медсестра возмутилась. — Отчего таким никчемным мамашам достаются такие хорошие детки?!

— Тише вы, тетя Надя, — оборвала педиатр, — роженица услышит!

— А мне-то что? — старуха воинственно огрызнулась. — Где справедливость? Танька моя с Егором сколько лет мучаются. Оба при высшем образовании. И обследовались, и готовились, а никак. Выкидыш за выкидышем. И ЭКО не помогает. Четыре года подряд!

— Пусть усыновят, — спокойно посоветовала врач.

— Типун вам на язык, Василиса Петровна! Кто ж знает, какие там гены?!

— На вас никак не угодишь...

— А я вот и размышляю. Есть Бог или нет? Зачем пьяницам да наркоманкам каждый год рожать? Эта Катька пятый раз у нас, и еще — окаянная — придет.

— Наверное, Бог дает им детей, чтобы одумались.

— А-а-а, — тетя Надя бросила на родильный стол презрительный взгляд, — такие одумаются! Мне вот дитя жалко, и только.

Андрюшка слушал голоса то морщась, то щурясь, а потом провалился в полуобморок-полусон. Старая Надя пожалела его: взяла и без спросу положила к матери на живот. Только тогда долгожданное спокойствие к ребенку вернулось. Стало уютно, тепло — так, как нужно. Он уснул глубоким и безмятежным сном. А роженица даже не взглянула на малыша: нахмурила брови и закрыла глаза.

— Посмотри хоть разок, — не выдержала медсестра, — пацан хоть куда!

— Мне все равно.

— И этого, что ли, не заберешь?

— Некуда.

Надя специально тянула время. Думала, может, Катерина сменит наконец гнев на милость. Но та и пальцем не дотронулась до малыша. Пришлось унести его в детское отделение, уложить в прозрачный бокс. Согретый маминым теплом, ребенок крепко спал.

Пробуждение напугало Андрюшку. Он ощутил холод, гнетущую пустоту и тут же закричал. Надрывался как мог, пытаясь позвать на помощь, плакал, спасаясь от мокрых ледяных пеленок, сковавших ножки. Никто к нему не пришел. Целую вечность он орал один, до хрипоты. И только когда к его голосу присоединились все разбуженные младенцы в боксах, явилась медсестра.

Настырная Надя, несмотря на протесты уже вполне оклемавшейся после родов Катерины, притащила Андрюшку к матери и велела кормить.

— Не буду, — женщина смотрела в стену.

— Как так? Пусть подыхает?!

— Дайте смесь.

— Ты меня будешь учить?! Родила — значит, корми!

Катя скрестила на груди руки и посмотрела на настырную тетку исподлобья.

— Нет у меня молока.

От давления груди проснулись: белая жидкость намочила халат и даже прижатые к нему руки.

— Кормить станешь, придет!

— Идите уже! Не буду!

Старуха обозленно положила сверток с ребенком рядом с неразумной мамашей и вышла за дверь. Палата в изумлении наблюдала за разыгравшимся спектаклем. Ждали, когда мать наконец одумается и возьмет на руки дитя. Но Катя к нему даже не прикоснулась.

Андрюшка, оказавшись рядом с мамой, почувствовал ее аромат: молочный и пряный. Он закряхтел, задвигал головкой и стал ловить воздух губами.

— Тебя же ищет! — упрекнула Катю соседка.

— Пусть.

— Мальчик?

— Да.

— Давай себе заберу! — как маленькую, припугнула она Андрюшину мать. — У меня девочка родилась. Вдвоем веселее.

— Бери, — Катя пожала плечами.

— Ну, ты вообще, — обиделась женщина, — с тобой как с человеком...

Не ответив, мать Андрюшки плотнее запахнула халат и стремительно вышла в ванную комнату.

Она почти бежала по знакомому коридору. Торопилась как на пожар.

— Мамочка, вы куда? — молодой медбрат в голубом костюме возник у нее на пути.

— В ординаторскую.

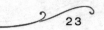

— Дорогу показать?

— Сама знаю.

Она свернула направо и прошла мимо предродовых палат, удивляясь собственному самочувствию. Пятые роды оказались легкими — пятнадцать минут на столе, и все. Осталась только неприятная слабость, но это ее не беспокоило. Пройдет. Чепуха. В первый раз, помнится, промучилась больше суток. Схватки то возникали, то замирали, стимулировать никто не думал. Кесарево делать — и подавно. Для этого врачам надо было заплатить, а у нее, обычной заключенной из женской колонии, не было ничего. Ей казалось тогда, они с малышкой обе умрут. Девочка от недостатка кислорода, а она от невыносимой и бесконечной боли. Нет, выжили. Только что толку? Все равно ребенка у нее тут же забрали, перевели в дом малютки при колонии, а самой дали чуть-чуть отлежаться и тут же в камеру. А она до сих пор не забыла чудесную белокурую девочку с вьющимися, как у деда, волосами. Даже странно, что малышка совсем не была похожа на своего отца — чернобрового красавца. Предателя.

Жгучее желание выпить вернулось так неожиданно, что она на мгновение замерла, сглатывая слюну. Скорее бы выйти отсюда.

— Можно? — постучавшись, Катя приоткрыла дверь и просунула голову в ординаторскую.

— Входите.

Женщина аккуратно протиснулась внутрь и огляделась. Из старых врачей, которые знали ее как облупленную, не было никого. За дальним столом сидела только новенькая, та самая девушка-педиатр, которая осматривала после родов ее ребенка.

— Мне нужно заявления написать. — Катька без предисловий перешла сразу к делу.

— Какие? — Василиса Петровна смотрела на родильницу с любопытством.

— Выписка под мою ответственность и отказ от ребенка.

Глаза педиатра расширились, она испуганно взглянула на дверь, словно надеясь, что кто-нибудь из коллег войдет и избавит ее от неожиданной беды.

— Присядьте. — Она встала и выдвинула для Кати стул. Сама села напротив. — Не нужно торопиться. У вас послеродовой шок. Это пройдет.

Катя усмехнулась:

— У меня пятый раз послеродовой шок. Я привыкла. Ребенка не заберу, не надейтесь. Не планировала его заводить.

— Как же так?! Если не собирались, зачем рожать?

— А, по-вашему, лучше было убить? Знаю я, как вы, «порядочные женщины», проблемы решаете — чуть что — на аборт. И шито-крыто.

— Почему же аборт? — Василиса Петровна покраснела, вспомнив четвертый курс мединститута. — Есть же противозачаточные средства, презервативы...

— И сколько эти ваши таблетки стоят?! — Катька зло посмотрела на докторшу. — Я столько не получаю.

— Но на водку-то вам хватает. — Василиса Петровна разозлилась на себя за неприятные воспоминания: надо забыть ошибку, не было у нее другого выхода, и точка. — Можно не пить!

— Можно и не жить, — парировала Катька.

— Презервативы, в конце концов! Стоят копейки.

— Вы как это себе представляете? — Катька обнажила в улыбке редкие, полусгнившие зубы. — Попробуй напялить его, если мужик не хочет.

— Господи! Выбирайте нормальных мужчин.

— Да кто ж их выбирает, — родильница пожала плечами, — попадется какой, и ладно. Выпьешь, пригреешься, можно жить дальше. А так хоть в петлю.

Она замолчала, выжидающе глядя на назойливую врачиху, которая теперь ловила ртом воздух, не зная, что сказать. А нечего так настырно лезть не в свое дело! Нашла кого лечить. Раньше надо было об этом думать. Когда Кате нужна была помощь, где все они были? С ребенком под сердцем осудили за кражу. Она только потом, отсидев, поняла, что Рустам сам это все организовал. Намеренно в тот раз сделал так, чтобы их засекли, а вина оказалась на ней — избавиться хотел. Не собирался жениться, не планировал заводить детей: попользовался девчонкой и выбросил вон, как мусор, как только стала не нужна. «Ты беременная, — убеждал он, — тебя пожалеют и выпустят. Подумаешь, жратвы украла из магазина!». Не пожалели. Впаяли по полной — устроили показательную порку, чтобы другим неповадно было. Два года отсидела в женской колонии по 158-й статье. Вышла, хотела забрать дочку и вернуться по законному адресу, но ребенок каким-то чудом из дома малютки пропал. Ей сказали, что усыновили. При живой-то матери! А может, пожалели, соврали: слабенькая уж очень малышка была... Катя долго бегала по инстанциям, пока не поняла, что все шито-крыто. Концы в воду. Ее уже запомнили повсюду, не пускали даже на порог дома ребенка и органов опеки.

Рустам тем временем бесследно пропал. Съехал с прежней квартиры, где они жили вместе с его родителями. Катька сунулась было к родной матери, но та, алкоголичка, даже на порог пустить не захотела. Ну, а дальше пошло-поехало: случайные заработки, случайные собутыльники, они же сожители. Еще раз родила. Снова девочку. Хорошо, папаша не отказался ни от нее, ни от ребенка: устроились втроем в его коммуналке. Родили еще одного. На этот раз оказался пацан. И жили вроде нормально. Ну, пили. А кто от собачьей жизни не пьет? Денег-то ни на что не хватало. Зато в отличие от собственной матери Катька своих детей пальцем не трогала. Сашка, отец, наказывал их, конечно, но в меру — только если очень уж доставали. Но соседи, похоже, настучали в милицию. Детей у них отобрали, а Катьку — теперь уже официально — лишили родительских прав. Долго после этого они с Сашкой не протянули, и она снова оказалась на улице. А там один, второй, двадцать пятый. От кого рожала четвертого ребенка, Катя уже и вообразить себе не могла. И дальше по накатанной...

Она смотрела поверх аккуратно зализанной макушки врачихи и ждала, когда та наконец образумится и выдаст ей бланк. Какой толк время терять? Но вместо этого наивная Василиса Петровна снова начала что-то бормотать — о материнских чувствах, о долге, об ответственности. Достала! Сразу видно, зеленая совсем, не привыкла к профессии. В их инфекционном роддоме отказников пруд пруди! Каждую неделю привозят пачками таких же баб, как Катька, — без анализов, не наблюдавшихся, рожающих невесть от кого. Им бы скинуть и назад — в свой личный ад. Все равно такие мамаши детей никогда не заберут, как ни уговаривай. Им самим негде жить и нечего есть. Куда сунешься с приплодом? Себе на хлеб и то заработать не сможешь. Не говоря уж о том, чтобы пристроиться к какому-нибудь мужику с жилплощадью под теплый бок.

К несказанному облегчению Кати, дверь наконец открылась, и в ординаторскую вошел заведующий отделением Николай Николаевич. Крепкий такой, видный мужчина. С большими надежными руками, покрытыми жесткими волосами. Однажды Катьке повезло, попала в его дежурство — сама не поняла, как родила под чутким контролем. Раз-два, и готово. Он только ласково приговаривал: «Давай, Катюха! Трудись, родная». Хороший человек.

— А-а, уже здесь? — Николай Николаевич бросил на родильницу усталый взгляд. — Василиса, кончай с ней церемониться. Бесполезно. Там еще двое ребят появятся с минуты на минуту. Будь другом, сходи, посмотри.

— Но как же с женщиной быть?

— Выдай бланки, пусть пишет, что хочет. На имя главного врача, — напомнил Николай Николаевич, уже обращаясь к Кате.

— Знаю. — Она торопливо кивнула.

— Причину отказа укажи.

— Я помню. Нет возможности содержать материально. Усыновление разрешаю.

— Вот видишь, Василиса Петровна. — Заведующий отделением упал в свое кресло и прикрыл глаза. — Мамаша у нас грамотная.

Молодая врач торопливо вышла за дверь. А Катька, высунув язык, аккуратно, школьным круглым почерком, выводила красивые буквы. Старалась не наделать ошибок — не хотелось позориться.

— Ребенка-то как назовешь? — протянул Николай Николаевич, не открывая глаз.

— Другие пусть называют.

— Все равно первое свидетельство мы будем офор-
млять.

— Мне-то что...

— Ладно, — Николай Николаевич оживился, сел ров-
нее и несколько секунд задумчиво смотрел в потолок, —
пусть будет Андреем! Хорошее имя. Мужественное.

Катька только недовольно повела плечом, словно не
желала ничего слышать. И продолжала корпеть над бук-
вами.

— Тебе самой-то сколько лет? — спросил вдруг Николай Николаевич ни с того ни с сего.

Катька на мгновение задумалась. Она время от времени забывала свой возраст: иногда казалась себе столет-
ней старухой, а иногда — подростком.

— Двадцать пять.

— Как и моей дочери. Ужас... И что, некому было помочь? Ни родственников, ни друзей?

— Нет.

— Сколько пытаюсь добиться, — он тяжело вздохнул, —
чтобы построили центры помощи неимущим матерям с
детьми. Не понимают.

— Что за центры? — спросила Катька из вежливости,
чтобы не обижать хорошего человека.

— Дома, в которых можно бесплатно жить. Общими
усилиями воспитывать детей. И учиться, получать про-
фессию. Это же выгоднее, чем содержать детские учреждения! Женщины постепенно смогут сами себя обеспе-
чивать. И будут рядом с родными детьми.

— Не знаю, — Катька удивленно посмотрела на седого
мечтателя, — я бы в такой дом не пошла.

— Почему?

— Не верю нашему государству, — она прищурилась. — Если бы нужны ему были матери с детьми, беременных женщин не сажали бы в тюрьму из-за еды. Разворуют ваш центр! Пропьют. А мамаш и детей продадут на органы.

— Катя, что ты несешь?!

— Это вы тут несете, жизни не знаете! — Она разозлилась, позволила себе прикрикнуть.

Он ничего не ответил. Обиделся.

Катя молча встала и передала ему в руки два листа. Николай Николаевич пробежал глазами по ровным строчкам с круглыми боками, отложил документы на свой стол и сквозь прищур посмотрел на некрасивую молодую женщину с маленькими глазками и опухшим лицом. На вид ей можно было дать лет пятьдесят.

— Катерина, вы же потом жалеть будете, — неожиданно перешел он на «вы».

Она только пожала в ответ плечами и тихо вышла за дверь.

Все равно, что будет потом. Сейчас нужно быстрее уйти, не видеть ребенка, не думать о нем. Дай Бог, чтобы ему попались хорошие родители. Новорожденных да здоровеньких усыновляют быстро. Все сложится. А ей тут не место — нигде не место. Да и нет больше сил. Выпить хочется так, что нутро горит.

Глава 3

— Зачем вам это нужно?

«Пятнадцатая», — про себя отметила Маша. Когда бы ни заходила речь об усыновлении — во время бесед в опеке, в разговоре с близкими родственниками, — все, как один, задавали этот вопрос.

Она успела пожалеть о том, что сболтнула лишнего во время интервью с психологом. Теперь, когда программа выйдет в эфир, в полку задающих вопросы прибудет стократ. И кто только просил ее сознаваться в том, что она учится в школе приемных родителей? Маша бросила взгляд на пульт, убедилась, что запись закончена, и сняла с головы наушники. Нужно будет попросить ребят вырезать и уничтожить этот фрагмент, пока не поздно.

— У нас с мужем есть возможность, — объяснила она и тут же устыдилась того, что оправдывается перед гостьей.

Даже самой себе Маша, как ни пыталась, не сумела пока ответить на этот вопрос. Знала, что прекрасно доживет остаток своих дней и без оравы детей: будет работать, путешествовать, тратиться на приятные мелочи, наслаждаться жизнью, в конце концов. Дело было не в ее горячем желании «завести ребенка». Она поморщилась от нелепого сочетания слов: и кто только выдумал выражаться так, словно в семье появляется не личность, а котенок или щенок. Ей банально не давали покоя мысли о детях. Планируя день, она мысленно отмечала, как много теперь в ее графике не занятого работой времени: много лет упорно добивалась этой свободы, чтобы проводить больше времени с Дашей. А девочка тем временем выросла, ей больше не нужна мама каждую минуту. Гуляя с мужем по разноцветной детской площадке, на которой красовались хитроумные горки, лесенки, лабиринты и миниатюрные замки для малышни, она думала о том, как здорово здесь играть. Убираясь в доме, мысленно превращала гостевую комнату в детскую и представляла себя за чтением детских книг — Драгунского, Носова, Успенского. Дашка давно собрала все это богатство и запрятала на антресоли книжного шкафа. Ей казалось, переросла. А Маше так хотелось посмеяться над историями своего детства вместе с ребенком. Забивая продуктами кладовую после очередной поездки в магазин, размышляла, скольких еще детей они смогли бы прокормить. Выходило, что двоих точно, без особых усилий...

Но ведь недостаточно для усыновления только этого желания поделиться? Острой потребности помочь маленькому человеку? Должно быть, наверное, что-то большее: неукротимый материнский инстинкт, горячее желание обладать. Как ни старалась Маша, нащупать подобной страсти в себе не могла. Не было у нее иллюзий обязательного и моментального счастья с появлением малыша — слишком хорошо знала о том, как непросто растить детей.

— Не понимаю. — Дама вскинула брови.

— Нам бы хотелось кому-то помочь... Поделиться тем, что имеем.

Маша разозлилась на себя: неубедительно прозвучало. Глупо. Могла бы со своим почти пятнадцатилетним радийным опытом и не допускать таких осечек.

— Не возражаете, я скажу свое мнение? — высокомерно перебила профессорша. — Не для эфира.

— Конечно, — уже предчувствуя продолжение, Маша внутренне напряглась.

— Теория малых дел — вот великая сила! Вы лучше позвольте своему ребенку вырасти так, как нужно. Облагодетельствуйте своих. А в желании взять на себя чужую ответственность нет ничего хорошего.

Маша почувствовала, как щеки ее стали пунцовыми: в том же самом, разве что другими словами, убеждал ее собственный муж. Она опустила глаза. Профессорша продолжала смотреть на собеседницу с интересом, ожидая продолжения профессионально увлекшей ее беседы.

— Когда рожаешь, берешь на себя ту же ответственность. — Маша спокойно, но твердо возразила.

— Нет, это другое! — Разговор все больше распалял гостью. — Я вижу многих детей, которых взяли, и вижу, как это происходит. Больно потом и родителям, и ребенку.

— Что, возвращают в детские дома?

— Не обязательно возвращают. — Психолог вздохнула. — Просто не возникает контакта. Не совпадают люди по характерам, по типам, по многим качествам.

— А со своим всегда совпадают? — Маша усмехнулась: в памяти возникла череда ссор и скандалов с Дашкой.

— Родные дети — это другое дело, — изрекла профессорша, не вдаваясь в подробности. — Но взять ребенка из детского дома... Желание облагодетельствовать весь мир грозит ущербом своей семье.

Маша долго молчала. Гостья застыла в позе победительницы.

— Но ведь кто-то должен усыновлять? — отведя взгляд, спросила Маша.

— Есть специальные семьи, — отмахнулась гостья, — родители с педагогическим и медицинским образованием получают деньги за воспитание сирот. Отличная идея. Разновозрастный коллектив из шести-семи детей.

— Таких семей слишком мало.

— Может, и так, — психолог пожала плечами, — но к воспитанию нужно подходить осознанно. Профессионально. А у нас чаще всего и своих-то не умеют принять. Не то что чужих.

— Почему? — Маша замерла.

— Не любят! Не понимают. Вы знаете, с каким лицом матери смотрят на своих плачущих младенцев? В них столько раздражения, злобы! А ребенок в возрасте двух-трех месяцев уже прекрасно считывает выражение лица взрослого человека. У нас принято считать, что, мол, «он еще ничего не понимает». Зато чувствует даже слишком остро.

— Но ведь если женщина одна, с младенцем на руках, без возможности заработать и выжить, она не может улыбаться. Ей самой...

— А для матерей у меня оправданий нет! — не позволив договорить, профессорша включила менторский тон. — Ответственность за ребенка должны быть всегда. Начиная с первого мгновения отношений с мужчиной. Если этого нет, нужно научиться пользоваться презервативами.

Праведный гнев добродетельной женщины не оставлял сомнений: жизнь ее баловала. Не было в судьбе ни беззащитного одиночества, ни крайней бедности, ни врачебных ошибок. Маша жалела несчастных младенцев до слез, до сердцебиения, но сочувствия к брошенным и отчаявшимся матерям это не умаляло.

— Понятно...

— За свои поступки, за свою жизнь, за своего ребенка винить можно только себя! Это выбор взрослого человека, — не унималась гостья.

— Жизнь многолика. Я бы не стала судить.

Маша быстро поднялась, давая понять, что беседа окончена. Гостья взглянула на большие электронные часы в студии и обиженно встала с места.

— Уже четыре. Мне давно пора.

— Вас проводить?

— Я помню дорогу. — Психолог на несколько секунд задержала на Маше прищуренный взгляд и все же не удержалась: — Не надо вам усыновлять. Эти дети не оправдывают ожиданий родителей. Они не обязаны вас любить.

— А мы ничего не ждем, — Маша смотрела пожилой женщине прямо в глаза. — Просто есть желание помочь человеку выжить. И все.

— Тогда это опека, — профессорша обрадовалась возможности зафиксировать наконец «ничью», — если вас устроит просто дать путевку в жизнь. В семье, конечно, больше возможностей. Только бога ради не настраивайтесь на то, что он станет родным.

— Спасибо за совет.

— Будут вопросы, звоните.

— Конечно.

Они церемонно распрощались и дали друг другу обещание «оставаться на связи». Еще одна глупая и ничего не значащая формула новой речи. Маша твердо знала, что профессорше она больше не позвонит. Ей до смерти надоели пустопорожние рассуждения. Если бы эта дама вырастила хотя бы одного усыновленного ребенка, ее можно было бы выслушать, а мудрый совет — принять. В противном случае она, Маша, предпочитала роль неверующего Фомы. Когда ей в следующий раз понадобится комментарий психолога, попросит редактора пригласить кого-нибудь другого: желающих оказаться в эфире солидной радиостанции пруд пруди. А с этой дамой она не желала больше говорить: как минимум до тех пор, пока у нее не появятся жизненные опровержения или подтверждения сказанных ею слов.

Маша заглянула в комнату к редакторам: продемонстрировать трудовое присутствие, перекинуться парой слов, а заодно сочинить вступительную часть к интервью. Она болтала, смеялась, шутила, но в голове все еще звучала фраза «Вы лучше позвольте своему ребенку вырасти так, как нужно». Вернулась в студию, записала подводки к программе и попросила при монтаже удалить все, что касалось детей-сирот. Ребятам можно довериться: сделают как нужно и не станут болтать лишнего. Потом спустилась в буфет выпить кофе.

В глубине души Маша знала, что профессорша права: нельзя ей никого усыновлять. Она не сумела как следует воспитать собственную дочь, а значит, попросту не имеет морального права на приемных детей. До сих пор Маша не могла отделаться от чувства вины перед Дашей за многие ошибки своей юности. И главная из них заключалась в том, что не мечтала она о дочери, не ждала малыша. Занятия в школе приемных родителей только подтвердили худшие опасения: мысли и чувства матери во время беременности и во время родов материальны — от них зависит не только характер, но и будущее ребенка. Совсем не так, как случилось это в ее жизни, дети должны появляться на свет.

Время от времени Маше казалось, что решение кого-то усыновить — это желание искупить ту давнюю вину перед Дашей. Но она тут же отбрасывала глупые мысли: дочь ни при чем! Ни размышлять, ни поступать так нельзя. Не должен ребенок играть роль лекарства для больной души: важно сначала излечиться самой, а потом уже втягивать в семью беззащитных детей.

Да и нужно ли это ей? Дашка принесла с собой такой разнообразный жизненный опыт, что его хватило бы на нескольких матерей. Все в жизни Марии Молчановой случилось: и родительские радости, и материнские слезы. Разве что с годами потерялось чувство осмысленности. Пока приходилось бороться за любимого человека, за место в этом мире и за саму жизнь, было не до мыслей о чужих бедах. А потом наметилась предательская стабильность — время смирения и покоя. Она уже не стала актрисой, как мечтала, и этого нельзя было изменить. Зато сделала выбор в пользу другой профессии. Перепахав все мыслимые нивы вещания в юности — от сводок новостей до рекламы, — Маша наслаждалась теперь тем, что нравилось ей больше всего: брала интервью у людей, которые были интересны радиостанции по определению или в свете важных событий. Она давно прекратила погоню за деньгами — насущные бытовые проблемы они с Олегом решили, а сходить с ума по тряпкам, менять каждые пару лет машину или бредить каким-нибудь домиком в Альпах ей было скучно. Жизнь в достатке необходима — она это знала, пройдя через унизительную нищету, — но бесконечное стремление к деньгам приводит к рабству: человек перестает принадлежать самому себе. Слишком часто Маша находила тому подтверждение в беседах с успешными и баснословно богатыми людьми — президентами, собственниками, инвесторами, чьи фамилии украшали список Forbes. Сама она высоко ценила свободу и не собиралась забивать голову тем, как заработать, а потом потратить очередной миллион. В профессии достигла своего идеала — делала только то, что любила, выкладывалась максимально и получала за эту работу столько, сколько было нужно, чтобы спокойно спать по ночам.

Именно вместе с этим состоянием стабильности и пришло желание кому-то помочь. Первая мысль — деньгами и собственным временем. Маша изучила несколько сайтов благотворительных организаций, которые работали с детьми-сиротами, написала в оргкомитеты, предложив себя в качестве волонтера. Ответа не было. Тишина.

Стала обращаться напрямую к директорам детских домов. В одном попросили купить фотоаппарат, в другом заказали цветы к празднику, в третьем был нужен автобус. Маша долго ломала голову, как реализовать эту идею с теми деньгами, которые у нее были, искала подержанные машины в хорошем состоянии, но при всем желании нужной суммы не набралось. В итоге договорились, что деньги, сколько есть, она переведет на счет приюта — брать наличными категорически запрещалось, — а директор самостоятельно решит вопрос. Долго и нудно выпрашивала номер счета. Десять раз дополнительно звонила, чтобы получить необходимые реквизиты. Наконец, устав и измучившись, отправила перевод через банк. Позвонила через три дня в детский дом, ей ответили, что деньги не поступали. То же самое услышала через неделю, через две, через месяц... Походы в банк и выяснение обстоятельств результата не принесли: сотрудники вежливо отвечали, что деньги были успешно переведены на указанный счет. Все, как она хотела. Чей это был счет и во что превратились в результате ее накопления, Маша так и не узнала.

Олегу о своих приключениях она решила не говорить — представляла себе его реакцию. И, конечно, он был бы прав.

Но для себя за время походов по детским домам сделала вывод: деньгами ничего не решить. Многие московские директора показывали ей шкафы и кладовые, забитые под потолок игрушками и одеждой от спонсоров. Люди несли и несли. Часто не то, что было нужно. А как-то раз, плутая по коридорам в поисках кабинета администрации, Маша столкнулась с детьми. Ребята, лет восьми-десяти, профессионально быстро отсканировали новое лицо. И разочарованно отвернулись, моментально утратив интерес. Каким-то чудом они за долю секунды поняли, что эта женщина пришла не с тем, что им было нужно. Она услышала за спиной презрительное «спо-о-онсор» и вздрогнула. Ей вдруг стало стыдно. Только тогда и поняла, чего именно ждут эти дети. Ни книгами, ни тетрадями, ни игрушками, ни фотоаппаратами нельзя было избавить их от гнетущего чувства одиночества, пустоты и ненужности в мире взрослых, которые наивно и безразлично решили, что все проблемы можно компенсировать их любимым способом — деньгами.

Тогда Маша и поняла то, о чем догадывалась с детства: единственная возможность помочь — это дать другую жизнь. Не может ребенок вырасти вне семьи. Не станет он человеком, способным устроить собственную судьбу, если рядом не будет любящих близких людей. Понятно, что с детдомовскими детьми никогда и никому не бывает легко — слишком много врожденных и приобретенных болезней, глубоких психологических травм. Долгие годы она боялась, что не справится. Считала непозволительным нарушить главный принцип жизни человека в обществе, о котором и говорил Олег — «не навреди».

Маша никогда не говорила о себе, что она хорошая мать. Скорее наоборот. Ее собственная дочь даже появилась на свет так же, как большинство детдомовских детей — вовсе не по горячему желанию молодых родителей.

Так случилось, и все. И были сомнения, было отчаяние... Если начистоту, все Дашкины подростковые выверты, начитавшись задним числом умных книг, Маша списывала теперь на тяжелый пубертатный период и собственные ошибки. Бесконечно много их было сделано в юности, пока дочка была младенцем. Вместо того чтобы постоянно носить малышку на руках, угукать с ней, читать книги вслух, петь забавные песенки, Машка хотела чего-то добиться в жизни. Она не до конца приняла на себя роль матери. Тогда, конечно, казалось, что делается великое дело, приобретается новая профессия взамен утраченной. Мысли — мыльные пузыри.

Лучше бы она составила список сказок, которые нужно прочесть дочери, собрала коллекцию музыки, чтобы с ней вместе слушать, сама научила ее всему, что нужно в жизни — от мытья посуды до умения получать информацию, — и позволяла малышке быть рядом с ней столько, сколько нужно. Но она полагала, что ребенку нужна «свобода», не стоит перегружать маленького человека влиянием мамы. А что, если это всего лишь родительский эгоизм, нежелание возиться с малышом и выполнять дополнительную работу? Надо было все делать вместе, подсказывать, направлять. Лет до пяти малышу все интересно, он не знает лени. Теперь уже поздно и даже бессмысленно ругать Дашку за то, что у нее хронически не заправлена постель («все равно вечером снова ложиться»), что комната вверх дном — («не нравится, не заходи»), что учеба непонятна и неинтересна. Ее ребенок не научился трудиться. Она, Маша не научила.

Разве таким женщинам доверяют детей? Разве не из страха не соответствовать она так и не смогла решиться на рождение второго, третьего малыша?

И она сомневалась не только в себе. Для Олега Дашкино детство и вовсе прошло незаметно. Он безропотно помогал молодой жене — делал все, о чем она его просила. Приятельницы, которым куда меньше повезло со «второй половиной», не раз объясняли Машке, что ее супруг — идеал. Но лишнему часу общения с ребенком он всегда предпочитал компьютер или книгу. Неудивительно, что теперь, когда Даша выросла, картина стала зеркальной: несмотря на желание матери и отца проводить больше времени с дочерью, она не нуждалась в их обществе. А требовать от подростка внимания и общения было бесполезно — все это нужно ребенку, пока он растет. Их время прошло.

Глава 4

Аннушка появилась на свет теплым весенним днем. Распахнула глазки, покричала, как полагается, и тут же уснула. В роддоме ее так и прозвали — Соней. Малышка получилась хорошенькая: светленькая, с вьющимися волосиками и любопытными глазами-пуговками. Только Аннушка редко их открывала, все больше спала. За это няньки ее и любили.

Девочка без труда освоилась в новом мире. Узнавала мамин запах среди многих других и тут же начинала крутить головкой в поисках молока. Нежное тело, теплые руки, мягкая грудь — все было рядом. Аннушка сосала изо всех сил, а когда наедалась, продолжала лежать у мамы на руках в сладкой полудреме. Мама ей улыбалась. Прижимала к себе и укачивала. Обе были счастливые и засыпали вместе, посапывая. Но тут обязательно прибегала какая-нибудь нянька, кричала: «Нарушаете технику безопасности! Положите ребенка в бокс!» Мама никогда не злилась, виновато просила прощения, переодевала Аннушку в сухую пеленку и перекладывала в кроватку.

Но настало утро, когда все в жизни Аннушки изменилось. Сначала ее забрали у мамы. Замотали так туго, что нельзя было даже дышать, завернули в одеяльце и понесли по белым извилистым коридорам. Девочка кричала что было сил.

— Вас на машине встречают? — звонкий голосок весело полетел к потолку.

Мама стыдливо опустила голову — новенькая медсестра, ничего не знает. Надо же, никто не рассказал.

— Ну что вы! Мы так...

Услышав мамин голос, Аннушка тут же успокоилась.

— Опаздывает папаша?

— У бати нашего характер такой. — Мамаша, приняв дочку из рук удивленной медсестры, попятилась к двери. — Спасибочки! Мы пойдем.

— Но как же... — девушка забеспокоилась, — так неправильно.

— Ничего, ничего. На улице подождем!

Выпустили их на волю. А там солнце, трава. Аннушке на лицо упал первый луч, и она зажмурилась. Завертела головкой.

— Что ж ты прячешься, — мама тихонько засмеялась, — смотри, как красиво.

Она приподняла дочку, показывая деревья, дома. Покрутилась с ней.

— В городе хорошо, — мечтательно вздохнула, — и братики твои где-то здесь. Ходят, наверное, в детский сад.

Она вдруг запнулась и замолчала. Воровато оглянувшись, побрела с Аннушкой от роддома и вышла из ворот. Медсестра, приоткрыв дверь, печально смотрела ей вслед. Конечно, все по-своему поняла: нет никакого мужа. Жалко ей стало Аннушку-Соню, маленького ангелочка. Что там ждет ее впереди?

Впервые в жизни Аннушка — мама сразу ее так назвала, давно хотела в честь бабушки — ехала по городу в трамвае. Потом впервые в жизни спала в электричке. А потом долго-долго тряслась на руках у матери, пока та шла через поле, исправно спотыкаясь о каждую кочку. После электрички пахло от мамаши уже по-новому. Не молоком. Так же, как от темной бутылки, к которой она то и дело прикладывалась, сидя на деревянной скамье в вагоне. Девочка хотела есть, всю дорогу от станции до деревни плакала. Но родительница, казалось, голодного крика не замечала. Только в конце пути Аннушку укачало. Так и попала домой в беспамятстве.

Очнулась малышка в старой кроватке посреди ветхой избы. Потемневшие бревенчатые стены, деревянный потолок в огромных щелях, заросшее паутиной и пылью крохотное окно и два склонившихся над кроваткой расплывчатых овала с красными пятнами ртов. Маму Аннушка узнала — слабый запах молока робко пробивался сквозь противную вонь, добираясь до голодных ноздрей. Она наморщила носик и хотела заплакать. Но мамаша наконец сообразила — взяла ребенка на руки и сунула ей набухшую грудь. Малышка скривила недовольно крошечный рот — молоко оказалось горьким, — но все равно продолжала сосать, скорбно нахохлившись.

Она наелась, а мамаша, запахнувшись, попыталась передать ее на руки чужому существу.

— Чего ты мне ее суешь? — Голос был гулкий и страшный, словно не из этого мира.

Аннушка снова захныкала.

— Ну, как же, Вась, дочка твоя. — Мать говорила заплетающимся языком.

— Зачем она мне? — новоиспеченный отец сплюнул на грязный пол. — Сама притащила, сама и возись. Я не просил.

Мамаша опешила.

— Так ведь ребенок...

— Мне дети не нужны! Я тебе сто раз говорил!

— Говорил... А сам все лез под подол: «давай, давай».

— Ты баба, значит, твоя забота! Нечего было рожать.

— Нельзя так, Вась. Страшный грех.

— Тогда убери с глаз долой!

— Куда же ее, маленькую?

— Откуда я знаю?! Нам и самим жрать нечего. Государству отдай! Накормят-напоят. По радио слыхала? Больше миллиона в год тратят на ребенка в детдоме. Это какие денжищи, а? Они там как сыр в масле катаются.

— Нехорошо, — мамаша покраснела, — по мамке будет тосковать.

Она положила притихшего младенца в кроватку.

— Ничего, привыкнет! А квартира? Сиротам жилье дают, и ты бы на старости лет пристроилась. Домишко твой долго не протянет.

— Какая же Аннушка сирота? — мамаша говорила теперь шепотом. — При живых отце с матерью...

— А государство спросило, как нам живется?! Мы им детей, а они на нас класть хотели! Вот пусть и воспитывают.

— Вась? Свою родную кровинушку...

— Откуда мне знать, моя — не моя?! Может, твой благодетель Петр Егорыч отметился! А я ни при чем.

Василий не дал возразить — вскочил из избы, со всей силы захлопнув дверь.

Вернулся пару часов спустя, уже пьяный, подобревший, с ополовиненной бутылкой водки. Уселся за шаткий стол. Прикрикнул на мать, чтобы накрывала. А в доме шаром покати — за три дня, что она в роддоме лежала, он все остатки подъел. Нашлось только немного муки и масла. Повязав застиранный до дыр передник, мамаша начала печь лепешки.

— Пока ты там прохлаждалась на всем готовом, я тут с голоду чуть не помер! — пожаловался Василий, жадно глядя на ловкие женские руки.

— Давай готовить научу, — мамаша повеселела, — сложного-то ничего нет!

— Не мужское дело. — Он встал из-за стола, примирительно достал из буфета два стакана. — Тащи сюда свою стряпню.

Они наелись, заворковали. Мамаша глядела на Васю влюбленными глазами, изредка поглядывала на Аннушку и была счастлива, как никогда в жизни. Вот она — настоящая семья. Все как у людей. Василий гладил ее белые, запорошенные мукой руки. Говорил, что скучал без нее. Не знал, куда себя деть. Мамаша расцвела: значит, любит. А что ругает иногда, так это от чувств.

— Вась?

— Чего?

— А ты ревнуешь меня, что ли?

Он вдруг сжал ее ладони до хруста в костяшках, переменился в лице и прошипел:

— Была с этим хмырем?

— Нет! — мамаша перепугалась.

— Но выродков-то забрал он к себе! Сразу троих. Просто так, что ли? С ним же и нагуляла!

— Да ты же знаешь, как было! Отняли у меня деток, а он потом пришел, когда документы оформлял, — мамаша уже всхлипывала вовсю, — детей, говорит, люблю. И жена души не чает. А сами никак.

— Ну и любили бы! От тебя чего ему надо?

— Ничего. Благодарен, говорит, за пацанов! Хотел мне помочь...

Василий резко отдернул руку и залепил мамаше пощечину. По бледной щеке расползлось красное бесформенное пятно.

— Смотри мне! — Он затряс кулаком перед ее носом. — Еще раз притащится сюда твой Егорыч, убью!

— Так ведь не было ничего... Мы ж с тобой в прошлый раз всю неделю на его денежки...

— Не знаю!

Она горько всхлипнула.

— Зря ты так. Хороший он человек. У старшеньких отца никогда не было. А теперь вот Петр Егорыч есть.

— И эту ему отдай! — Василий ткнул пальцем в кроватку. — Туда ей дорога!

— У Аннушки родной отец есть! Твоя же! Твоя!!!

Мать завыла. Дочка, испуганная, проснулась и начала заодно с ней голосить.

— Заткнитесь, бабы! — Василий погрозил в воздухе дрожащим кулаком.

Больше он в тот раз ничего не сказал. Долго сидел, положив локти на стол и закрыв огромными ладонями лицо. Мать, раздосадованная, схватила ребенка и снова стала кормить.

Так и отметили рождение дочки.

Родители спали как убитые. Малышка, тихая и спокойная в роддоме, теперь не смыкала глаз. Ей мешала острая боль в животике и холодные, по десятому кругу, намокшие пеленки. Она плакала. Плакала долго. Охрипла. Были бы слезки — утонула бы в них. Только пьяная мамаша ее не слышала. Утомившись, Аннушка замолкла. И провалилась в бессознательный, заполненный разноцветными пятнами, болезненный сон.

К коликам Аннушка изо дня в день привыкла. К мокрым и холодным пеленкам — тоже. Она даже не заболела: на улице была жара, и в старой хибаре стояло вонючее, влажное тепло. Во двор ребенка не выносили — мамке было не до того. Она то пропадала где-то, то ругалась со своим непутевым сожителем, то пила вместе с ним. Иногда на нее находило, если просыпалась, протрезвев. Начинала собирать по всему дому грязные тряпки, пеленки. Грела воду. И стирала в старом тазу, разбрызгивая мыльную пену по всему полу.

Аннушку купали в хибаре таким же манером — наполняли детскую ванночку. Но праздник такой случался редко. И кожа малышки уже через две недели домашней жизни покрылась опрелостями и прыщами. Она горела и саднила. Девочка все время плакала, но слезки у нее так и не появились. Даже на второй месяц жизни, как это принято у счастливых детей. Зато голос прорезался дай бог каждому. За эти бесконечные вопли Василий материл жену и гонялся за ней по огороду с кухонным ножом. Аннушка не видела этого, не понимала.

Большую часть времени она проводила в заливистом крике или тяжелом сне. Наорется вдоволь, поест и проваливается в дымчатый мрак. Проснется от голода, снова наплачется, мать сунет горькую грудь — и назад, в беспамятство. Сон спасал. От боли. От страха. Все равно ничем другим Аннушку не занимали — и днем и ночью лежала она, никому не интересная, в своей кроватке. Лишь изредка, после сладкой ночной возни в койке с Василием, на мать накатывала болезненная нежность: она тискала малышку, горячо целовала в темечко, называла любимой дочкой. А потом сама же о своей любви забывала. Могла с силой тряхнуть, прооорать в крошечное личико, чтобы заткнулась, или вовсе швырнуть в кроватку. Чем больше обижал мамашу Василий, тем страшнее та срывала зло на Аннушке. Грозилась даже выкинуть ее в окно или отнести на помойку, если не замолчит.

К двум месяцам девочка уже не улыбалась и не пыталась гулить. Лежала молча, бревном, или кричала что было сил. А в июне, когда лето, казалось, было в самом разгаре, вдруг заболела. Похолодало всего-то на несколько дней, но Аннушке, которая лежала все время в мокрых пеленках, хватило этой малости. Сначала из носика долго текло. Верхняя губа и кожица над ней превратились в сплошную корочку от раздражения. Потом вдруг в одну ночь Аннушка стала горячей как огонь. Глаза широкие. Смотрят не живо. И кашель. Такой жуткий, что сотрясалась кроха и наизнанку выворачивалась так, словно ее выкручивали. У любого человека сердце бы на мелкие кусочки от жалости разорвалось. А мать с отцом — ничего. Терпели. Даже к врачу отнести не пытались. Да и где ближайший врач? В город надо ехать, а это только до станции топать пешком пять километров.

Мамаша притащила откуда-то белых таблеток. Толкла их в порошок. И мешала эту пыль в гнутой алюминиевой ложке с подогретым красным вином пополам с водой.

Заливала смесь малышке в рот: бутылочек детских в доме не водилось. Другие интересы. Аннушка из ложки глотать не умела: горькое пойло всегда мимо текло и жгло растрескавшиеся губы. Но постепенно болезнь, казалось, отступила. Жар прошел. И мамаша, довольная хорошим средством, увеличила дозу вина. Только девочка продолжала кашлять. Василий брезгливо косился на кроватку и ругал на чем свет стоит глупую жену. Жили бы без этой обузы, горя не знали! И малявка росла бы на всем готовом — и врачи, и лекарства. Все, что душе угодно.

— Вась, — мамин голос звучал просительно, — пойду, что ли, в магазин. Еды в доме ни крохи, а мне ребенка кормить. Молоко пропадет.

— Водки купи, — потребовал Василий.

— Денег не хватит, — робко возразила мать.

— Что, на мужа жалко?! — завелся он. — Вчера только у дачников заработал — полдня дрова им колол. На свои кровные имею право выпить!

— Так мало осталось, сам же бутылку вчера купил.

Мамаша нерешительно топталась на пороге и размышляла: поднимет на нее Василий руку или на этот раз обойдется. Выпить и самой хотелось. Но есть-то и вовсе было нечего — весь май даром прошел, время на Анку истратила. Ничего в огороде не посадила. Теперь разве что в лес за грибами...

— Пошла! — заорал Василий. — Будешь еще из-за этой дряни, — он ткнул грязным пальцем в кроватку, — жизнь мне калечить. Обеих зарублю!

Мать выскочила за дверь. А Василий так разошелся в праведном гневе, что не мог успокоиться. Все кипело внутри. Вот взял бы за ноги это орущее существо и тюкнул об угол головой. Делов-то! Он обошел вокруг кроватки пару раз. Брезгливо осмотрел сморщенный, зароговевший от грязи и завернутый в тряпки, комок. Комок не переставая вопил и сотрясался от жуткого мокрого кашля.

— Дерьмо! — Василий плюнул прямо в кроватку. — Я тебе покажу! Дерьмо! Будешь знать, как жизнь мне ломать.

Он не решился прикоснуться к Аннушке: мамаша поднимет вой, побежит, чего доброго, в милицию. Зато придумал, как отомстить обеим сразу. Стащил с себя старые портки, присел посреди пола на корточки и, с трудом сохраняя равновесие, наложил прямо на пол.

— Будешь знать! — повторял он. — Будешь знать! Поймешь, чем пахнет!

Мамаша к тому времени только добрела до домишки, где располагалась летом скромная лавка. Зимой продукты возили сами, из города. Дачники разъезжались, оставалось в деревне пять домов — выгоды никакой.

— Клава! — тихо позвала она. На голос выплыла дородная продавщица и поморщила нос.

— Тебе чего?

— Ну, — мамка застопорилась, размышляя как быть, — макароны дешевые есть?

— Есть. Давать?

— Ну, — мамаша лихорадочно копошилась в карманах, — давай. И бутылку, — торопливо добавила она.

Денег почти не осталось, на хлеб и то не хватает.

Клава выложила требуемое на прилавок.

— Еще чего?

— Хлебца бы черного, — мать сглотнула слюну, — только у меня всего три рубля осталось.

— Подавись! — буркнула Клава, бросив буханку на прилавок. Жалела она эту дуру, хоть и ненавидела заодно со всеми ее приблудными мужиками. Но проявляла благородство души, помогала по старой памяти. Когда-то давным-давно они вместе в школу ходили в соседний поселок. За одной партой сидели.

— Спасибо, Клавушка! — мамаша расцвела. — Я все отдам. Как будет — сразу отдам. — Выложила смятые бумажки и грязную мелочь, схватила добычу и помчалась что было сил обратно. Васеньку утешать.

Открыла дверь в свою избушку и, привычная ко всякому смраду, удивленно заткнула нос. Вонь стояла невыносимая. Внутри было тихо и темно, все окна зашторены. Ничего не разобрать. Постепенно глаза различили — Василий стоит посреди комнаты без штанов, руки в бока. Смотрит на нее, победно ухмыляясь. Аннушка, сама устав от своего крика, едва слышно хнычет. Мамаша прошла, положила покупки на стол, отступила на шаг и увязла ногой в мягкой куче. Не разобрала. Нагнулась, потрогала, выпачкала пальцы. С запозданием поняла все и разревелась.

Василий захохотал. Он долго клокотал, даже не думая натянуть штаны. Аннушка заверещала громче, к жуткому смеху отца прибавился ее пронзительный визг. Мамаша не выдержала — трясущимися руками открыла бутылку и глотнула, сморщившись, прямо из горла.

Глава 5

Город и не думал отходить ко сну. Весна будоражила. Покачивала бедрами, бросала кокетливые взгляды, расплывалась в томных улыбках; вслед ей неслись посвистывания, причмокивания и улюлюканье. Одна только Маша

Молчанова к чувственным сумеркам была безразлична: сосредоточенно шагала к метро, глядя прямо перед собой и чеканя шаг как солдат. Она не замечала растворенного в воздухе сладострастия — ее мысли блуждали далеко.

Отчего-то весенний аромат напомнил ей день из детства. Далекого, счастливого. Когда мама с папой были еще единым целым и составляли весь ее мир. Разве что книги дополняли эту идиллию. Будущая актриса, маленькая Маша лет с пяти безумно любила читать. Легко переносилась во времени, пространстве и сама становилась героиней книг.

Кажется, это было как раз весной — ответственная семилетка уже готовилась идти в первый класс, разбирала свои полки, чтобы освободить место для учебников. И наткнулась на тоненькую книжицу — «Козетту» Виктора Гюго. Наверное, ее принес папа, а она не успела прочесть. Отец всегда возвращался домой с работы с новыми книгами — приносил для себя и для дочки. В их небольшой квартире было уже не протолкнуться от полок и стеллажей, доверху забитых солидными томами и тоненькими изданьицами, а папа все нес и нес в дом «макулатуру», как шутливо называла эти сокровища мама. Остановиться он не мог — книги были плотью и кровью профессии, которую он любил как саму жизнь.

Машенька долго не могла оторваться от созерцания мрачной обложки. На ней, понуро склонившись, стояла девочка с огромным ведром. В бесформенных башмаках, кое-как подоткнутом, чтобы не споткнуться, взрослом переднике, малышка выглядела нищенкой. На лице ребенка замер испуг. Маша и представить себе не могла, откуда берется такой жуткий животный страх. Она открыла книгу и начала читать. Перед ней в ту же минуту ожили персонажи: противная толстая мамаша Тенардье, доверчивая Фантина и прелестная маленькая Козетта. Через несколько страниц Машенька уже видела себя, босую, с красными, опухшими от холода ступнями, под грязным деревянным столом. Как будто это ее навсегда оставили мама с папой и она должна была прислуживать чужой семье: мести полы, подавать на стол, ходить за водой. Замерзая, она брела по зимней улице в нищих лохмотьях с тяжелым деревянным ведром...

Машенька рыдала так долго и безнадежно, что мама не на шутку перепугалась. Сама успокоить дочку она, как ни старалась, не смогла. Схватила телефон, отыскала в редакции папу и велела ему срочно ехать домой. Отец примчался спасать ребенка, который обливался слезами и не мог никому объяснить, что случилось. Он догадался сам — увидел открытую на середине книгу.

— Это из-за Эфрази?

Машенька не сразу его поняла, посмотрела недоуменно, полными слез глазами.

— Ты плачешь из-за Козетты?

— Да...

— Не надо, это было очень давно, — отец опустился на кровать рядом с дочерью, — примерно сто пятьдесят лет назад.

Не в силах вообразить себе такой промежуток времени, Машенька растирала по щекам слезы.

— Все закончилось хорошо, — успокоил ее отец, — вот послушай.

Прижал дочку к себе крепко, посадил на колени и начал рассказывать о Викторе Гюго, о романе «Отверженные», о Жане Вольжане, который спас Козетту. О том, что и в самом деле давным-давно жила на свете малышка, судьба которой была очень похожа на историю маленькой героини. Отец не подлаживался под возраст дочери — говорил с ней, называя вещи своими именами. Машенька узнала, что незаконнорожденную девочку добрая, но нищая мать отдала на воспитание трактирщикам потому, что не могла одновременно зарабатывать на хлеб и заботиться о ребенке. У малышки был богатый отец, но внебрачная дочь от простолюдинки была ему не нужна. А мать девочки вскоре лишилась работы из-за наговора завистливых товарок и, чтобы платить за содержание дочери, вынуждена была продавать себя. Потом умерла.

— Сейчас детей без родителей нет? — Маша подняла полные слез глаза и с надеждой посмотрела на отца.

— Есть.

— И как же они живут, — она напряглась в его руках, сжалась в комок, — прислуживают в чужих семьях?

— Нет. Живут в детских домах, а государство о них заботится. — Отец печально вздохнул. — Но все равно это не то. Каждому ребенку нужна своя семья и свой дом.

Машенька поняла не все, о чем говорил папа, но в разговорах с ним такое часто случалось. Она привыкла слушать и запоминать, откладывая слова «на потом».

— Детский дом — это как детский сад? — Девочка наморщила лобик, заново переживая свои редкие и ненавистные походы в это противное заведение.

— Намного хуже. Там детки живут все время.

— Не ходят домой?

— У них нет дома.

— Давай найдем детский дом, — уголки ее губ опустились, она готова была снова расплакаться.

— Зачем?

— Заберем к нам Козетту.

— Машенька, Козетты там нет. Она только в книге. Конечно, в детском доме много других детей, но тут ничего не поделаешь. Невозможно забрать всех...

В ту ночь Машенька долго не могла уснуть. Повторяла: «тут ничего не поделаешь», и снова заливалась слезами. Она представила себе, как однажды родители забыли и о ней. Просто она стала им не нужна: никто не пришел после полдника в детский сад. Ее оставили там навсегда. И вот уже за окном темным-темно, а она все сидит на жестком деревянном стульчике и ждет. Воспитательница ругает ее, называет обидно «ревой». А она плачет и ждет. Как все дети в этих детских домах. Маша задыхалась — казалось, невыносимое горе вот-вот раздавит ее.

Молчанова и не заметила, как вошла в метро, доехала до своей станции и забрала с парковки машину. Десять минут — и она вдали от городской суеты около любимого дома. Только вот во всех окнах темно. Значит, Дашка до сих пор не приехала из школы? Сердце испуганно забилось.

Не выходя из автомобиля, она набрала номер дочери. Длинные гудки звучали отчетливо, но трубку никто не брал. Она позвонила еще раз. И еще. Тот же результат. В голове бешеной каруселью завертелись травмы, насилия, взрывы, аварии. Дашка не перезванивала. Маша не переставала жать на кнопку «вызов», пока ей не начали отвечать: «Абонент вне зоны доступа».

Девять вечера. На улице кромешная тьма. Где ее дочь?!

Издерганная двухчасовым ожиданием, Маша в сотый раз нервно взглянула на часы и набрала номер телефона — на этот раз не дочери, а Олега.

— Дашки до сих пор нет дома.

— Ты ей звонила?

— Сто раз.

— И что?

— То абонент недоступен, то трубку не берет.

— Достала...

Это сцеженное сквозь зубы слово не предвещало ничего хорошего.

— Может, она телефон опять потеряла?

— И часы во всем городе встали?! Она в шесть должна быть дома! Жди. Скоро приеду.

Маша ходила из угла в угол. Сердце от страха колотилось в горле. Друзей дочери она давно обзвонила — и одноклассниц, и соседских ребят, с которыми Дашка обычно гуляла. Никто не знал, куда могла подеваться Даша. Уже не в первый раз она забывала о времени и находила абсурдные объяснения своим опозданиям. Но раньше хотя бы трубку брала!

При каждой новой выходке дочери Маша ругала себя: нужно было лучше воспитывать, бросить работу, в конце концов, и все время быть рядом. Чувство вины уничтожало последние капли самообладания. Бессилие превращало ее в мегеру — не в состоянии добиться послушания от дочери, она выходила из себя: начинала орать, хлопать дверьми. Привычная к подобным спектаклям Дашка никак не реагировала на очередной срыв — продолжала гнуть свою линию: «что хочу, то и делаю». Ей было невдомек, что мать теряет терпение не от банальной злости на дочь, а от чудовищного страха за нее и беспомощности.

— Явилась?! — Олег ворвался в дом как смерч. В военной форме и огромных сапожищах. Под щетинистыми щеками вверх-вниз ходили желваки. Выглядел он устрашающе.

— Нет.

— Закрутилось-понеслось!

— Олег, ты только...

Он уже не слышал ее. Бросив у порога портфель, выскочил на улицу и зашагал к выходу из поселка. Где он был, Маша так и не узнала. Оставалось догадываться, что поставил на уши местного начальника охраны, а заодно и всех его подчиненных. Но если бы дочь была неподалеку, об этом знали бы ее друзья. К полуночи Олег вернулся домой один. Злой как черт.

— Молодец, воспитала! — бросил он жене и, сорвав с себя сапоги, скрылся в спальне.

Машу трясло. Она непрерывно набирала номер дочери и слушала длинные гудки. Жива ли она?! В чьих руках сейчас телефон, на который она звонит? Воображение рисовало жуткие картины. Сбросив звонок, трясущимися пальцами, она стала набирать *эсэмэс*: «Где ты?!?! В состоянии написать родителям?» Уже готовила себя к самому страшному. Но вдруг получила ответ: «Все нормально, останусь у подруги, утром буду дома. Я в порядке».

Она жива! На мгновение Маша почувствовала огромное облегчение, а потом, почти тут же, ярость. Она чуть с ума не сошла, дозваниваясь до дочери, а та, оказывается, просто не желает с ней говорить. Да еще и лжет — ее нет ни у одной из подруг. «Позвони! Срочно!» — написала она. «Нет», — вот и весь разговор. «Даша, что за подруга? Пришли мне адрес! Иначе с полицией начинаем тебя искать». И на этот раз ответ пришел молниеносно: «Ты ее не знаешь. Зачем вам полиция? Я останусь здесь, со мной все хорошо. Утром приеду. Спокойной ночи». И телефон замолчал. На всю ночь.

Обезумев, Маша писала и писала километровые сообщения. О том, что ни на секунду не сможет уснуть, о том, что не заслужила такого, о том, что каждый человек, который возомнил себя взрослым, обязан думать о чувствах других. Дочь не отвечала. Исчерпав словарный запас, Маша, трясясь всем телом, как на ледяном ветру, поднялась в спальню. Олег лежал в постели с книгой в руках. Маша успела заметить, что глаза его неподвижно смотрят в одну точку на бессмысленно раскрытой странице.

— Вернулась?

— Нет, ответила на сообщение.

— Ну и что?

— Она... Написала... — было непросто произнести это вслух. — В общем, Даша останется ночевать у друзей.

— С какой это стати?! Ей всего четырнадцать лет!

Маша знала, что муж на миллион процентов прав. Нельзя мириться, попустительствовать нельзя. Их авторитет в глазах дочери и так несся в черную бездну со скоростью кометы. Дашка вдруг вообразила себя независимым человеком, который может вытворять все, что вздумается, и не вспоминать об ответственности. Конечно, она, Маша, виновата сама. Ей всегда казалось, что воспитать личность можно только в условиях свободы выбора и мнений. Никаких наказаний, только беседы. Жизнь показала, что обойтись одной деликатностью нельзя: строгость нужна не меньше. Вот только где теперь ее взять? Даша успела привыкнуть к безнаказанности.

— У тебя есть человек, который может по номеру телефона вычислить местонахождение?

— Ты даже точно не знаешь, где она?!

— Нет.

— Докатились!

— Олег, мне нужна помощь...

— Есть люди. Но не в пятницу ночью.

— Может, в полицию?

— Не смеши. Она отвечает, значит, жива-здорова... Там умеют искать в основном по больницам и моргам.

Всю ночь Маша просидела на кухне, глядя в окно и каждые десять минут набирая номер дочери. Он по-прежнему был отключен. Маше было о чем подумать. Олег тоже не спал. Несколько раз одевался, выходил на улицу, потом возвращался. К утру оба были похожи на зомби. Маша посмотрела в зеркало и не узнала себя. Старая кожа. Опухшие веки. Красные пятна на лице, словно бы ей было семьдесят лет. Неужели от нервов? Она не помнила, когда в последний раз проливала так много слез. Кажется, в Дашкином беспокойном младенчестве. Пока дочь была маленькой, постоянно болела, Маша сходила с ума от страха за ее жизнь. С тех пор мало что изменилось. Разве что причины переживаний стали другими, а суть все та же.

Дочь вернулась домой в полдень и попыталась сделать вид, что происходящее в порядке вещей. Бросила короткое «привет» в глубину дома и вознамерилась проскользнуть мимо родителей незамеченной. Скинула ветровку, ботинки, стрелой метнулась в туалетную комнату. Маша ждала. Сидела за большим обеденным столом в гостиной и смотрела на чистый лист бумаги. Сейчас или никогда! Только бы не сорваться.

— Нужно поговорить, — произнесла она, как только Даша вышла из своего укрытия.

Дочь молча прошлепала босыми ногами по кафельному полу и уселась, с напускной храбростью глядя матери в лицо. Маша не отвела взгляда, хотя это было непросто: на нее смотрели наглые чужие глаза. Разнузданная, похожая на уличную девку, Даша теперь совсем не была похожа на ее дочь. Еще полгода назад красивое юное личико обрамляли густые длинные волосы потрясающего оттенка. Все завидовали этой солнечной шевелюре. Стоило Маше появиться с дочерью на людях, как тут же подбегали фотографы, стилисты, продюсеры. Все как один твердили о карьере модели, а Маша, польщенная и гордая, улыбалась. «Пусть девочка решает сама». Она всегда позволяла Даше делать выбор: не могла и не хотела давить. А теперь... Красный короткий «ежик» сердито торчал над изменившимся до неузнаваемости лицом. Волосы выпадали пучками, стали редкими и сквозь них просвечивала теперь беззащитно-белая кожа головы. Реактивная краска, которую дочь раздобыла неизвестно где и без ведома матери, сделала свое дело. Мочка уха тоже была навсегда изуродована: в ней красовался стальной туннель, сквозь который виднелась покрытая светлым пушком ребячья шея. Пирсинг в носу и губе завершал уродливый образ. Как ни уговаривала мать не портить красоту, когда впервые услышала от Дашки о «крутости» татуировок и пирсинга, как ни распиналась о вреде проколов, растяжек и красок, дочь втихаря делала по-своему. Каждый раз, обнаружив новое «украшение», Маша лишалась рассудка. Не умела справиться с чувствами и орала, ругала, билась в истерике. Была на грани — еще чуть-чуть, и в ход пошли бы кулаки: только нечеловеческое усилие воли помогало ей сдерживаться. До поры до времени мать не понимала, откуда появляются проколы и растяжки: на пыточные салоны у Даши попросту не было денег. Ни она, ни Олег не давали ребенку серьезных сумм. Но когда, ошалев от ярости, Маша вытряхнула на пол содержимое Дашкиного школьного рюкзака и нашла там медицинские иглы, перекись водорода, левомеколь, расширители и хирургические перчатки, все стало ясно.

В страшном сне Маша не могла представить себе, что когда-нибудь ее красавица дочь будет выглядеть так. Каждый взгляд на ребенка причинял невыносимую физическую боль. Словно это в нее вонзались толстые иглы, ее мочки растягивались под давлением расширителей, ее сердце жгли каленым железом. Жалость и ярость раздирали душу на части, и она смертельно устала от этой бури внутри.

— Где ты была?

— У подруги.

Маша видела, что Даша напряжена до предела, но ни за что не сознается в этом. Она продолжала играть любимый спектакль «все хорошо».

— Какой? Я всех обзвонила.

— Мы в Интернете познакомились.

Маша заранее дала себе слово не выходить из себя, не допускать ни крика, ни слез. Но сейчас едва не сорвалась.

— Ты понимаешь, что это опасно? Малознакомых людей нельзя считать друзьями.

— Можно, — Дашка нахохлилась еще больше, — у тебя устаревшие понятия. Все находят друзей ВКонтакте.

Ребенок! Глупая несмышленая девочка, которая не ведает, что творит. Не хватало уже на нее ни жалости, ни злости! Главное, найти в себе силы и выдержать, дойти до самого главного.

— Ты не ночевала дома. Это недопустимо.

— Все ночуют у друзей!

Конечно, неправда. Дашка снова испытывала мать на прочность — сорвется, не сорвется. Если начнет орать,

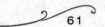

значит, все, разговор окончен. И можно выйти победителем из очередной переделки. Отвоевать очередной кусок вседозволенности и свободы.

— Меня это не волнует. Есть правила нашей семьи. Никто не имеет права их нарушать. Кроме того, тебе 14 лет, значит, родители отвечают за тебя по закону. Ночью дети обязаны быть дома!

— И что? — очередной наглый взгляд.

— Пора принимать решение. У нас только два варианта.

— Каких?!

— Ты соблюдаешь правила. Приходишь домой не позже девяти вечера, выполняешь обязанности и избавляешься от своих троек. Тогда можешь и дальше жить с нами. Если нет, уходи и делай что хочешь.

Даша, оторопев, уставилась на мать. Это она всегда угрожала ей тем, что сбежит! Возьмет и не вернется домой в один прекрасный день, если «родоки» будут сильно ее доставать. Теперь ситуация принимала неожиданный оборот.

— И где я буду жить? Ты мне снимешь квартиру?

— Снимешь себе все, что захочешь, сама. Мы с папой не собираемся ни давать тебе денег, ни общаться с тобой. Можешь забыть о том, что у тебя были родители.

В глазах Даши впервые промелькнуло что-то похожее на испуг — Маша заметила это, прежде чем дочь успела надеть очередную подростковую маску. Она умела быстро взять себя в руки.

— Жестоко, — ребенок наигранно улыбнулся, — а общаться-то почему нельзя?

— Для нас с папой это слишком тяжело. Мы измучились и устали. Жизнь слишком коротка, чтобы тратить ее на вечную войну с собственным ребенком.

— Нет человека — нет проблем?

— Можно сказать и так.

— А ты не хочешь узнать, почему я не пришла домой? Что случилось?

Маша не хотела. Она смертельно устала за последнее время от наглого вранья и бессмысленных разговоров. От своих долгих, с примерами из жизни, объяснений, почему опасно передвигаться одной по городу поздно вечером. От педагогических бесед на тему «надо учиться». От душеспасительных излияний о вреде сигарет, алкоголя и — боже упаси! — наркотиков. Дашка в такие минуты смотрела куда-то поверх макушки матери и, в зависимости от настроения, то презрительно хмыкала, то безразлично кивала. Ни то, ни другое ровным счетом ничего не значило. Их с Олегом дочь продолжала гнуть свою линию и задвигать родителей с их нотациями за линию горизонта. Могла явиться домой с запахом табачного дыма в волосах. Могла непростительно опоздать к назначенному времени. Могла даже исчезнуть посреди ночи из дома, несмотря на строжайший запрет: дожидалась, пока мама с папой уснут, и потихоньку выбиралась на улицу по зову соседских мальчишек. Таких же безбашенных подростков, как и она сама. Все это, вкупе с неминуемыми скандалами, ночными разборками и скачками давления у родителей, не мешало ребенку с прежней детской радостью делиться с матерью историями из жизни. Это и выбивало Машу из колеи — она сходила с ума от раздвоения личности Дашки: несмышленый добрый ребенок то и дело превращался в изощренного злобного переростка, который только и делал, что старался причинять близким людям сильную боль.

Маша смотрела на дочь и не верила в то, что сама ее родила. Не могло это инопланетное существо быть человеком от ее плоти и крови. В противном случае она сумела бы достучаться до упрятанного в раковину подростковой бравады сознания. Но ведь не может донести до девочки самых элементарных вещей! Разговоры-разговоры. Каждый день, уже много лет, и все без толку.

Маша сидела молча, ждала. Даша за двадцать минут не произнесла ни слова. Смотреть на нее было тошно: грязные красные волосы торчали во все стороны, истрепанная толстовка выглядела вещью с помойки, а вокруг проколов в носу и на губе образовалась подозрительная краснота. Сердце матери дрогнуло и болезненно сжалось: не прошло и полгода с тех пор, как Дашка попала в больницу с инфекцией в мочке уха. Сама же себе занесла. И это ничему, ни на секунду ее не научило! Сколько еще раз этому ребенку придется споткнуться, упасть и расшибиться в кровь, прежде чем она поймет, что нужно себя беречь?!

— Ты приняла решение?

Даша помолчала, потом выдала, по-детски надув нижнюю губу:

— Я не хочу уходить.

Сердце матери встрепенулось и учащенно забилось. Она старалась не показать своей радости.

— Значит, нужно соблюдать правила.

— Может быть, — Даша задумчиво поднялась и подошла к лестнице, — но я не всегда смогу удержаться.

То, что ребенок начал признавать собственную слабость, само по себе можно было считать победой.

— Придется. Иначе ты знаешь, где дверь.

Маша видела, как дочь борется сама с собой и не может победить внутреннего разлада. Ничего не ответив, она медленно поднялась вверх по лестнице и закрылась в своей комнате.

— Больше никаких детей, — Молчанова услышала шипение Олега за своей спиной, — с меня хватит этой!

Первый раз в жизни он терпеливо дождался конца разговора в укрытии: не встрял, не вмешался. Не начал обвинять и орать. Все, как Маша просила.

— Олег, но другие-то в чем виноваты?

— Ты меня поняла.

— Все дети разные, — она уже видела по его глазам, что ситуация безнадежна, — никогда не знаешь, как все сложится с другим ребенком.

— Тем более! С меня хватит!

Глава 6

Только к концу июня, после дикой выходки отца, мамаша догадалась, что надо бы Аннушку в огород выносить, давать свежим воздухом подышать. Как она ни драила, ни скребла, а в доме стояла невыносимая вонь. Источник ее будто въелся в старые доски, пропитал их насквозь и не желал отступать. И только Василий был доволен результатом: сумел показать своим бабам, кто в доме хозяин.

Теперь Аннушка подолгу лежала на улице. Чаще всего ее выносили и так забывали. Мамаша нашла старый, бабкин еще, деревянный чемодан. Стелила на дно одеяльце, клеенку, пеленки и выкладывала голенького ребенка «принимать воздушные ванны». На свежем воздухе спалось хорошо, и даже кашель почти пропадал. Зато

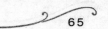

комары не упускали шанса: Аннушка была вся в красных пятнах от их укусов.

В деревне понятия не имели о том, что в крайнем, перекошенном от старости домишке, у беспутной мамаши и ее нового сожителя девочка родилась. Казалось, научена уже женщина горьким опытом — троих детей забрали, — не станет испытывать судьбу. Да и спивалась она, вслед за Василием, не по дням, а по часам. Но жизнь по-другому устроила. Понадобилось ей, чтобы после трех несчастных мальчишек еще и девчонка явилась на свет.

Первой Аннушку обнаружила баба Маня. Не поверила глазам, когда показалось, что в соседнем дворе посреди сорняков стоит открытый чемодан, а в нем — ребеночек спит. Глаза протерла. Все то же. Ближе подошла к покосившейся калитке и обомлела. И правда — девочка. На вид заморыш заморышем — тощая, бледная, покрытая красными пятнами с головы до ног. И голенькая совсем: ни распашонки, ни ползунков. Да и откуда детским вещам-то взяться? Мамаша одежки, какие от ребят остались, давно продала. Васька приблудный научил, как деньги на водку добывать. Непрошеного соседа баба Маня с первого дня боялась. Огромный как медведь, волосы и борода клочками торчат, глаза красные — того и гляди прибьет. Как только он полтора года назад в деревне появился, баба Маня сразу к Степанычу побежала выяснять, что за человек. Ничего доброго не узнала: со школы воровал, сидел в колонии для малолетних, вышел бомжем — родственники позаботились. Скитался без работы и без дела по городу, пока их непутевая соседка это сокровище не подобрала. Да еще и прописала к себе, жалостливая душа. Лучше бы деток своих жалела...

Старушка мигом забыла, куда и зачем шла, побежала домой. Собрала младенческие одежки, которые от внуков остались, стала уговаривать деда к алкашам сходить: вещички передать. И посмотреть поближе, как там младенец. Уж больно плохонький, может, надо спасать? Если бы она в прошлый раз, два года назад, в милицию не сообщила, так бы и уморила мамаша троих своих сыновей. Славные ребятки такие, вся деревня их подкармливала, как могла. А они к мамке тянулись, любили ее, окаянную, больше жизни. Баба Маня до сих пор иногда по ночам в холодном поту просыпалось — казалось ей, что большое зло она сотворила, разлучив мать и детей. Но что делать-то было? Голодали мальчишки, болели, головки вшами кишели — живые шапки, не подойти. А мать ребят не смотрела совсем. Старшенький лет с пяти все хозяйство в доме вел сам. За младшими ходил. Да еще и за мамашей ухаживал. Она и раньше напивалась иногда, правда, не так часто: приедет из города уже готовая и ляжет под забором. В дом к детям не идет, стыдно. А он ее словно чувствовал — выбежит с ватным одеялом, укутает и сидит рядом. Сторожит. Боялся, как бы в милицию ее от них не забрали. Про это он все хорошо понимал. Опыт уже был. Утешалась баба Маня лишь тем, что в хорошую семью мальчишек пристроили. Не с родной мамкой, зато любят их как своих. Петр Егорыч в последний раз приезжал, целый час у них с дедом сидел, фотографии показывал, нахвастаться сыновьями не мог. А ребятки и правда как куклы — щечки кругленькие стали, глазки блестят, одеты с иголочки. Видно, что балуют их от большой любви.

Дед долго сопротивлялся. Кому же захочется под руку к Ваське этому окаянному лезть? Но баба Маня свое дело знала: налила деду для бодрости рюмочку по особому случаю, он ее опрокинул, крякнул и пошел за порог. Жена за ним. Добрели до соседского участка. По двору пробираться не стали, хоть калитка кособокая нараспашку. Дед звучно крикнул:

— Эй, Василий! Есть кто живой?

Ответила тишина.

Пришлось по заросшему сорняком огороду топать к дому. Маня не удержалась — подошла к чемодану в траве, кряхтя, опустилась перед ним на колени. Дышит, сердешная. С хрипами, тяжело. Но славная какая девочка! Если б не болезненность и худоба, была бы красавица. Ножки-ручки точеные, носик маленький, ротик потешный — во сне оттопыривает нижнюю губку, как будто на кого-то обиделась. От такой жизни немудрено. Хотела баба Маня взять малышку на руки, отмыть, обогреть. Но побоялась Василия — не забыла, каким волком он на нее смотрел, когда она по старой памяти с гостинцами и пирогами на Радоницу пришла. Сама-то непутевая дочка к Анне, матери своей, на могилку и не подумает сходить, а баба Маня каждый год вот так ненавязчиво напоминала. Сама оставалась с ребятами, пока соседка ходила на кладбище. Кормила мальчишек конфетами, они визжали от радости, перемазывались шоколадом как чертенята и лезли целовать старушку коричневыми сладкими губами. И еще неизвестно, кому от этого веселья было больше счастья. А в прошлом году ребят уже не было, и вымер дом. Словно остался без души. «В подачках не нуждаемся», — отрезал Василий и вывел соседку за дверь. Она только и успела рассмотреть краем глаза, во что превратился Анин дом. В страшном сне не приснится! И наследница пьяная в беспамятстве на тюфяке лежит.

Дед тем временем постучал, уже думал развернуться и уйти подобру-поздорову, пока никто не тронул, но тут жена показала ему малявку. Коленочки острые, личико скорбное, грязные волосенки еле головку прикрывают. А под ними жилка пульсирует — родничок еще не зарос. Такую только тронь, и нет ее. А тут Василий с медвежьей хваткой.

Дед старый слезу с глаз смахнул и пнул ногой дверь. Стал всматриваться. После солнца ничего внутри было не разобрать. Тьма непроглядная. Постепенно привыкли глаза.

Казалось, что такие гадюшники на земле сто лет как перевелись: двадцать первый век на дворе, не каменный. Вонь, грязь, занавески черные от копоти висят. Пол в хибаре растрескался, бревна в стенах прогнили. Из мебели — детская кроватка, в которой сама мамаша когда-то и выросла, обеденный стол да тюфяк в углу. Все, что от Анюты бедной осталось, пусть земля ей будет пухом. Не повезло с дочкой, так не повезло — и мать загнала в могилу, и свою жизнь порушила.

На серой нестираной постели бесформенными мешками лежали хозяйка с сожителем. Спят, с утра уже пьяные, мертвецким сном. Дед подошел к тюфяку. На что привычный ко всем ужасам — блокаду ребенком пережил, — а от смрада чуть не выворачивало. Тронул носком калоши тот из двух мешков, что с бородой. Василий даже не пошевелился. Дед рассердился. Пнул сильней. Без реакции. В глазах от ярости потемнело. За что отец его погиб в войну, кого защищал?! Не для того люди под пулями ползали и с голоду подыхали, чтобы мразь такая на русской земле процветала! Схватил он гнутую кочергу да как огреет Ваську по заду! Тот подскочил — глаза кровавые, красные — и, не разбирая ничего, бросился на обидчика. Дед едва выбежать из хибары успел — как пить дать прихлопнет, пьянь беспросветная. Силы-то бесовской некуда девать.

А Василий даже не понял ничего. Глаза протер, осмотрелся. Пусто в доме. И снова рухнул рядом с женой, прижав ее грузным телом к стене.

— Живой? — кинулась к деду баба Маня.

— Отстань, старуха! — Дед тяжело дышал, схватившись за сердце.

— Да что ж это такое?!

— Такое! К Степанычу надо идти.

— Пока ходишь, они и ребеночка уморят! — всплеснула Маня руками.

— Вижу я все, — дед понурил голову. — В войну и то такими тощими да грязными ребятишки не были. Воспитали коммунисты себе достойную смену, нечего сказать.

— Что же теперь, — бессмысленно засуетилась жена, — заберем девочку с собой?

— Рехнулась ты, что ли? — Дед поплелся к калитке. — У нее законные родители есть. Государству теперь решать. Вещички рядом с ребятенком оставь, найдут. Степанычу я сам позвоню.

Участковый вежливо попрощался со стариком Рябининым и с досадой отбросил трубку радиотелефона. Только этого не хватало! Мало ему было ночной разборки: мужики в поселке словно с ума сошли. Насмотрелись телевизора, обалдуи. Всю жизнь с хохлами бок о бок жили, дома вместе строили, водку пили, сало ели, и ничего. А теперь вдруг стенка на стенку. Одни орут: «Нехай русских не тронут!». Другие вопят: «Убирайте от границ свои поганые танки!». И что за результат? Бедному Петренко голову камнем пробили — неизвестно еще, выкарабкается мужик или нет. Нормальный парень, хороший электрик. Жена, две детей. Кому от него плохо было? Теперь следователь, суд... Прощай, мирная жизнь!

А поутру еще дед Рябинин со своим занудством — «проверьте». Послал бы куда подальше, если бы сын его не был в городе большой шишкой. Всюду эти Рябинины нос суют. В прошлый раз добились, чтобы пацанов у этой беспутной мамаши забрали. Пять лет назад достучались, чтобы газ в деревню провели. Ни одно дело без них не обходится. Активисты!

Легко сказать «проверьте»! А дальше что? Кончились старые времена, когда всех битых, больных и голодных тут же отправляли в приют. Теперь даже за «ненадлежащий уход» забирать из родной семьи нельзя. Вера Кузьминична не зря зимой звонила, предупреждала: депутаты выдумывают новый закон. Теперь, если что не так, и представителя опеки, и сотрудника полиции могут привлечь к уголовной ответственности за необоснованное изъятие ребенка из семьи. Кто там в суде будет разбираться, отчего да почему? Оно им надо? Как всегда, исполнители и будут виноваты. А по закону это теперь чуть ли не до восьми лет лишения свободы! Да пусть воспитывают наркоманы и пьяницы свой приплод, как хотят. Никому нет дела. Ему еще своих троих на ноги ставить — никакого резона в тюрьме за чужих сидеть.

Тяжело вздохнув, Степаныч вышел из отделения и нехотя оседлал служебный мотоцикл. Решил ехать мимо трассы, по проселочной дороге, чтобы не дай бог не налететь на кого. После бессонной ночи голова раскалывалась да в глазах рябило.

Дверь хибары долго не отворяли. Степаныч громко и по-хозяйски стучал. Было открыто, только толкни, но заходить не хотелось — спасибо, нанюхались уже. Лучше было на воздухе постоять. Наконец выплыл Василий.

— Мочалов, — Степаныч отодвинулся, поморщившись, — когда пить бросишь, скотина?

— К зиме, — уверенно пообещал хозяин.

— Ты со мной не шути! Еще раз пьяным увижу, на пятнадцать суток закрою.

— Понял...

— Ладно, — Степаныч безнадежно махнул рукой, — сигнал на тебя был. Жестокое обращение с ребенком.

— Чего?!

— Дети в доме есть?

— Есть. Дочка.

— Почему незаконно?

— Как незаконно?! — Мочалов испугался. — Как у всех. Родили. Мужик я или нет?

Степаныч поморщился. Бесполезно таким про мужиков объяснять. Это он по молодости, как дурак, язык натирал, воспитывал. Про ответственность молол, про обязанности отца. Теперь все, хватит.

— Прописка ребенка где? Свидетельство о рождении?

— Так это мамашу надо спросить. Я ж тут так.

— Ты зубы не заговаривай. Себя-то не забыл прописать. Документы на ребенка тащи.

Василий скрылся за дверью. Долго возился там, потом вывел испуганную хозяйку с завернутым в старые пеленки младенцем на руках. «Тьфу, — подумал Степаныч, — и это — баба? Смотреть противно». На ребенка он даже не взглянул. Никаких нервов не хватит на каждого несчастного младенца смотреть. Голос подает, и ладно. Значит, живой.

— Ну, что за ребенок? — обратился он к мамаше, прикрывая нос.

— Наша с Васей дочка, — промямлила она. — Мочалова Анна Васильевна.

— Где свидетельство о рождении?

— Нету, — ответила женщина и вся покраснела.

Василий злобно закрутил глазами и толкнул ее локтем в бок.

— А мне не давали. — Она оживилась. — Только справку в роддоме выписали, что 20 мая девочка у меня родилась.

— Вот дура! — сплюнул Степаныч. — Четвертый ребенок, а все не соображаешь. В роддоме и не будут давать. Оформить надо было в течение месяца. Тащи сюда справку, и чтобы срочно в поселок сгоняли в ЗАГС. Проверю в четверг.

Степаныч посмотрел измятую бумажку с печатями городской больницы, успокоился и вышел со двора. Младенец вроде шевелится, кряхтит потихоньку. Он поморщился: ну, обзавелась семья дитем. Их что, за это судить? Ребенка отнимать? Хоть и алкаши, а такие же люди. Имеют право на продолжение рода. Конечно, если бы кто догадался Степаныча спросить, он бы четко сказал: стерилизовать надо таких мамаш. В принудительном порядке. Сами они никогда не сообразят, как так устроить, чтобы без конца не рожать. Насмотрелся он за десять лет службы. Одного, второго, пятого, десятого на свет произведут, а детки потом или в детдоме растут, или дохнут как мухи. Кто шею себе свернет, кто кипятком обварится, кто отравы наестся — следить-то некому, мамаша дурь глотает или пьет. А бывает и того хуже: нарожают припадочных, даунов и сами же их добивают от злости на судьбу. Сколько видел он малышей с головами в язвах от потушенных о макушку окурков, с поломанными родителями в гневе руками-ногами, с кожей, рассеченной розгой на тонкие окровавленные ремни. Вот где война! Против беззащитных. Не любят в России детей. Мстят им за то, что посмели появиться на свет. А те потом вырастают и отыгрываются на собственных чадах. И некому разорвать этот круг. Государству лишь бы рожали — таких, сяких, главное — цифры. Кто ж даст указ негодных мамаш, чьи дети брошены или даже от рук их погибли, насильственно детородных способностей лишать? А надо бы.

Степаныч потоптался возле мотоцикла, но не уехал. Как ни сопротивлялось нутро, а решил к Рябининым заглянуть. А то ведь не отстанут, будут звонить да писать.

Баба Маня, неугомонная душа, выбежала навстречу. Изображает нежданную радость, хлопочет, а сама небось видела и слышала весь разговор. Зря, что ли, придуманы щели в заборах?

— Степаныч, чайку? Блины еще не остыли.

— Не откажусь. На завтрак времени не имел, — рассудил, что с паршивой овцы хоть шерсти клок.

Он прошел на крыльцо и начал стаскивать с ног тяжелые сапоги. Почувствовал кислый запах вчерашних носков, усомнился — может, сослаться на срочные дела? Неудобно в стерильную чистоту стариковского дома тащить свою вонь. Но желудок, уловив ароматы с кухни, заурчал как сумасшедший.

— Не снимай, — замахала на него баба Маня руками, — все равно полы мыть.

Степаныч послушно натянул сапоги, прошел и улыбнулся стопке блинов на глиняной тарелке.

— Ну? — баба Маня не дала дожевать даже первый блин. — Когда приедет опека?

Он молча пожал плечами и спрятал усы в своей кружке. Не хотелось ничего говорить. Объяснять про новый закон. Он как мог тянул время.

— Опасности нет, — пробурчал наконец, выхлебав весь чай.

— Как это?! Там же Васька, судимость у него!

— Детей с судимостью заводить не запрещено. Да и за что он сидел? Подростком по дурости магнитолу из машины украл.

— Нормальному ребенку в голову не придет чужое взять. Вот у меня сынок...

— Много вы знаете, — Степаныч не смог сдержать праведный гнев, — вашего сыночка жизнь не трепала. А Мочалов на улице рос, там другие понятия.

— Но не красть!

— Красть, иначе свои же забьют. И колония. Там старшие как молодняк воспитывают? Чтобы не возникали, подвесят и бьют дубинами. До беспамятства. И так не день, не два — много лет. Что от человека останется? Какой потом с него спрос?

Баба Маня сидела, опустив голову.

— Да что же делать? — прошептала она.

— Не знаю, — гнев Степаныча как рукой сняло, — поглядывайте. Если что-то не так, звоните. Приеду.

— Так ведь все не так!

Он беспомощно развел руками и начал вставать из-за стола.

— Деду привет. Куда он подевался-то?

— Спит. Перенервничал.

— Ну, и пусть отдохнет. Спасибо за чай.

Степаныч стремительно вышел, оседлал мотоцикл и выехал из деревни. Старухины блины еще долго стояли тяжелым комом поперек горла.

Глава 7

— Машенька, зайди ко мне, пожалуйста!

Ласковый тон директора эфира не оставлял сомнений: снова кто-то из ведущих пропал. Слег, заболел, охрип. Весна, впрочем, как и осень, настойчиво изымала из студии лучшие голоса. Коллеги начинали покашливать, сипеть и временно теряли трудоспособность. Как бы ни недолюбливала Молчанова новостной эфир, а придется на этот раз, видимо, и ей выйти в смену.

— Это срочно?

Она еще колебалась, соглашаться или нет. Наверняка речь пойдет о позднем вечере. А она так хотела сама заехать за Дашей в школу, доставить ее домой — надежнее, да и ребенку не трястись на автобусах с пересадками, — позаниматься с дочерью английским — до конца учебного года осталась всего неделя, на носу итоговый тест.

— Очень!

— Хорошо, я иду.

Она поднялась на второй этаж, открыла дверь в крошечный кабинет. Сергей, приветливо улыбаясь, поднялся ей навстречу.

— Рад тебя видеть!

— Взаимно! И кого мы на этот раз недосчитались?

— Все-то ты знаешь, — он рассмеялся и, вздохнув, признался: — Сашка заболел.

— Вот так всегда. — Маша, изображая упрек, покачала головой: — Ты меня вызываешь, только когда беда.

— Не вызываю, а приглашаю.

Маша заметила, как кончики ушей у Сергея от смущения покраснели.

— Мог бы и другой повод найти.

— Не даешь, — начальник развел руками, — сам иногда страдаю. Думаю, давно не видел Молчанову, надо бы встретиться, поговорить. А о чем? Эфиры ты не срываешь, ляпов не допускаешь, безобидных оговорок и то не дождешься. Машенька, ты идеал нашего кошмара!

— Сережа, — она рассмеялась, — умеешь ты из людей веревки вить. Давай, говори, что надо делать.

— На сегодня назначено интервью с президентом банка, а Сашка хрипит.

— Ты же знаешь, я не по финансовой части. — Про себя Маша успела порадоваться тому, что никто не собирается давать ей новостной эфир.

— И не надо! Это запись воскресной программы. О жизни, о детях — сама все знаешь.

— Во сколько?

— Через тридцать минут.

Молчанова присвистнула.

— Не успею же подготовиться!

— Сашка материал собрал, вопросы написал, все у тебя в почте! Почитаешь, пока гость едет в студию.

— Ну, вот что с тобой делать!..

— Что хочешь, только соглашайся!

— А у меня есть выбор? — Она притворно тяжело вздохнула.

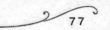

— Вообще-то нет. — Сергей, осчастливленный, схватил ее за руку. — Спасибо!

Молчанова рассмеялась, осторожно отобрала у начальника свою ладошку и вышла за дверь.

Сашка, энциклопедически начитанный человек (и невозможный болтун), сделал работу на совесть — наверняка и сам был не рад, что свалился с простудой. Краткое досье, подробная биография, двадцать хороших вопросов, выстроенных в единую логическую цепочку, которые обязаны оформить в стройный рассказ даже самую несвязную речь собеседника. Стоило Маше погрузиться в чтение, как сердце ее взволнованно забилось.

«Роман Авдеев, отец 23 детей, в том числе 19 приемных, владелец банка...» Все остальное было уже неважно. 19 приемных детей! Как же так вышло, что раньше она не слышала об этом удивительном человеке? Если бы знала, сама бы побежала к Сергею и умоляла дать ей это интервью. Она жадно, целыми абзацами, глотала текст, выхватывая то, что касалось детей. Нет, не «взял под опеку», не «оформил патронат». Именно «усыновил»: дал собственную фамилию, дом и семью.

Молчанова, давно привыкшая к встречам с людьми разного толка и статуса, неожиданно испугалась. Все в самой себе казалось ей неуместным: удобные старые джинсы, лохматая голова, не покрытые лаком ногти. До слез было обидно, что не знала об интервью заранее и не оделась как подобает. В деловом костюме чувствовала бы себя намного увереннее. А эта легкомысленная блузка, да еще с глубоким вырезом... Выдернув из сумки косметичку, Маша, разволновавшись как школьница, побежала в туалетную комнату. Руки работали над лицом сами собой, на годами отработанном автоматизме, а мысли метались между вопросами. Спасибо Сашке за труд, но список его долой! Шанс получить ответы из первых уст выпадает человеку раз в жизни. И пусть только кто-нибудь упрекнет ее потом в том, что она отступила от темы. Сами же напросились! Заранее надо предупреждать.

Мобильный телефон в сумке надрывался изо всех сил и, видимо, уже давно. Маша взглянула на дисплей — звонила Лидочка, редактор программы. Неужели гость уже прибыл?!

— Роман Иванович приехал, — бодрым голоском доложила Лида, — вы скоро придете?

— Через две минуты. Предложите чай, кофе.

— Уже все сделали. Только вас ждем.

«Десять, девять, восемь», — Маша стояла перед дверью в студию, ощущая себя ракетой перед стартом. Давно позабытое волнение дребезжало внутри как натянутая струна. Она сделала глубокий вдох, задержала дыхание, резко выдохнула и легкой походкой вошла.

— Добрый вечер, Роман Иванович!

Темноволосый мужчина, на вид примерно лет сорока, взглянул на будущую собеседницу из-под густых бровей и галантно поднялся с места.

— Здравствуйте, Маша! Ничего, что без отчества?

Она с улыбкой кивнула.

— И вы обращайтесь ко мне по имени. Так будет проще.

— Спасибо, — поблагодарила Маша.

Во всем его облике — аккуратной фигуре, лунных бровях, умном взгляде — было что-то восточное. Молчанова протянула для пожатия руку. Крепкая, приятная на ощупь ладонь Авдеева ответила на рукопожатие, едва уловимо сжав руку Маши. Маша кивнула на его приглашающий

жест, в очередной раз отметив про себя способность больших людей в любых обстоятельствах моментально становиться хозяевами положения, и послушно села. Роман Иванович опустился следом.

— Ну что же, начнем? — весело спросила она.

— Как скажете.

— Вот ваш микрофон. Наушники. Когда будете готовы, нажмите красную кнопку.

Она перемигнулась с ребятами за стеклом. Все было готово. Маша широко улыбнулась, лицо ее за доли секунды преобразилось — волнение и тревога исчезли без следа. Никаких посторонних мыслей, сомнений, только страстный интерес к собеседнику: во всей Вселенной сейчас существовал только один человек, и он сидел перед ней.

— Поехали?

— Да.

Подводка к программе. Короткое представление гостя и, наконец, старт. Маша не думала о записи, не помнила об эфире, она мечтала только об одном: добраться до сути, примеряя факты и ощущения на себя. Она наконец должна была понять, как ей дальше жить.

— Роман, скажите, в каком возрасте вы усыновили первого ребенка?

— Кажется, мне было лет тридцать пять, никогда не считал.

Зато Маша считала быстро: ему тогда было столько, сколько ей сейчас.

— И ничего такого ужасного в моей жизни не произошло, это был путь, который я сознательно выбрал. Не потому, что он хороший или плохой. Знаете, некоторые знакомые, журналисты во время беседы доверительно так сообщают: «Это тебе на том свете зачтется». Или в газетах пишут: «Это для того, чтобы налоги не платить». Ужас!

— Или «грехи замаливать»? — Маша сознательно подлила масла в огонь.

— Да, или так: — Роман даже бровью не повел. — Но мне нравится такая жизнь, и никакого секрета по поводу выбора своего пути я раскрыть не могу. По-моему, человек должен жить не только для себя, но, прежде всего, для других. Это есть во всех религиях, мне эта идея очень близка.

— Но почему именно сироты?

— В детских домах дети страдают, хотя ничего плохого не совершали. — Он говорил, а Молчанова понимала, что слышит собственные мысли. — Желание помочь возникает, по-моему, у всех. А вот вопрос бесполезности этого института приходит в голову не каждому. Я много общался в детских домах и с детьми, и с воспитателями. Никаких крайностей не видел, чтобы кто-то над детьми издевался, наоборот, к детям относятся с сочувствием и вниманием. Но сам институт неправильный — там ничего нельзя сделать. И поэтому в моей жизни помощь детским домам перешла в усыновление.

На мгновение в голове возник список вопросов, которые готовил Сашка, но Маша отмахнулась от него. Неважно, выпустят программу в эфир или нет — она не может упустить свой собственный шанс. Столько лет сомнений... Она должна наконец понять, подходит на роль приемной мамы или нет! Со всеми своими родительскими неудачами и неуверенностью в себе.

— Роман, а какими качествами, на ваш взгляд, должен обладать усыновитель?

— Нет, я бы в принципе вопрос так не ставил. — Он подозрительно взглянул на Молчанову. — Усыновитель должен обладать только одним качеством: желанием и возможностью принять ребенка. Это ключевое свойство, которое должно быть у людей.

— А достаток, условия жизни? — Она сосредоточила внимание на экране монитора, чтобы не отвечать на его удивленный взгляд.

— Понятно, что элементарные материальные условия необходимы — ребенка нельзя брать на улицу, это безответственно, — Роман заерзал на стуле: ни одного вопроса, которые ему заранее присылали, пока так и не прозвучало, — людям, которые обладают материальным статусом, легче принять ребенка, чем другим. И у меня тоже многие вопросы решаются за счет денег. Мы, например, живем в коттеджном поселке, рядом нет государственной школы, в которую дети могли бы ходить. Поэтому они ходят в частную школу. Деньги упрощают процесс. Но вопрос, повторюсь, в другом — принять. И это только звучит так легко, а на самом деле очень сложно. У многих благородные желания, но, если нет внутренней готовности, ничего не получится.

Молчанова на секунду зажмурилась: он говорил о ней.

— Но как же быть, — голос ее дрогнул, она сделала паузу, чтобы потом можно было вырезать без проблем, и повторила твердо: — Как быть, если человек сам сомневается в этой готовности к усыновлению?

— Психолог может помочь прояснить ситуацию. — Роман смотрел на Машу так, словно все про нее понял. — Но создать готовность не может никто. Либо она есть, либо ее нет.

Она не сразу смогла заговорить. Эта фраза «либо есть, либо нет» бесконечно долго стучала в висках. На помощь пришел Сашка со своими заготовками. Сама она сейчас не смогла бы задать вопрос.

— Почему, на ваш взгляд, в России не принято усыновлять и недостаточно приемных родителей?

— Я бы по-другому поставил вопрос. — Роман Иванович сел удобнее, откинувшись на спинку стула. — Меня больше ужасает, почему в нашей стране так плохо относятся к собственным детям. И детям вообще. А все остальное — это уже следствие.

— И почему же?

— Потеряна основа. Раньше были национальные идеи. Православие, самодержавие, народность — триада царской России. Сейчас это звучит как-то странно, но это то, что держало общество и разделялось большинством. Потом пришла социалистическая идея, она тоже разделялась обществом. А дальше произошел слом, и новой идеи общество самостоятельно выработать не смогло. Царская Россия рухнула, идея социализма и социального равенства тоже перестала работать. Человек потерял духовные ориентиры.

— Может быть, эта нелюбовь к детям — черта русского характера? Помните, сколько детских страданий описано у Чехова, Горького, Достоевского?

— Мне тоже сразу вспоминается много эпизодов из русской классики, она ими полна...

— Помните, в «Братьях Карамазовых»? «Ребеночка раздевают всего донага, он дрожит, обезумел от страха, не смеет пикнуть... «Гони его!» — командует генерал. «Беги, беги», — кричат ему псари, мальчик бежит... «Ату его!» — вопит генерал и бросает на него всю стаю борзых собак. Затравил на глазах матери, и псы растерзали ребенка в клочки!» Что это, если не звериная ненависть?!

Маша умолкла, сломленная, убитая этим неожиданно вырвавшимся на волю отрывком. В ней клокотала такая немыслимая ярость, что она не могла говорить. Они оба, ошарашенные, долго молчали, не в силах избавиться от нарисованной Достоевским картины. Сколько их было на самом деле в истории государства Российского?

— Маша! — звукорежиссер уже несколько минут слушал звенящую тишину. — Давай что-то делать.

— Простите, — Молчанова с трудом перевела дыхание и виновато взглянула на гостя, — меня занесло. Я попрошу это вырезать. Давайте вернемся к моменту о классике. О том, не значат ли страшные эпизоды, что нелюбовь к детям — в нашей крови?

— Нет, — Роман Иванович сделал над собой усилие и продолжил мысль: — В русской классике нет такой идеи, что человек — это венец природы, творец и должен жить только сам для себя, а ребенок лишает его свободы, — никогда не было. Она появилась только сейчас. Процветает движение чайлд-фри. Я не против, человек выбирает сам, как ему жить, но, если посмотреть на русскую классику, подобный сюжет там полностью отсутствует. Там есть авторитет семьи. Другое дело, что все эти повороты нашего русского бытия, все наше залихватство, безответственность и эти драмы, когда человек встает перед экзистенциальными проблемами и решает их таким образом, что волосы встают дыбом, есть в той же русской классике. И все равно того, что процветает сейчас, мнения «ребенок — это обуза», не было.

Перекошенное лицо Олега возникло перед внутренним взором. «Больше никаких детей», — снова прошипел он.

— То есть элементарный эгоизм?

— Да. И это началось не в 90-е годы, а в 60-е. Тогда произошла утрата базового общественного института — семьи. Посмотрите сами. У нас очень часто, даже в рекламе, семья — это мама, папа и ребенок. Или даже мама и ребенок. Но это вообще не семья! Нельзя давать таких ориентиров! Но такого, чтобы было два ребенка и родители, я вообще в рекламе не помню. А три — то, что нужно для того, чтобы население воспроизводилось, — этого нет вообще.

— Близкие родственники усыновителей часто задают вопросы: «почему не своих?», «какие там будут гены?», «высока ли опасность наследственных болезней?». Каким образом вы всех переубеждали?

— А я широкую дискуссию на эту тему не проводил. Это мое решение. С родителями советовался, но разрешения не спрашивал. У каждого своя жизнь.

Маша впервые не без удовольствия вспомнила о разговоре с собственной матерью. Та, узнав о планах дочери, не просто расстроилась, разозлилась: «Нечего дурью маяться!». И Молчанова, поняв, что здесь поддержки ей не найти, торопливо ответила: «Это моя жизнь, и я сделаю так, как считаю нужным».

— Мама, конечно, боялась, что это будет тяжело, — Роман объяснял Маше чувства родителей, — справимся ли мы? Но вопроса о том, что это за гены, у нас не было. Я лично считаю, что достаточно многое можно сделать воспитанием. Есть, конечно, гены, ими многое заложено, но если в результате получается «человек асоциальный» — это вопрос воспитания. И когда мне говорят, что в нем заложен преступник, для меня это полная чушь. Может быть заложен темперамент, характер, но не стремление убивать. Я воспринимаю так: мои дети — это те, кто разделяет мои ценности и кто следует за мной.

Глаза Маши заблестели. И сама она то же самое твердила всем: Олегу, маме, друзьям. Но до этого момента не было у нее никаких доказательств, только догадки. А теперь появился опыт человека, который прошел через усыновление почти двадцать раз. Он не мог явиться случайно, кто-то свыше сжалился над ней наконец, показал путь и решение. Молчанова почувствовала, как радость побежала по телу, мешаясь с кровью. Словно солнце потоком обрушилось на нее.

Она вдруг ясно увидела перед собой серьезного малыша, который сидел в высокой траве и робко протягивал к ней крошечные ручки. Он не улыбался, смотрел печально, неуверенно, а в синих раскосых глазах, широко посаженных на худеньком личике, читалась надежда...

— Мария? — Роман окликнул ее.

— Простите. — Молчанова, улыбаясь как сумасшедшая, брякнула первое, что в голову взбрело: — А ваши дети ходят и в школу, и в детский сад?

— Мы стараемся, чтобы у детей была максимальная социализация, чтобы они открыто общались с миром, сталкивались с проблемами, которые в нем существуют. — Бросив на Машу быстрый взгляд и рассудив, что нового вопроса от журналистки не дождаться, Роман Иванович и ее работу взял на себя. — Каждый ребенок индивидуален, у него свои интересы, свои особенности, и он их по-разному проявляет. Мы стараемся детей не баловать. С возрастом круг их обязанностей возрастает. Я вообще слабо представляю себе воспитание, когда пытаешься ребенку исключительно на словах все рассказать. Должны быть еще дела. С маленького возраста это самообслуживание. Стараемся, чтобы они сами как можно раньше начинали есть. Хотя, конечно, поначалу всегда легче и чище самому покормить. Ну и дальше — убирать свою комнату, заправлять постель, накрывать на стол.

Маша завороженно кивала в такт его словам. Так хорошо ей было, наверное, впервые за последние семь лет. За все те годы, что она металась между выбором «да» или «нет», «помочь» или «не навредить».

— Что для вас счастье? — брякнула она.

— Счастье в том, чтобы жить здесь и теперь. Глубокое несчастье думать, что завтра будет хорошо. Или когда-то было хорошо, а теперь это не вернулось. Должны совпадать возможности и потребности.

— А счастье семьи?

— Счастье семьи — это единство противоположностей. Есть определенные природой психологические и физиологические особенности. Если даже женщина зарабатывает, водит машину, это прекрасно, но подобные вещи не освобождают ее от рождения детей. Я поддерживаю любой выбор человека, какой он считает правильным. Но опять же от этого мужчина не становится, например, женщиной, и наоборот.

Маше наконец стало стыдно за то, что она использует гостя в студии в личных целях. Да и перед Сашкой с Сергеем потом будет неудобно. Своей цели она достигла, услышала то, что долгие годы вертелось в ее собственной голове и нигде не находило подтверждений. Смешно сказать: впервые в жизни она видела перед собой живого человека, который усыновил ребенка. Оказалось, только этого ощущения реальности происходящего ей раньше и не хватало.

Пора было переходить к запланированному интервью. Роман Иванович терпеливо отвечал на вопросы, не уходил от неудобных тем, не поддавался на провокации и ни разу не произнес излюбленной фразы многих собеседников: «Я не хочу об этом говорить». Он был мечтой журналиста. Молчанова знала, что как только ей подвернется под руку малейший повод для беседы, она тут же попросит редакторов пригласить Авдеева. Да что там, сама возьмет у них номер его телефона и позвонит, как только найдет предлог.

Полтора часа пролетели как одно мгновение. Маше казалось, она может задавать вопросы бесконечно, но материала для часовой программы, с учетом рекламных и новостных вставок, было уже более чем достаточно. Не стоило заваливать ребят лишней работой. Да и Роман Иванович уже все чаще поглядывал на часы. Пора было ставить точку

— Вы много говорили о ценностях. А что именно хотели бы передать своим детям?

— Основная ценность в том, что Человек должен стать Человеком. Личностью, которая в состоянии самостоятельно определить, что такое хорошо и что плохо. Совесть, самопонимание, рефлексия — все это здесь. Неважно, будет он разделять мое мировоззрение или создаст собственное. Очень важно уважение к маленькому человеку. Это и есть цель всего воспитания. Если работает, человек себя чувствует личностью, Творцом с большой буквы. И тогда у каждого будет свой уникальный путь.

Маша слушала, улыбаясь. Все встало наконец на свои места. Именно этого она и хотела — помочь ребенку стать человеком.

Глава 8

Андрюшка кричал как резаный. Он так долго лежал один, в темноте, что глубокий животный страх проморозил его, словно ледяная глыба, насквозь. Он пытался позвать на помощь, плакал. Но никто не слышал, не приходил. Одиночеству, которое навалилось и давило, не было ни края, ни конца. Ребенок орал громче и громче, изо всех сил, насколько хватало воздуха в легких. Люди не появлялись. Безысходность обрушилась снежной лавиной. Мокрые пеленки сковали посиневшие от холода ножки. Андрюшка измучился, устал от беспрерывного крика, но все равно не сдавался: боялся снова остаться в глухой тишине.

Сорвав голос, он стал бороться всем телом: двигался, ерзал, пытаясь выкрутиться из противных пеленок. Наконец ему удалось освободить ручки. Тонкие розовые конечности вскидывались, судорожно молотили ни в чем не повинный воздух. Потом стали бить своего неразумного хозяина по лицу, расцарапывать щеки.

— Что ж ты, окаянный, как червь? — Тетя Надя, наморщив лоб и тяжело ступая, открыла дверь в детское отделение, подошла к боксу. — Опять весь расхристанный. И морду себе расцарапал.

Андрюшка при появлении человека настороженно замер. Теперь он лежал, вытянувшись по струнке, и ждал. Сердце его учащенно забилось в предвкушении прикосновений. Появилась надежда.

Нянька недовольно подсунула под крошечное тельце ладони, вытащила Андрюшку, проворчала «опять напрудил» и, не прижимая младенца к себе, на вытянутых руках отнесла на пеленальный стол.

Чувствуя под собой тепло старых шершавых ладоней, мальчик испытывал неземное блаженство. Он готов был лежать так целую вечность — лишь бы его согревал другой человек. Так хорошо и спокойно было только давным-давно, с мамой. Еще до того, как он появился на свет.

А сейчас счастье длилось недолго: медсестра плюхнула его на холодную клеенку и снова забормотала — незлобиво, устало:

— Никому ты не нужен, окаянный, ни матери, ни отцу.

Ребенок, успокоившись было, хрипло захныкал, готовясь расплакаться. Словно понял ее слова.

— Давно говорю, нечего таким, как твоя мамка, позволять рожать. Вопрос-то копеечный! Трубы перевязал, и все. Пусть сношаются дальше без последствий и с кем хотят — хоть пьяные, хоть под кайфом. Кому от этого вред? Сами же благодетелям «спасибо» скажут. Но наши разве дадут такому закону ход? Гуманисты треклятые!

Андрюшка тихонько поскрипывал, вслушиваясь в звуки человеческого голоса. Тетя Надя начала его переодевать, жесткие пальцы то и дело касались ручек, ножек, спины. И это было так правильно, так хорошо, что он больше и не думал протестовать. Мог вертеться под женскими руками с одного бока на другой сколько угодно.

— Вот я тебя, — нежно грозила медсестра, плотно прижимая пеленкой к бокам непослушные ручки, — будешь еще вылезать. На месте начальства давно бы тебя в патологию отдала. Чего в родильном-то отделении место занимать? Ты уже сколько дней у нас лежишь. Ешь да гадишь, а нам убирай. Памперсов на тебя не предусмотрено. Другим вон родители приносят. А тебе кто принесет?

Перепеленав ребенка, тетя Надя торопливо положила его обратно, в бокс. Знала, что нельзя отказников к рукам приучать: чуть дольше подержишь, и все, жди проблем.

— Как в воду глядела, — проворчала она, услышав за спиной угрожающий хриплый крик, — лучше бы и не брала.

Она нерешительно остановилась, повернулась к Андрюшке лицом:

— Ты же вроде недавно ел? Или девки забыли тебя покормить?

Андрюшка в ответ завелся еще сильнее.

— Да дам, дам, не ори! Лопнешь, окаянный!

Она ушла за смесью, а Андрюшка кричал, умирая от горя. После мягкого голоса, теплых ладоней оставаться одному было страшнее во сто крат. Он не знал, сколько уже лежит в одиночестве, закованный в тугие пеленки. Казалось — вечно.

Нянька вернулась со стеклянной бутылочкой через десять минут — сто граммов, все как положено — и заткнула наконец узурпатору рот. Голова женщины раскалывалась от сумасшедшего крика. Но она не стала ругать Андрюшку: и жалко ей было маленького, и помочь она ничем не могла. Не сидеть же с ним круглые сутки: не один он тут, вон целое отделение мамочек с детьми. Всем нужен уход.

Малыш, продляя удовольствие, повозил во рту соску и только потом начал неторопливо сосать. Зажмурив от счастья глаза, постанывая от наслаждения. Временами он даже вскрикивал, напоминая тете Наде о знаменитой теннисистке Шараповой.

— Вот ведь, — она усмехнулась, — артист. И жрать-то особо не хочет, а на публику работает!

Единственные мгновения блаженства в жизни Андрюшки были связаны с минутами кормления. Он готов был есть не останавливаясь, по двадцать раз в сутки, лишь бы около него сидел живой человек. Пока молока в бутылке оставалось достаточно, женщина была рядом и не собиралась никуда уходить...

Николай Николаевич полулежал в своем кресле в ординаторской, прихлебывал из керамической кружки обжигающий кофе и нетерпеливо поглядывал на часы. Ночное дежурство даром не прошло — и возраст уже не тот, и покоя ему ни минуты не дали. Пятерых за смену принял. Как сговорились все в ночь с пятницы на субботу рожать! Заведующий отделением с досадой отметил, как сильно болит после трудовой ночи спина. Как угодно, а надо избавляться от этих лишних семи килограммов. Сам не понял, когда успел их набрать: вроде еще весной был в полном порядке. А тут расслабился — дача, шашлыки, дети с вкусностями приезжают. Запретить! Категорически.

Усилием воли отогнал от себя видения аппетитных блюд. Придумал отличный план — прийти домой, никакого завтрака, быстро принять душ, пару часиков поспать, и — на прогулку с Африкой. Засиделась бедная девочка. Жена не любитель за собакой по улицам бегать. Выведет на минутку, и сразу домой. А животина без простора в квартире мучается.

Он снова взглянул на часы. Еще восемь минут. Ничего, потерпит ради благого дела. Николай Николаевич знал, что Алла Дмитриевна порядочный человек. Несколько раз за последние годы встречались: никогда не опаздывала. Казалось бы, выходной день, никто не заставляет идти работать, но она, как и он сам, не может спокойно ждать, зная, что ребенку нужна помощь.

Ровно в девять в ординаторскую постучали. Николай Николаевич не поленился встать — есть надо меньше, а двигаться больше — и гостеприимно распахнул дверь. На пороге, скромно потупив взгляд, стояла симпатичная женщина. Он всегда восхищался изяществу Аллы Дмитриевны, ее продуманному наряду — даже наброшенный на плечи белый халат не портил, а скорее дополнял женственный образ. Умеют же некоторые дамы отлично выглядеть даже при маленьких зарплатах. Что там за деньги у социального работника? А вот кто-то только и делает, что на государство бочки катит. Вон, медсестра их, тетя Надя, как нарочно на работу ходит в одних обносках, чтобы все видели, какие у младшего медперсонала зарплаты. Да еще жалуется всем подряд, ворчит. В пятьдесят с хвостиком уже превратила себя в старуху. А ведь Анна Дмитриевна, кажется, не младше. И ничего, держит марку.

— Рад вас видеть, голубушка! Проходите! — Он галантно посторонился. — Мне Тамара Михайловна из опеки вчера звонила. Вот, жду вас после дежурства.

— Спасибо, Николай Николаевич! Постараюсь не задерживать.

— Ну что вы! Дело-то важное. Кофе не желаете?

— Нет. Благодарю.

— Тогда не будем тянуть?

— Да вы бы медсестру попросили, она бы показала ребенка.

— Позвольте я сам, — он твердо возразил, — мало ли какие возникнут вопросы.

— Хорошо.

Он дождался, пока Алла Дмитриевна достанет фотоаппарат, блокнотик, повесит свою сумочку на спинку стула, вымоет руки. И потом распахнул перед ней дверь.

— Что вас интересует? Спрашивайте.

— Как обычно. — Женщина мягко улыбнулась. — Вы же понимаете, приемные родители хотят знать о ребенке все.

— Ну, положим, всего даже родная мать не знает. — Николай Николаевич тяжело вздохнул.

— Отец неизвестен?

— Так и есть.

— А что же мамочка?

— Матери двадцать пять лет. Девятая беременность, пятые роды. Перинатальный период, с ее слов, спокойный. У врача, конечно, не наблюдалась. Роды прошли удачно — вместе со схватками всего 4 часа.

— Ребенок здоров?

— Здоров как бык, — Николай Николаевич улыбнулся, — все девять баллов! Чудесный пацан. Вес при рождении три килограмма четыреста пятьдесят граммов. Рост пятьдесят два сантиметра.

— А национальность?

— По маме — русский, — заведующий отделением едва заметно нахмурился: никогда не нравился ему этот вопрос, — назвали Андреем. Ну вот, проходите. Сейчас все сами увидите.

Николай Николаевич распахнул дверь в детское отделение. Их встретила непривычная тишина. Заведующий поначалу подумал, что его подопечный спокойно спит. Стараясь не топать, подошел к боксу и, увидев Андрюшку, почувствовал неприятный укол вины. Непонятно, за что. Ребенок выглядел потерянным, даже самому себе казался ненужным. Лежал, спеленатый по рукам и ногам, неподвижно глядя в потолок. Появление людей в помещении никакого эффекта на мальчика не произвело — он едва взглянул на вошедших.

— Сколько ему?

— Десять дней.

— А почему в больницу не переводите? Какие-то проблемы?

— Нет никаких проблем, — заведующий посмотрел на крошечное скорбное личико, — просто жалко...

— Ну, что вы! — Алла Дмитриевна всплеснула руками. — Ваши коллеги и по соседству, и дело свое прекрасно знают. Мы с ними тесно сотрудничаем.

— Теперь-то буду спокоен, — мужчина улыбнулся, — зная, что Андрюшка в ваших надежных руках.

Женщина, не откладывая, принялась за дело. Попросила отыскать распашонку и ползунки, переодела Андрюшу. Тот начал хныкать. Она стала греметь погремушками, развлекать. Большого труда стоило успокоить его и постараться «поймать» нужный кадр — когда у ребенка на мгновение улетучилось мрачное выражение лица и на губах появилось некоторое подобие улыбки. Поразмышляв, Алла Дмитриевна поснимала еще, с соской, а потом попросила бутылочку. Андрюшка не отказался, хотя и не время было его кормить — личико просветлело, постанывая и вскрикивая от удовольствия в обычной манере, он начал есть. Женщина переключила аппарат в режим работы видеокамеры и стала снимать видео.

— На все руки мастер, — одобрил Николай Николаевич серьезный подход.

— А как же. — Алла Дмитриевна улыбнулась. — Наша с Андрюшкой задача с первого взгляда понравиться приемным родителям. Смонтирую, будет как конфетка. Кстати, я не спросила. Мама спиртное употребляла?

— Да. — Мужчина отвел взгляд. — Думаю, беременность не стала исключением.

— Нехорошо...

— Что уж тут хорошего!

Наблюдая за тем, как ловко Алла Дмитриевна управляется с малышом, как ласково с ним воркует и искренне старается сделать так, чтобы младенец предстал перед будущими родителями в выгодном свете, Николай Николаевич успокоился. И правда, чего он так переполошился? Не в первый раз на его руках остался отказник, процедура понятная. В понедельник даст распоряжение, чтобы оформили перевод в детскую больницу, в отделение патологии новорожденных. Туда и приемные родители могут на смотрины ходить. Это в родильном доме доступ посторонним строго-настрого запрещен.

Первый в жизни переезд Андрюшки не заставил себя долго ждать. Еще до обеда в понедельник он, одетый и упакованный в одеяльце, ехал, словно царь, на персональной машине в сопровождении одной из медсестер роддома на новое место жительства. Приняли его в больнице как родного. Молодой хохмач, белесый, с веснушками на носу, восхищался крепеньким, ладно сложенным малышом и пророчил мальчику блестящее будущее.

— Мы тебе таких родителей найдем, — весело шутил врач, осматривая ребенка, — что ты еще в Гарварде учиться будешь. На «Мерседесах» ездить станешь, не меньше. А что мамка твоя пила, это ничего. Молодая она еще, не успела проспиртоваться. Все обойдется!

Не прошло и недели, как к маленькому Андрюше впервые пришли. Он заранее почувствовал, что готовится что-то важное: с самого утра его искупали — не привыкший к воде, он орал как резаный — одели во все новое и потом принесли в приемный покой. Там уже сидели на клеенчатой скамейке мужчина и женщина. Около них стояла улыбающаяся изо всех сил Алла Дмитриевна, которая без устали ворковала, пытаясь снять напряжение посетителей. Но помогали ее усилия мало. Оба гостя были испуганные, с бледными лицами. Ухоженная дама среднего возраста — лет сорока — непрерывно теребила кольцо с крупным бриллиантом. Мужчина раскладывал рядом с собой мобильные телефоны, целых три штуки — двигал их, менял местами. Наконец, один из них, золотой Vertu, зазвонил. Он обрадовался, коротко извинился и выбежал в коридор. Оттуда еще минут десять доносился командный голос. Его жена, словно лишившись опоры, опустила плечи и продолжала сидеть на месте, расширившимися глазами глядя на пестрый сверток в руках медсестры.

— Не бойтесь, — Алла Дмитриевна осторожно взяла женщину под локоток, предлагая подняться, — это наш Андрюшенька. Познакомьтесь.

Медсестра улыбнулась и аккуратно положила ребенка на детский столик для осмотра. Она стала осторожно снимать пеленку, глаза испуганной женщины, неотрывно наблюдавшей за ее руками, становились все шире. Она встала, но подойти ближе боялась. Так и стояла, вытянув длинную, в дорогих украшениях, шею.

— Посмотрите, какой он у нас славный. Красавец. Видите, улыбается вам?

— А что у него с глазками? — гостя подала робкий голос.

— Что-то не так? — Алла Дмитриевна беспокойно взглянула на Андрюшку.

— Косоглазие.

— Это пройдет. Новорожденные детки не очень хорошо справляются с моторикой глаз. Через несколько месяцев все выровняется само собой.

Будущая мама продолжала смотреть на ребенка, медленно приближаясь к нему. Наконец их глаза встретились. Небесно-синий взгляд Андрюшки проник так глубоко, что женщина вздрогнула. Она неотрывно смотрела на него, и он не отводил любопытных глаз.

— А можно взять его на ручки? — неуверенно попросила она.

— Конечно!

Обрадованная Алла тут же оказалась рядом с медсестрой, сама взяла Андрюшку и положила его на руки женщине. Мальчик стал разглядывать женщину, только несколько раз коротко моргнул.

— Красивый какой, — выдохнула она, — как Петенька на детских фотографиях.

— Вот видите, будет похож на мужа! — Алла ликовала, глаза ее светились от счастья. — И, главное, здоровенький. Поверьте мне, нам с очень разными детками приходится работать. Андрюшка — это подарок судьбы!

Женщина коротко кивнула и с нежностью прижала ребенка к своей груди. По ее правой щеке ползла, оставляя за собой дорожку на тщательно напудренной коже, огромная слеза. Вернувшись в кабинет, муж подошел к супруге, обнял ее за плечи и тоже заглянул ребенку в лицо. Солидный взрослый мужчина, он ахнул от радости — словно узнал малыша — и заулыбался ему. Алла смотрела на пару с нескрываемым восторгом: она и не рассчитывала, что все срастется так быстро!

Через две недели Алла Дмитриевна, как обычно, провожала солидную пару от ворот больницы к машине и с тревогой вглядывалась в лицо супруга. Он вежливо попрощался, помог жене забраться в «Мерседес» и сел рядом с ней. Водитель аккуратно тронулся с места.

— Нина, ты меня прости, но мы этого мальчика не возьмем, — мужчина произнес это ласково, но очень твердо.

— Почему?!

— Я навел справки. Был в родильном доме, где он появился на свет. Заведующий отделением, замечательный мужик, все честно рассказал. От нас с тобой скрыли, что мать Андрюши алкоголичка.

— Ну и что?

— Она даже во время беременности пила. Ты представляешь, что это значит для ребенка? Понимаешь последствия?

— Петенька... — Нина не смогла подобрать нужных слов, только судорожно вцепилась в ладонь мужа.

— Я знаю, что ты прикипела душой. Но мы другого найдем, не переживай. Я же с самого начала четко сказал этой Алле — нам от какой-нибудь бедной студентки. Чтобы ни наркотиков, ни алкоголя! Не справилась с задачей... Ничего, заменим и ее.

— Но Петенька...

— Не упрашивай! Это окончательное решение.

...Андрюшка лежал один в огромной комнате с белыми стенами и таким же безжизненным потолком. Пеленки под ним снова были мокрыми, кожа покрылось мурашками, посинела. Он все ждал свою маму, кричал, надрывался, не щадя себя. Ему было все равно, разорвутся его легкие или нет: он хотел очутиться в тепле человеческих рук, почувствовать рядом ту робкую нежную женщину, которая часами держала его на руках, сидя в приемном покое.

А если она не вернется, не прижмет его к своей груди, незачем жить.

ГЛАВА 9

Баба Маня стала каждый день бегать на двор к алкашам — девочку посмотреть. Сначала Аннушка ее даже не замечала: спала себе и спала. А через пару недель стала

взрослее, иногда лежала без сна, ручками-ножками ше-
велила и разглядывала новое лицо с любопытством. Старушка не смогла удержаться — один раз взяла девочку на
руки, другой, и так у них каждый день повелось. Только
вынесут Аннушку на воздух, соседка тут как тут. Аннушка бабу Маню узнавала, приветливо беззубым ротиком
улыбалась и попискивала как мышонок — просилась на
ручки. Баба Маня таяла, готова была часами возиться с
малышкой. А та и рада стараться, улыбается во весь рот.

Про свои походы домашним старушка не говорила.
Внукам, которые на июль к деду с бабкой в гости прибыли, наездившись по своим Кипрам, к соседскому дому
подходить запрещала. Алкашом Василием пугала. Дед
охотно помогал. Хотя дело даже не в мужике этом было,
а в Аннушке. Берегли старики внуков, воспитанных в достатке и тепле. Не надо им было знать, как некоторые детки растут — в нищете, неприкаянные.

Маня часто, пока Аннушку на руках качала, разговаривала с ней. Объясняла, что и как называется. Про жизнь
говорила. Очень ей хотелось когда-то девочку, а полу-
чались одни пацаны — что сын, что внуки. Теперь уж и
надеяться не на что, до правнуков она не доживет: семьдесят семь как-никак. Аннушку она называла по имени,
и та привыкла понемногу, стала поворачивать головку на
знакомый звук. Правда, их душевные разговоры недолго продолжались: мамаша однажды протрезвела раньше
времени и застала бабу Маню с Аннушкой на руках.

— Что ты, Маня, нельзя тебе тут! Василий увидит, голову мне оторвет.

— Да за что же? — возмутилась баба Маня.

— Не любит, когда лезут в нашу жизнь. Говорит, бабам
одна радость — языком налево-направо чесать.

— Слушай его больше!

— И я тебя видеть не хочу. — Мамаша обхватила себя руками, как будто на жаре вдруг замерзла. — Ты у меня сыновей отняла!

— А лучше было им с голоду умереть? Сто раз я тебя предупреждала: бросай пить.

Мамаша смотрела из-под сдвинутых над опухшими веками бровей. Ждала, когда соседка уйдет.

— Ты посмотри, до чего вы своим пьянством ребенка довели, — баба Маня не унималась.

— Наш ребенок — как можем, так и растим! — Мамаша нервно дернулась и толкнула Маню в плечо. — Аннушку отдавай.

Баба Маня покачнулась от неожиданности, переступила на месте, чтобы не упасть, и передала малышку матери. Та сразу прижалась к родительнице, ласково заворковала. Как будто лучше всех в мире понимала, кому обязана своим появлением на свет. Маня не выдержала — слезы покатились из глаз. Так и пошла домой, держась за сердце и роняя с морщинистого подбородка крупные капли. А сквозь них видела Аннушку, ласкающуюся к полной, упрятанной в изношенное платье, груди.

На этом приходы Манины прекратились. И жизнь Аннушки осталась такой, как была. Недолго она по старушке скучала: выпали ее визиты из памяти, словно той и не было никогда.

На улице похолодало, зарядили дожди. Чемодан со двора убрали, и приходилось Аннушке теперь все время лежать в кроватке. В свои два месяца она еще не пыталась держать головку и не хотела поднять ее, лежа на животе. Не думала взять в ручку единственную игрушку — старого резинового пупса, — не пробовала его на вкус. И хотя среди вещей, которые баба Маня то и дело оставляла для Аннушки у калитки соседей, были и погремушки, и новая соска, и даже новомодный прорезыватель для зубов, малышка об их существовании ничего не знала. Все подношения исчезали бесследно. Мамаша ни словом, ни жестом Василия за это не упрекала: как решит муж, так и правильно. Ходила по струночке, слово боялась сказать.

Чем больше подрастала Аннушка, тем хуже становился Васин характер. Каждый день с женой драку затевал, а как дочку видел, норовил ударить или чем-нибудь в нее швырнуть. Мамаша только и успевала ребенка собой прикрывать.

Только когда отец надолго уходил из дома, у Аннушки начиналась жизнь. При нем мать не смела доченьку приласкать. А без Василия наступало раздолье. Могла песенку Аннушке спеть, взять на ручки, по душам с ней поговорить.

— Плохая тебе досталась мать, — винилась она, прижавшись помятой щекой к пушистой макушке, — все понимаю, а сделать ничего с собой не могу. Дурная натура. Ты уж меня прости.

Аннушка тихонько шевелилась у нее в руках, заходилась в тяжелом кашле. Потом успокаивалась, устраиваясь удобнее. Согревалась маминым теплом и начинала улыбаться.

— Прощаешь?! — мамаша расцветала. — Знаю я, надо бы Васю выгнать. Плохо тебе с ним. Но ведь без него я не смогу. Люблю его сильно: хоть на куски пусть режет, только бы был со мной. Как тебе объяснить... Маленькая ты еще, не поймешь.

Малышка внимательно смотрела на маму, даже не моргала. Ей так нравилось, что она как ласковый ручеек —

говорит, говорит. В такие минуты Аннушка наполнялась счастьем.

— Меня ведь многие обижали. Ни за что, просто так. Полюблю человека, потянусь к нему всей душой, а он поиграет и бросит. Да еще с пузом. Шутка ли, три раза вот так! Стыдно. Сначала думала, вены порежу, не стану жить. Но детишек-то как погубишь? Жалко. Рожала. Ванюшка появился сначала, старший твой братик. Славный такой, на папку похож — красавец. И умненький, весь в него. Миша мой аспирантом был, представляешь? Приехал к нам в деревню на лето диссертацию писать. А тут я. Образование — девять классов. Только-только маму похоронила. Он меня пожалел, на целый год жить остался. Я готовила, стирала, работу в городе нашла. Кормить-то надо молодую семью. А он работу свою писал. Сейчас уже большой человек, наверное. Я потом долго ждала. Может, вспомнит? Знал ведь, что ребеночек должен родиться. Нет, забыл...

Аннушка глубоко вздыхала, и мама с силой прижимала ее к груди. Тискала, целовала.

— Умненькая ты моя, — радовалась она, — все чувствуешь, понимаешь. Тебе бы мамку другую... Дальше-то будешь слушать?

Она вставала с места и начинала возбужденно ходить по дому, взад и вперед.

— Мне бы тогда остановиться, а я не смогла. Знаешь, когда в сердце рана. Пить начала. С пьянством, да с Ванечкой на работе меня держать не стали. Официантка и выглядеть, и соображать должна. Можно людей понять. Кому нужны такие кадры? А желающих-то кругом пруд пруди. Каждый день в город со всех поселков и деревень полные электрички идут. Каждому нужен кусок хлеба. В общем, завела я огород, с него и кормились.

Мамаша встала у окна, печально глядя на сорняки в человеческий рост.

— Все бы ничего, но не могу я одна. Пустота внутри — ноет, болит. Вот и дачники были. Бывшие клиенты кафе даже из города заезжали. Я рада была. Говорила, живи, родной, сколько хочешь. А он на выходные приедет и в понедельник домой. Оказывается, у каждого — своя жена. В общем, как Коленька появился, я толком не знаю. Но мальчик хороший. Застенчивый такой.

Аннушка начинала кряхтеть и крутить головкой, чтобы для полного счастья получить грудь.

— На-на, покушай, — мамаша торопливо соглашалась, — поешь спокойно, пока Васи дома нет. Так о чем я? Ах, да. Приехал к нам в деревню один человек. В поселок ездил работать на строительство, а у Клавы угол снимал. Какие-то они родственники дальние, седьмая вода на киселе. Уж она его и так, и эдак пыталась охмурить. Он ни в какую. Начал ходить ко мне. Стали мы жить одной семьей. Он и с мальчишками возился, и продукты домой носил. Не пил, ничего такого. И я с ним капли в рот не брала. Хороший человек этот Лаврентий. Но как работа закончилась, засобирался домой. На Украине двое детей и жена. Я в слезы. У нас, говорю, трое уже, считай. А он как скала. Маленький Лавруша вместо него остался.

Малышка весело причмокивала, время от времени отдыхала, продлевая радость.

— Ты на меня, Аннушка, не сердись. Не могу я не пить. Думаю о своей судьбе, о маме, о Ванечке, о Коленьке, о Лаврушке. И так мне больно. Очень я виновата. Спасибо, тебя вот Бог дал. На бабушку ты очень похожа, радость моя. Смотрю, и кажется — мама вернулась. Простила непутевую дочь...

Она замолчала. Запрокинула голову и стала смотреть в потолок. Аннушка не переставала сосать. Только чуть вздрогнула, когда почувствовала упавшие на лобик тяжелые капли.

— Может, и сложится все, — мамаша всхлипнула, — поменяется Вася. Я ведь одного только хочу: чтобы он нас с тобой любил. Чтобы семья. Я бы все-все тогда сделала и в огороде, и по хозяйству. И братиков-сестричек сколько хочешь тебе нарожаю. Я деток люблю... А Василий-то вон как... Обуза, говорит. Руки распускает, иногда кажется, все, прибил. Но потом выпьешь с ним за компанию, и ничего. Кажется, боль проходит...

Баба Маня тем временем не могла успокоиться — неделя прошла с тех пор, как она в последний раз видела Аннушку во дворе. Рассказала все своему сыну: и что Степаныч вмешиваться не хочет, и что ребеночек кашляет без остановки, и что каждый день крики-угрозы слышны с соседского двора. Только дочь Анину просила не трогать: жалко дуреху. Сын обещал разобраться. Ему давно соседский дом поперек горла стоял — рассадник заразы. Одно время думал его купить, но за что там платить? Развалюха под снос. И земля ему не нужна — родителям своих двадцати соток за глаза хватает, а у него в другом месте коттедж. Пьянь бы эту из деревни вышибить, но мать защищает Верку в память о тете Ане. Хотя кого там защищать? Клейма ставить негде. Он и сам в молодости успел попользоваться. Не было в округе ни одного мужика, с которым бы эта беспутная Верка не путалась «по большой любви» с малолетства.

Алексей решил, что, если от милиции и опеки толку нет, нужно привести журналистов. А там как пойдет. Пусть поднимут шум: издевательства над младенцем, жестокое обращение. Он им еще и про дом историю какую-нибудь придумает. Сюжет классический вполне подойдет. Как будто Верка продала наследство матери, деньги пропила и теперь отказывается съезжать. Пока разбираются, что да как, он найдет способ на самом деле документы переоформить. Достало его такое соседство! Летом дети здесь, сам он частенько приезжает. Сколько можно на трущобы смотреть?

Журналисты появились на следующий же день. Не спрашивая разрешения, фотографировали перекошенный дом, топтались по запущенному огороду, колотили в дверь. Выманили из укрытия грязную алкоголичку.

— Здравствуйте, — вежливо так в камеру говорят, — скажите, пожалуйста, как вы живете? Здоровы ли дети?

Мамаша сначала оторопела.

— А что случилось? — спрашивает, и видно, как от страха покрывается красными пятнами.

— Давайте в дом пройдем, поговорим. Нехорошо на пороге стоять.

Журналист начал напирать, пытаясь проникнуть внутрь. Женщина испугалась, стала кричать. Записали ее вопли и истошный детский плач, доносившийся из дома. Пока мамаша бесилась на крыльце и орала, чтобы все убирались прочь, второй оператор проявил смекалку — пробрался к окну, подтащил старую лестницу и снимал, сколько нужно, жилище изнутри. Тихий ужас! Любому, даже бездетному, было ясно, что ребенка надо немедленно спасать. Закатывания, жуткий кашель. Малыш и физически, и

психически совершенно больной. И никаких условий для него нет. Лежит голый, на грязных тряпках и дрыгает, как припадочный, руками-ногами.

Василий, притаившись за забором, долго наблюдал за нашествием. С утра он ездил в город и вот вернулся к разгару. Как только машина районного телеканала отъехала, ринулся в дом, схватил мамашу за плечи и стал ее трясти как безумный.

— Чего они тут шарили? — орал он хриплым голосом. — Что вынюхивали?

— В-в-вась, ус-с-спокойся, — мать стучала от тряски зубами. — П-п-просто хотели з-з-знать, как живем. Я не п-п-пустила.

— Говорил тебе, дура, — он отшвырнул женщину и ринулся к кроватке, — от этой одни напасти! Убьюююю!

Мамаша успела вскочить, повиснуть на муже. Но он пер как бык. Схватил Аннушку. Та уже стала бордовой от крика. Мать успела впиться в ребенка с другой стороны. Василий не выпускал. Они боролись. Повалились на пол, сжав малышку в тисках. Девочка задыхалась в сплетении обезумевших животных тел. Внезапно острая, как нож, боль пронзила ножку. Послышался противный, разрывающий кости и ткани, хруст и нечеловеческий, похожий на животный, а не младенческий, крик. А потом Аннушка потеряла сознание.

Очнулась она нескоро. В ушах шумело. Глаза заволокло пеленой. Тошнота подкатывала к горлу, а все тело горело адским огнем и не могло пошевелиться. Аннушка закричала что было сил, пыталась повернуть головку, чтобы увидеть маму. Но даже намека на ее запах не было. Только белые стены, чужие люди.

— Пришла в себя, миленькая? — вокруг засуетилась девушка в белом халате. — Не кричи, солнышко. Гипс тебе наложили. Неприятно, я знаю, но все пройдет.

Она приготовила малышке бутылочку и попыталась накормить. Но Аннушка не понимала, зачем ей суют в рот противную соску. Ей нужна была мама. Родная, любимая. Девочка охрипла от крика, звала и звала единственного человека на свете. Боль не проходила. Тоска становилась все глубже. Она чувствовала, как посреди белых стен на нее опускается кромешная тьма.

В детской городской больнице Аннушка пролежала до осени. Ножка уже не болела, кашель прошел, силы постепенно вернулись. Даже аппетит появился — она не сразу, но приучилась есть из бутылки. Хотя и не забыла маминой груди: плакала, тоскуя по ней.

У всех остальных детей были свои собственные мамы. И у годовалой Вари со сломанной рукой, и у новорожденного Сережки с вывихнутым бедром. К детям постарше каждый день кто-нибудь приходил. Одну только Аннушку не навещали. Чужие взрослые жалели ее, бедненькую сиротку, давали медсестрам одежку для девочки, дарили игрушки. Но у них у всех были свои больные дети и собственные заботы — чужие мамы отворачивались украдкой, чтобы незаметно смахнуть слезу, и отходили. Аннушка оставалась одна.

А когда она засыпала, ей всегда снилась собственная мама. Теплые мягкие руки, певучий голос и сладкий молочный аромат. Во сне мама брала ее на ручки, говорила с ней и прикладывала к груди.

В октябре сняли гипс и стали разрабатывать ножку. Массаж причинял острую боль, малышка плакала. Массажисты менялись, Аннушка не запоминала их лиц. Но лечение принесло свои плоды: кость правильно срослась, мышцы, как им положено, окрепли. Легкие тоже пришли в относительный порядок. И хотя диагноз «хронический бронхит», скорее всего, останется на всю жизнь, от мучительного кашля Аннушке избавиться удалось. Теперь все будет зависеть от условий и от ухода.

Больше держать девочку в больнице не могли — главный врач и так тянула дольше дозволенного. Все надеялась, что у ребенка объявится мать. Но не случилось. А потом и Вера Кузьминична из опеки позвонила, просила не ждать: объяснять подробностей не стала, но четко дала понять, что надежд на возвращение к ребенку матери нет.

В конце ноября Аннушку выписали. Собрав в пластиковый пакет накопившееся за больничную жизнь имущество — игрушки, одежки, подарки сердобольных родителей, — передали социальному работнику, усадили в больничную машину и отправили в дом ребенка. В руках немолодой женщины кроме теплого одеяльца с ребенком, обвязанного синей ленточкой — розовой не нашлось, — была папка с историей болезни. Перелом правого бедра. Хронический бронхит. Отставание в развитии. Ничего страшного, обычный набор. Дома бы и нагнали, и вылечили. А вот как сложится в учреждении, неизвестно. Это ж еще от самого ребенка зависит — хочет он бороться за свою жизни или нет.

Женщина заглянула в лицо малышке. Веки в синих прожилках подрагивают во сне, нижняя губка обиженно оттопырена. Жаль девочку. Но что поделаешь? В стране так много сирот, что всем невозможно помочь.

Глава 10

В понедельник Маша позвонила Сергею и впервые за много лет отпросилась с работы. Правду говорить не стала, только сказалась больной: она и на самом деле хрипела как несмазанная телега. Не оттого, что были проблемы с горлом, нет. Все беды происходили с ее душой. Ничего не поделаешь, придется теперь Сашке ее выручать.

Лучший в мире начальник посочувствовал, пожалел. Велел не вставать с постели и лечиться как следует. Даже поинтересовался, добрая душа, не нужно ли прислать водителя, чтобы доставить лимонов, лекарств. Что угодно, любой каприз! Молчанова вежливо отказалась. Все у нее есть. А если что-то еще понадобится, муж все купит по дороге домой.

Врала. Она понятия не имела, приедет ли сегодня Олег. Даже не так. Она в принципе не знала, вернется он теперь когда-нибудь или нет.

После субботних занятий в школе приемных родителей они снова поссорились. Маша, как обычно, с пеной у рта доказывала свою правоту: говорила о мужском эгоизме, о нежелании менять комфортную среду и свободную жизнь ради блага других. Она много раз слышала от Олега о том, как важно ему вернуться вечером домой в тишину, словно в тихую гавань. Спокойно посмотреть по телевизору хоккей с бокалом пива в руке. В свое удовольствие повозиться с машиной, не отвлекаясь на детский плач. Не думая ни о чем, поехать с друзьями на выходные к реке рыбачить. И при этом не чувствовать своей вины за то, что оставил жену с младенцем на руках. Все эти сопли, слезы и бесконечные болезни они уже проходили.

Незачем добровольно отказываться от нормальной жизни еще раз. Он не настолько глуп, чтобы упорно наступать на одни и те же грабли.

В тот вечер у Молчановой все пошло в ход. Олегу крепко досталось за то, что за пятнадцать лет он так и не научился быть хорошим отцом. Не может спокойно разговаривать с собственной дочерью. Неудивительно, что она не стремится к их обществу: только и смотрит, как бы сбежать из дома.

— Как ты мог, — она не унималась, даже видя его налившиеся кровью глаза, — как посмел такое произнести?! «С меня хватит этой!» Никогда не прощу!

Ее занесло так круто, что она не среагировала даже на сигнальные слова, которые неизменно предвещали беду.

— Ты у меня сейчас договоришься, — сквозь зубы процедил Олег.

Она, как будто и не слышала, продолжала его воспитывать: страстно, самозабвенно.

Олег довез жену до дома, высадил у порога. Сам тоже вошел. Не снимая ботинок, собрал сумку: набил ее как попало самыми необходимыми вещами. Он ничего не сказал на прощанье, но по искрам, которые все еще сыпались из его глаз, по желвакам, гуляющим под щеками, Маша понимала, что все стало слишком серьезно. Она уже жалела о своей глупости, хотела вернуть мужа, пока не поздно. Но он даже не взглянул на нее. Швырнул на кафельный пол у порога свои ключи и вышел, плотно закрыв за собой дверь...

Древняя версия о том, что дети укрепляют брак — Маша знала давно — это обман. Не раз и не два она убедилась в этом на собственной шкуре. Появление ребенка в семье служит скорее лакмусовой бумажкой, чем спайкой. Если между мужем и женой есть мир и любовь, это основание только крепнет. А вот если проскальзывают раздражение, недовольство, значит, появится ненависть. Это верно даже в обычной ситуации, когда рожают «своих». А что говорить об усыновлении?! Они еще ничего не успели — ни собрать документы, ни найти своего малыша, — а их брак уже трещал по всем швам.

Самые ничтожные мухи разрослись в гигантских слонов. Маша не сомневалась — если бы дошло до финала, Олег начал бы во всем ее упрекать. При первых же трудностях она бы услышала «ты сама этого хотела, я тут при чем?», «из-за тебя вся наша жизнь вверх дном», «твоя идея, ты и расхлебывай». В школе приемных родителей им не уставали твердить: «на корабль, который идет ко дну, не берут пассажиров». Все обиды, внутренние конфликты, отрицательные эмоции следует снять до того, как начнется финальная часть эпопеи. Сначала нужно преодолеть собственную глупость, научиться принимать друг друга, слышать и поддерживать. А потом уже идти на самый ответственный в жизни шаг. Слишком мало дождаться собственной готовности «принять» ребенка и те серьезные изменения в жизни, которые он с собой принесет. Нужно проверить на прочность семью, избавиться от неразрешимых проблем.

Олег оказался не готов. Это была ее, только ее затея. Ее иллюзии и мечты о том, что они в состоянии кого-то спасти. А вышло наоборот. Их собственный корабль разбился о скалы...

До пятницы прошла целая вечность. Всю неделю Молчанова думала, как правильно поступить. Пойти одной на занятия в школу приемных родителей и соврать, что Олега срочно отправили в командировку? Или забыть обо всем, прекратить ломать комедию: если она осталась без мужа, ни о каком ребенке не может идти речь. Для того чтобы вырастить человека, в ее понимании нужны были обязательно двое: муж и жена. Она это знала твердо. Ни в какое серьезное плавание она не отправится одна — без семьи, без мужской поддержки.

Только в последний момент она решила, что нужно идти, и совсем уже поздно, в метро, вспомнила о последнем и самом важном домашнем задании: написать письмо будущему ребенку. Без этого, заключительного этапа, учеба считалась незавершенной. Вытащив из сумки блокнот, она пристроила его на коленях и начала писать...

Начали сразу с чтения писем. Маша слушала вполуха, дописывая и правя то, что успела набросать по дороге. Наконец очередь дошла до нее. Она прочитала: без эмоций, без энтузиазма. Отработала обязательную программу и откинулась на спинку стула. Прикрыв глаза, стала слушать — вот еще одно, последнее.

А потом в дверь аудитории постучали. Маша вздрогнула от необъяснимого предчувствия и села, напряженная как струна: она уже знала, кто стоит на пороге. Олег вошел. Среди игрушек и детских стульчиков, расставленных вдоль стен, он выглядел в военной форме и огромных армейских ботинках устрашающе и нелепо. Он поздоровался, извинился за опоздание и сел на свое обычное место рядом с женой. Но даже не взглянул на нее.

— Все уже прочли свои письма, — преподаватель с любопытством смотрела на опоздавшего.

— Я пока не готов.

Маша удивилась тому, каким чужим был его голос и как трудно давались ему слова. Она в упор смотрела на мужа, как будто хотела загипнотизировать, отвести беду —

боялась, что сейчас он выскажет все, что давно накипело внутри. Скажет, что никогда и никого не собирался усыновлять, что вся эта затея с чужими детьми разрушила его семью.

Олег молчал. Он долго мял большими пальцами исписанные убористым почерком листы. И преподаватели, и ученики терпеливо ждали. Маша не могла унять дрожь: она переживала за мужа так же, как пятнадцать лет назад — словно он все еще был на войне.

Наконец, Олег, ни на кого не глядя, начал читать. Голос его дрожал и ломался.

«Здравствуй, сынок! Долго собирался написать тебе, но все дела... Ты пока еще не знаешь, как это бывает — одно, другое, третье, и закрутилось-понеслось. И вот ты уже размениваешься на тысячи мелочей, а то, что действительно является важным и нужным, необходимым, критичным, требующим твоего вмешательства, — оно проходит мимо. И тебе кажется, что ты в гуще событий, что ты принимаешь судьбоносные решения, что жизнь наполнена смыслом, что никто кроме тебя и даже что ты лучший. Проходит время и приходит осознание — все это было не главным, возможно и не второстепенным, но не главным.

Вот так и сейчас. С одной стороны — работа, которая суровая и мужская, но уже не приносящая удовлетворения; отношения с родственниками, в которых я запутался еще лет пятнадцать назад; здоровье, которое начинает меня подводить; да всякие мировые финансовые кризисы, глобальные потепления, происки наймитов империализма и доморощенные либералы... А с другой стороны — ТЫ.

Подспудно я всегда знал, что ТВОЯ чаша весов — весомее (прости за тавтологию корней), но я никогда не задумывался об этом. Наверное, это оформилось с принятием мысли кого-то из великих о том, что ни одна проблема мира не стоит слезы одного ребенка. Я даже в уме, не то что вслух, не оспаривал этого высказывания и сразу принял его как аксиому, но этот ребенок никогда не был конкретным, его образ был собирательным, размытым. И эта эфемерность не позволяла подпустить к себе чье-то конкретное горе, служила своеобразным защитным барьером, позволяла абстрагироваться от маленьких проблем маленького человека.

И тут — ТЫ. Не размытый и эфемерный, а живой и конкретный — мальчишка двух лет от роду, две руки, две ноги, зубы, уши, волосы, голубые глаза и добродушная улыбка.

Тебе только два года, но сколько ты уже увидел, почувствовал и понял. Сколько непонимания и неприятия, лжи, горя и предательства обрушилось на твои плечи. Как же ты вынес это? Почему все свалившееся на тебя не стерло эту добродушную улыбку? Почему так радуешься этому миру, где только солнце греет тебя? Почему стремишься вперед, несмотря ни на что и вопреки всему?

Это риторические вопросы, потому что я знаю ответ. Ты правильный, сильный и настоящий. Со всеми невзгодами, напастями и бедами ты справишься сам, без меня.

Без меня...

Но мне хочется помочь тебе! Мне нужно тебе помочь, и я должен тебе помочь. Человек не должен жить только для удовлетворения собственных потребностей. Он должен заботиться о ком-то, и только проявление этой заботы делает его лучше, и даже более того, я так думаю, — делает его человеком. И мне хочется заботиться о тебе. Заботиться — это не только окружить тебя заботой, в которой будут соблюдаться режимы питания, занятости и отдыха, но и отдать частичку своей души.

Вот так вот получилось, что у меня есть душа, и я испытываю желание поделиться ею с тобой. Уже за это я тебе благодарен.

А сколько у нас впереди!

Я столько не сделал в своей жизни, не потому что не успел — времени (надеюсь) еще навалом, а потому что одному как-то несподручно, как-то «до завтра подождет», как-то «потом будет время». А тут Ты! И если мы будем дышать в унисон, а мы будем, я в этом уверен, то с тобой-то и сподручнее, и прямо сейчас, и очень надо, и давай-давай-давай. Вот такой вот ты мой мобилизационный ресурс.

Я научу тебя всему, что умею — делать мебель и выживать в лесу, бежать часами с полной выкладкой и решать задачи из теории вероятностей, вышивать крестиком и стрелять из всего, что стреляет, читать стихи и управлять любой боевой техникой, прыгать с парашютом и варить уху, рассчитывать редукторные передачи и рубить дрова... Да мало ли у нас с тобой талантов? Выбирай любой! Вот только музыкальная составляющая жизни, за исключением строевых песен, обошла меня стороной, но у меня есть жена — Маша, она играет на фортепиано и фантастически танцует. Я знаю, что и она с радостью поделится с тобой своими талантами, причем не только в музыке. Ты уж сам потом решай, что пригодится тебе в жизни, а каким знаниям можно будет улыбнуться.

Но это в будущем, а пока хочется взять тебя за руку, привести к себе домой и сказать:

— Вот, сынок, это твой дом.

Может быть, ты насупишься в ответ, а может, и улыбнешься — это тебе решать, но в этом доме никто и никогда тебя не обидит. Со временем ты это почувствуешь, это нельзя не почувствовать, ты оттаешь и расслабишься. И тогда можно будет взять тебя в охапку, уткнуться в тебя носом и окунуться в твой запах — такой родной, домашний и уютный, почувствовать твое тепло, уловить твое умиротворение, и пусть оно не пахнет и не греет, но ведь оно чувствуется. Умиротворение приходит на смену напряжению, тоске и печали, грусти и безысходности. И это будет наша с Машей заслуга — мы превратили маленький комок оголенных нервов в пока еще маленького, но полноценного человечка. И это здорово, это высшее признание нашей заслуги. Заслуги перед тобой. Спасибо тебе, сын, и до встречи! Скоро-скоро! Олег».

Голос его окончательно разбился о последнее слово и умолк.

В душной аудитории долго стояла невыносимая тишина. Безмолвные слезы скатывались из Машиных глаз и терялись в прижатых к лицу ладонях. Молчанова не видела лица мужа, не слышала ни звука, но чувствовала: Олег плачет.

ЧАСТЬ 2

Она назвала ее Верой. Как еще окрестить ребеночка, о котором неизвестно почти ничего? Остается только верить в будущее да в Бога. Уж ему-то, свыше, было известно, отчего и зачем судьбе понадобилось выкидывать такой фортель на склоне ее лет.

До трех месяцев бедная Аннушка понятия не имела о существовании в своем чреве ребенка — думала, время пришло, закончилось бабье лето. А она мимо жизнь пропустила, ничего не успела — ни мужчину встретить, ни замуж выйти, ни даже — стыдно сказать — любовь познать. Ту самую, физическую, о которой так много думают и говорят. И не то чтобы внешность мешала. Анна была женщиной привлекательной: аккуратненькая, невысокая, с большой грудью. Которую стыдливо прикрывала под шейным платочком. Лицо светилось скромностью, но в нужные моменты была в нем и большая решительность. Могла дать отпор.

Казалось, парней это еще больше разогревало — поклонников по молодости хватало. Но просто так, из вежливости или интереса, допустить к себе чужого человека она не могла. А серьезного в душе не выросло ничего. И, наверное, не только у нее самой. Ребята относились к ней с опаской, приходили с подарками под покровом ночи, а при свете дня сторонились. Причины, конечно, были. Анна в ярости скрежетала зубами от одной мысли о них: поломали ее судьбу. Так и не нашелся смелый парень, который сказал бы: «Выходи, Анюта, за меня замуж, никого не боюсь». Она бы не раздумывая пошла, хотя бы из благодарности. Вот только предложения поступали другого толка — всякий надеялся попользоваться тем, что жила она с юных лет одна, без матери, без отца. И заступиться за нее было некому. Считалось, грех упускать такой шанс.

На счастье Аннушки, бандитами и насильниками ее поклонники не были, а стремились добиться счастья мирным путем. Тем удивительнее оказалась ирония судьбы.

Анна жила и работала честно. Всеми силами старалась заслужить доверие государства, которое из-за родителей однажды потеряла навсегда. Библиотеку отцовскую сожгла дотла и пепел развеяла по ветру, чтобы даже намека не было. Не только рукописи и растрепанные папки, над которыми он просиживал с друзьями все вечера, но и увесистые тома, даже те, старинные в добротных кожаных переплетах XIX века — от деда еще остались. Мало ли что там внутри?! Не могла она ждать, когда еще раз с обыском придут. Если не сразу нашли все, что искали — мать надежно упрятала под фундаментом, — это не значит, что ошибутся и во второй раз.

Печь в доме горячо полыхала всю ночь, жарко стало как в бане. Но две дорожки на щеках все не высыхали, слезы текли и текли, капали с подбородка.

Жаль было мать с отцом, до истерики, до ненависти, но и жить ведь хотелось. Анна во всем винила проклятые книги. Если бы не они, родителей не выгнали бы с работы, не вынудили переехать из города в глухую деревню и не увели бы, как преступников, неизвестно куда. Здоровье у мамы было слабое, в войну тяжело пришлось. У отца с детства туберкулез. Не зря несчастная дочь оплакивала их, навеки прощалась. Не выдержали...

С тех пор Анна никогда в жизни не хотела знать текстов и слов. Вставала в четыре утра, кормила кур, ехала в город на завод. С семи до четырех — смена. Потом домой. Летом, пока светло, нужно успеть в огороде порядок навести, птичник прибрать. Зимой хотелось скорее в тепло и чтобы через лес не идти в темноте. В выходные — хозяйство. Из редких развлечений — чай с соседкой.

С Маней они подружились еще в детстве. Та, единственная, не делала вид, что знать не знает Анюту. Звала поиграть, ждала после школы, чтобы вместе идти домой. Может, ей льстило, что подружка на два года старше. Так это приятельство между ними и перешло во взрослую жизнь. Дружбой назвать нельзя, слишком много родительских грехов приходилось Анне от всех скрывать. Но шли рука об руку не один десяток лет, помогали друг другу. И удовольствие было: одна придет, на сына-лоботряса пожалуется, мол, в школе одни тройки, Аннушка в ответ на заводское начальство поплачется — если она не семейная, так ей отпуск летом никогда не дают. И обе довольны.

Так, в хлопотах и в заботах, Анна не заметила, как разменяла пятый десяток. Времена стали другими, люди вокруг изменились, а в ее жизни все текло, как и прежде. Завод-огород, работа-дом. Разве что о пенсии стала мечтать — устала каждый день в город ездить, нет сил. И тут на тебе, увязла в новой беде по самые уши.

Она не влюбилась. И замуж не вышла. Все случилось словно в ночном кошмаре. Припозднилась после работы, шла через лес. Услышала за спиной шаги. Они настойчиво приближались, но стоило обернуться — нет никого. Если бы кто-то знакомый шел, давно бы окликнул, а тут тишина: ни звука, ни словечка. Только ветки под тяжелыми ботинками трещали. Аннушка прибавила шаг, побежала. Туфли новые мешали, не разносились еще. Скинуть бы, да босиком, но жалко хорошую вещь посреди леса бросать. Так и не успела выбраться на опушку. Набросили ей веревку на шею, сдавили горло и уронили лицом вниз.

— Молчи, — прошипел мужской голос, — убью.

И точно — нож к горлу, а потом оттащил от тропинки.

Много времени с тех пор прошло, но Аня помнила каждую секунду, будто было все только вчера. Помнила запахи, движения, звуки. Его грубый рык, свои полузадушенные всхлипы. Он долго мучился с ней: никак не поддавалось непривычное тело. Стянул веревкой руки в локтях, чтобы не дергалась, и только тогда с изумлением понял, на какую напал. Еще больше распалился, стал действовать яростней, резче.

Сколько ему было лет? Двадцать пять, может, тридцать? По голосу молодой. Лица она не видела — он делал все, чтобы держать жертву к себе спиной. Придавленная тяжелым грузом к влажной траве, она слышала, как он хрипит диким зверем. Потом затрясся, запрыгал над ней как на электрическом стуле, и сильнее, почти до смерти, сдавил шею. Анна не могла больше дышать, в глазах потемнело...

Долго плакала она, сидя на земле у ручья. Жалела, что выжила. Лучше бы убил, не дал очнуться. А что теперь... В милицию, к врачам? Измучают, всю душу вытрясут. Стыдно. И какой в этом толк? Даже описать насильника она не могла. Скажут, сама согрешила, а небылицу придумала. Кому такая нужна? В ее-то годы. Вокруг полным-полно молодых.

Через месяц Аннушка услышала от Мани, что в окрестностях появился маньяк. Соседка сказала, якобы больше десятка женщин стали его жертвами. Не убивал: насиловал и скрывался. Но никому не удалось заглянуть мужчине в лицо — веревка на шею и носом в землю. Анна сделала вид, что впервые слышит. А внутри задрожала вся, ладони покрылись холодным потом.

— Сами виноваты, — рассуждала Маня, — полуголые ходят, да еще по ночам. Не мужика надо судить, а таких вот баб.

Анюта покорно кивала.

— Вот времена пошли! Мужа хоть к юбке привязывай, на каждом шагу пытаются совратить. Видит же, стерва, я рядом иду. Нет, все равно груди свои бесстыжие выкатит и глазами стреляет. Распустили народ. Гласность у них — что хочешь, то и твори.

Аннушка поддакивала, ругала политику и бессовестных баб. Все, как хотела Маня.

Прошло время, мужики деревенские, не дождавшись помощи от милиции, сами устроили облаву — каждый вечер дежурили на станции. И поймали-таки маньяка «на живца»: от самого вагона шел он за приглянувшейся женщиной. Дело завели, показания пострадавших собрали. Во всех районных газетах фотографию преступника напечатали — мол, если вы стали жертвой этого человека, помогите следствию. Оказалось, приезжий. То ли из Грузии, то ли из Южной Осетии, то ли еще откуда-то с юга. Анна удержалась, не стала читать газет и на фотографию не хотела смотреть. Но могла видеть его лицо. Если бы только знала, что уменьшенная чернобровая копия всего через

семь месяцев будет удивленно разглядывать ее черными, как смоль, глазами.

Когда поняла, что беременна, долго не могла от шока оправиться. Не знала, как правильно поступить. Думала, сомневалась. Даже на заводе товарки заметили, что с Аней — ровной и всегда спокойной — что-то не так. Кто к врачу предлагал сходить, кто настойчиво советовал к батюшке. Анна даже не ожидала, что столько верующих вокруг. Как-то незаметно это было, раньше все прятались. Она и сама была с детства крещеная, бабушка постаралась, но крестик давным-давно убрала в надежное место и даже не притрагивалась. Знающие люди в один голос говорили, что ехать надо в старый мужской монастырь на окраине города. Туда, где ПТУ еще недавно было. Отец Тихон никому в помощи не отказывает. Только ждать долго придется, да в праздники нельзя приезжать.

Анна, сама собой измученная, согласилась. В первый раз в жизни взяла отгул на работе, оделась еще скромнее, чем обычно, и отправилась в путь.

К отцу Тихону собралась целая очередь. Люди шли открыто, не стеснялись. Анюта поверить не могла в то, что мир вокруг успел так измениться. Словно другая планета. А что она видела со своего огорода или из-за станка? Даже телевизора в доме не было.

Старушки в платочках — говорили, из тех, что давно знакомы с батюшкой и помогают ему, — принимали верующих, рассаживали в тепле трапезной, поили чаем. Анюта заметила, что каждый приходит не с пустыми руками, а с угощением, которое тут же выставляют на стол. Стало неловко за то, что не догадалась ничего принести. Но за тяжелыми мыслями никаких других у нее не осталось. Пустая голова. Наконец, несколько часов спустя, пригласили ее в крошечную келью, где принимал батюшка.

В отличие от ожидающих отец ничего не ел и не пил. Сидел на большом деревянном стуле, сложив руки на животе, и смотрел сквозь стекла очков внимательными глазами. Словно всего человека считывал.

Аннушка никак не могла собраться и рассказать все, как есть. Мычала. Заикалась. Опускала голову ниже. Неизвестно как, но батюшка сам всю ее историю пересказал — ей оставалось только кивать.

— Нет твоей вины, — отец Тихон ласково погладил Аннушку по руке. От неожиданности она вздрогнула, а потом сразу успокоилась от прикосновения мягкой и теплой ладони. На сердце стало так хорошо! Даже не верилось.

— Мысли измучили, — пожаловалась она, робко поднимая глаза.

— Это оттого, что мысли твои греховные, — отец Тихон не осуждал, только сочувствовал, — забудь их, и станет легче.

— Не знаю, как...

— На все воля Господа. Никто из нас не хозяин жизни на этой земле: ни своей, ни чужой. А ты ребенка под сердцем носишь. Три месяца — долгий срок, растет человечек. И ручки, и ножки, и сердечко: все уже на местах. Теперь только ждать.

— Что же делать... — Она отняла руку и закрыла ладонями лицо.

— Принять. Оберегать.

— Не могу!

— Аборт — это убийство. Реберочек жить хочет. Неужто его на части разорвать и из родной матери вытянуть? Не думай, что нет там души. Все чувствует. Все ощущает.

И даже предвидит беду — ручонками закрывается, как ты сейчас.

Анюта не выдержала, разрыдалась.

— Младенец не виноват, — отец Тихон погладил Анну по русым волосам, — он должен жить.

— А если я его не полюблю? — Анна едва могла говорить.

— Ты, милая, сначала роди! Сделай милость. Там уже ясно станет. Никто не принуждает тебя нелюбимое дитятко растить.

— Как же тогда?

— Оставишь, если невыносимо. Люди добрые себе возьмут, воспитают.

— А разве бросить младенца — не грех?

— Отказ от ребенка — грех, но не такой тяжкий, как убийство. Пусть родится. Дарован свыше, значит, есть на то причины. Господи, благослови тебя... Не думай дурное. Все сложится. Ступай с Богом, Аннушка!

Анна не помнила, как вернулась в деревню. Домой идти не могла, внутри все смешалось. На ее счастье, Маня была одна — сын в школе, муж на работе. Пошла к ней и рассказала всю правду. Объяснила, как стыдно было, потому не призналась в насилии даже ближайшей подруге. Думала, все обойдется, забудется раз и навсегда. А вон как вышло. Маня всплакнула, попросила прощения за то, что всех потерпевших мела одной метлой. Пожалела подругу. Сказала, если батюшка благословил, всем должно поддерживать и помогать. Оказывается, и она отца Тихона знала, давно уже ходила к нему за отпущением грехов, за советом. Святой человек!

Весть о беде Анны разнеслась по деревне быстро. Чего угодно она ожидала — презрения, обвинений, — но не этой, внезапно свалившейся на нее доброты. Ей сочувствовали, хотели знать, как здоровье, как дела, спрашивали, не нужно ли чего. Как будто впервые в жизни заметили, что она вообще существует. Анна из грешницы и изгоя превратилась вдруг в святую: мало того, что дочь пострадавших за свободу родителей, так еще и жертва насилия. Каждый считал своим долгом принести гостинцы, подарки; приданое ребеночку собирали всем миром.

— Не бойся, вырастим!

— Рожай, не бросим!

Последние месяцы беременности Анна провела как в счастливом сне: на работу не надо ходить — оформила декрет, по хозяйству Маня помогала. Соседи улыбались, вежливо здоровались. Словно в раю.

И вот счастливый момент настал — Верочка родилась. Анюта хоть и измоталась почти до смерти, а кесарево сечение делать не дала. Сама рожала, как ей отец Тихон велел. Сказал, что справится и все хорошо будет. Посмотрела она на девочку, на ее беззащитное личико, и влюбилась. Раз и навсегда.

С того дня и на все детство Верочка стала для мамы добрым ангелом. На заводе смутные времена — новый директор, какие-то хозяева объявились, начали всех увольнять. А Анюту не тронули, мать-одиночка с грудным ребенком. Нельзя. Людей прежней жизни лишили, отправили по рынкам торговать, а у Анны дочка маленькая, за нее Маня, добрая душа, за прилавком стоит со своими и соседскими огурцами-помидорами. Благодарность дочке за то, что подарила матери жизнь, о которой она никогда не смела даже мечтать, превратилась в слепую любовь. Верочка росла как принцесса даже при том, что лишних денег у Анюты никогда не водилось. Но кусочек ткани купить — много ли малышке надо? — и смастерить нарядное платье она умела. Без новых сапог обойтись, зато дочке нарядные туфельки достать могла.

Верочка была похожа на картинку. Другие ребята в деревне лазали где попало, вместе со взрослыми возились на грядках по уши в земле, пололи сорняки. Анина дочка была другой. Мама не разрешала ей даже близко к огороду подходить. Испачкает еще, не дай бог, платьице, ручки о колючки поранит. Анна работала не разгибая спины, а Верочка сидела на белоснежной крахмальной простынке на крылечке и играла в куклы. Она их так нежно качала, так целовала, такие чудесные сказки им рассказывала — мать нарадоваться не могла. По всему было видно, что вырастет хорошая девочка; добрая и ласковая будет мать.

— Сколько детишек-то заведешь? — спрашивала Анюта дочку шутя.

— Пять! — отвечала Верочка без заминки, собирая своих пластмассовых пупсов в охапку.

А вечером, перед сном, Анюта сходила с ума от счастья под поцелуями своей малютки. Уж так крепко она обнимала свою маму, так прижималась к ней!

— Спасибо тебе, Господи, — каждый раз шептала Аннушка, целуя личико чернобрового ангелочка.

Она все собиралась съездить в город, к отцу Тихону, поблагодарить за дочку и попросить благословения для нее, но с появлением Веры времени ни на что не осталось. Маленькая принцесса без остатка заполняла всю ее жизнь.

Глава 2

«Пра-га». Катька повторяла про себя эти два слога как заклинание. Подходила на цыпочках к круглому, покрытому царапинами, с облупившимся лаком, столу и любовалась притаившимся на нем чудом. Прозрачная папка, внутри которой ждали своего часа заграничные паспорта и авиабилеты — невиданные сокровища, — притягивала как магнит. Катя трогала ее осторожными пальчиками с коротко обгрызенными ногтями, и губы расплывались в некрасивой, редкозубой, зато мечтательной улыбке. Наконец-то и она станет человеком! Пройдут, забудутся непрерывные ночные слезы. Останутся в прошлом похвальбы одноклассников: каждый день она только и слышала, что об отцах. Той папа телефон подарил, этой привез шубку из-за границы, третьей до сих пор книжки на ночь читает, как будто она ребенок. Катька срывалась — убегала в туалет и плакала там, пока классная руководительница, Светлана Кузьминична, добрая душа, не приходила за ней и не возвращала ласково, но твердо за парту.

Только в последний месяц Катя стала спокойнее. После новогодних каникул почти весь класс явился с новыми впечатлениями от семейных поездок, но она бросала безразличные взгляды на одинаковые изображения одноклассников — мальчишки обязательно на верхотуре: парапете моста, пьедестале памятника, пальме; девицы с туманными взорами в обнимку то с уличным фонарем, то с каким-нибудь баобабом.

Ей теперь и самой до заветного путешествия оставались считаные дни. Собраться с духом, чуть-чуть перетерпеть, и исполнится желание: она снова увидит папу.

В свои двенадцать лет девочка не бывала нигде, кроме родной Москвы. Здесь появилась на свет, здесь ходила в мамин детский сад в своем же дворе — выбегаешь из подъезда и сразу в ворота, — здесь же шестой год училась в школе. Тоже не бог весть какой дальний путь: пройти вверх между старых пятиэтажных домов, похожих один на другой как братья-близнецы, и свернуть налево по узкой тропинке. Десять минут, и ты на месте. Ни в кино, ни в театры они с матерью не ходили: на развлечения не было денег. Изредка ездили с классом в какой-нибудь музей, но культпоходы эти Катька не любила. Ни один учитель, ни один экскурсовод не умел рассказывать о картинах как папа. Он разыгрывал перед ней живые спектакли, изображал художников, смешно опуская очки на кончик носа, а все остальные только скучно бубнили.

Единственными дальними поездками в жизни Кати были летние путешествия к бабушке на дачу. Сто километров на электричке — вот и все приключение. На дворе двадцать первый век, а она даже на самолете ни разу не летала.

Зато Катя в отличие от большинства своих сверстников твердо знала, чего она в этой жизни хочет. Переехать жить в Прагу! Так подолгу смотрела на открытки, которые присылал ей отец, что почувствовала — это ее судьба. Влюбилась без памяти в средневековые шпили и башни, врезающиеся в синее акварельное небо. В мозаичные мостовые, блестящие в романтическом свете фонарей. Город манил, обещал вечное счастье.

Открыток от папы было всего три — по одной на каждое католическое Рождество, которое они провели в разлуке. Только последняя, четвертая, куда-то пропала. Катя долго ждала, до конца каникул, но обклеенная иноземными марками открытка на этот раз не пришла. Наверное, затерялась где-то на почте: последнее время изо всех углов неслось про «бардак в стране». Вот вам и результат. Потеряли! Или кто-то решил присвоить себе. Папа умел подбирать такие виды, в которые было легко влюбиться. При одной мысли о том, что другой человек — Катька представляла себе толстую нечесаную тетку — смотрит на ее открытку, девочку обдавало горячей волной ненависти. Попадись ей этот вор, разорвала бы на части! Каждая фотография была ее тайной дверью в другой, счастливый, мир — она смотрела на город и переносилась на улицы Праги. На первой открытке над заснеженными крышами вырастал готический собор с двумя острыми башнями и колокольней, увенчанной зеленым шпилем. От одного взгляда на него захватывало дух. Катя не поленилась, пошла в школьную библиотеку, хотя до этого бывала там два раза в год — когда выдавали учебники и когда приходило время их возвращать, — попросила книгу о Праге. Вычитала, что на папиной открытке фотография собора Святого Вита. Внизу страницы даже было маленькое черно-белое изображение этого чуда, которое строили шесть веков: тот же силуэт. Заодно и многое другое узнала. Казалось, попади она в Прагу, не растеряется ни на минуту: сразу поймет, куда идти. На второй открытке — эта была с надписью — красовался Карлов мост над рекой с непроизносимым названием «Влтава». Девочка пыталась рассмотреть статуи, которые стояли на парапете, даже лупу у бабушки выпросила. Но так и не поняла, что они изображают. В книге нашла описание каждой скульптуры, но очень путаное, с длиннющей историей, да еще без картинок — фигуры святых так и остались для Кати загадкой. Был бы рядом папа, он сумел бы объяснить. А третья открытка, Храм Девы Марии перед Тыном, стала ее талисманом-хранителем. Потрепанная и затертая, служила закладкой для учебников в школе, а летом перемещалась в любимую сумку, которую Катька всюду таскала с собой. Даже на даче, выходя с участка, не забывала прихватить старенькую кожаную торбу. Перед сном каждый вечер Катька доставала открытку, смотрела на фотографию, и ей становилось так тепло и хорошо, словно папа никуда не уезжал четыре года назад. Словно мама все еще была доброй. Словно они втроем по-прежнему любили друг друга...

— Катька! — Девочка резко отдернула руку от папки с паспортами. — Я тебе что сказала?!

— Вещи собрать... — Она втянула голову в плечи и попятилась: никогда не знаешь, что у матери на уме. — Я сумку сложила.

— Все вещи! До одной! — тут же зашипела мать. — Совсем ничего не понимаешь, больная?!

Лена резко рванула на себя дверцу шкафа. Огромный ворох поношенного разноцветного тряпья появился из недр, загораживая лицо матери. Женщина с ненавистью швырнула старые Катины вещи на пол.

— Зачем ты так?! — Лицо девочки переменилось, уголки губ задрожали. — Я бы аккуратно, сама...

— От тебя не дождешься!

— И зачем мне это там? Я из всего уже выросла.

— Заткнись! Сказано, собрать! — Мать сверкнула злыми глазами.

Девочка молча села на пол рядом с бесформенной кучей и стала аккуратно складывать ненужные вещи в стопки. Спорить себе дороже — рука у матери тяжелая, в прошлый раз синяк оставила на полспины. Две недели ходить больно было. Наверное, с дедом они опять поругались — вот мать и бесится. После смерти бабушки дурной характер этих двоих стал невыносимым. Только бабушке, доброй душе, и удавалось с ними справиться.

Бабулечка у Катьки была замечательная. Баловала ее как маленькую. Но вот умерла... Здоровье не выдержало. Мать тут же деда обвинила, а он все свалил на беспутную дочь. Пока они препирались, бабулечка, восковая и неподвижная, лежала в доме на перекинутой между табуретами доске. Катька отчетливо помнила каждую минуту тех дней: словно было это только вчера. Она не плакала. Глаза у нее были горячие и сухие — смотрела, как соседки моют покойницу, надевают на нее чистую рубашку, выплескивают воду в выгребную яму. Мать ненадолго переключилась с отца на дочь: назвала ее бессердечной тварью. Припомнила уличного котенка, над которым Катька ревела как полоумная, а над родной бабкой слезинки не пролила. Девочка ничего не могла с собой поделать — ей было так страшно и так давило в груди, словно это она сама умерла.

Мать с дедом разругались вдрызг. Едва бабушку закопали, Ленка, подхватив дочь, умчалась в Москву.

Два самых любимых человека — папа и бабушка — бросили Катю одну. Одиночество грызло ее изнутри и не давало дышать. Чтобы избавиться от удушья, Катька часто доставала свой детский альбом. Вот она, годовалый карапуз, сидит на руках у бабушки и хохочет, запрокинув назад пушистую голову. Вот папа на прогулке подбрасывает ее вверх, и она летит, улыбаясь, сначала в небо, а потом к нему в руки. До сих пор помнила это чувство восторга и счастья. Так скучала по нему! Бабушка и папа были надежными. Катька могла рассказать им все, что угодно, и они бы не посмеялись, как мать, над серьезными чувствами маленького человека. Всегда слушали с вниманием, все на свете понимали. А как они умели жалеть! У Катьки все-все сразу проходило — и обида на маму, которая опять не захотела слушать, и боль в животе от детсадовских страхов, и даже ссадины — вечно она падала на ровном месте — переставали жечь. А теперь уж никто ее не жалеет.

Дед с матерью словно с цепи сорвались. Один без конца обвинял в том, что выгнали их с бабкой из квартиры, отправили жить на дачу. Они пошли на поводу у единственной кровиночки, хотели устроить ей счастливую жизнь. И где это счастье?! Где тот муж, на которого и взглянуть косо было нельзя, не то что слово поперек сказать. Художник! Куда им до такого зятя! Только дед и понимал, что удачливый бездельник, лимита подзаборная, слишком сладко устроился: живет в чужой квартире, ест на чужой счет и в свое удовольствие дни-ночи малюет. И мать от деда не отставала — винила в том, что Витя уехал из-за него. Тот и не пытался скрывать, что ненавидит зятя, немца поганого, лютой ненавистью. За то, что он не работал, как все нормальные люди, не вставал в шесть утра, не ехал на службу. За то, что был вражеских кровей и даже не пытался этого скрывать. За то, что все у «этого фрица» — иначе дед отца и не называл — было шиворот-навыворот: и вера католическая, и понятия о жизни другие, и мечты постыдные — уехать из великой страны. При каждой встрече ветеран войны и заслуженный человек, глядя на зятя, прищуривал глаза и шипел: «Валил бы ты в свою Пруссию, фриц». Отец улыбался тестю и вежливо отвечал: «Обязательно. Всему свое время».

И действительно, когда Катя перешла во второй класс, папа вдруг собрался и уехал. Сказал, что летит в Прагу по делам — нашел человека, который готов купить несколько его картин для своего ресторана. А потом пропал. Конечно, он предупреждал, что, если все сложится удачно и ему предложат работу декоратора, — были такие намеки, — отказываться он не станет. Но ни мама, ни Катька в это не верили. Как же так?! В чужой стране, без семьи?

А вот у папы все получилось, и он решил не возвращаться из Чехии. Объявился только через семьдесят дней, за которые мама поседела наполовину и превратилась в злую ведьму. Позвонил на свою голову и такое услышал... А потом только изредка писал: узнавал, здорова ли Катенька и как дела у доченьки в школе. После каждого такого письма мать плакала навзрыд целые сутки — в гости к себе отец не звал и сам не обещал прилететь. От Ленкиных слезных просьб отмахивался: лишних денег на путешествия нет. Он зарабатывает, конечно, но едва хватает на жизнь: снимать маленькую квартирку и покупать еду. Но ни о чем не жалеет. В Праге ему легче и свободнее, чем в Москве. Здесь ценят и его самого, и то, чем он занят.

А однажды пришло письмо, в котором отец так и написал: «Возвращаться в Россию мне лично смысла нет. Надеюсь, тесть будет рад». Мать устроила деду невиданный скандал. Первый раз в жизни Катя слышала, чтобы Ленка так визжала. Первый раз увидела, как мать падает на пол, орет и катается, выдирая на себе волосы.

Девочка залезла в старый бабушкин шкаф и плакала там от страха всю ночь. Но со временем привыкла: истерики матери стали повторяться все чаще...

Утром, накануне отъезда в Прагу, в дом пришли мужики в синих комбинезонах. Ленка указывала на мебель, которую надо разобрать, и рабочие тут же превращали ее в картонки и доски. Хлам, который еще десять минут назад был комодом или столом, выносили к подъезду и складывали в мусорный контейнер. Спасся только платяной шкаф, не напрасно опустошенный, как теперь выяснилось. Его затолкали в «детскую», и он тут же занял половину пространства. Еще уцелел материнский диван, втиснувшийся рядом с узкой Катиной кроватью, притертой вплотную к окну. Катин письменный стол, за которым еще Ленка учила уроки, пришлось поставить на дыбы. По-другому не получалось. В детской теперь было не развернуться — настоящий склад. Зато большая комната опустела и стала похожа на танцевальный зал: над паркетом висела старая люстра. И все.

Катя еле пробралась к своей постели, когда мать велела ложиться спать. Что значат все эти перестановки, Ленка и не подумала объяснять. Девочка сама догадалась, что уезжают они с мамой навсегда. Душа ее ликовала. Наконец то, чего она ждала долгие годы, о чем молилась всем богам — и папиным, и бабушкиным — сбылось. Они переезжают к папе, в Прагу! От возбуждения перед первым в своей жизни полетом Катя глаз не могла сомкнуть. Лежала, вытянувшись как солдатик, уставившись в потолок, и видела на нем взмывающие к небу шпили собора Святого Вита.

С первыми лучами солнца они с матерью погрузили в машину две сумки — по одной на каждую — и поехали в аэропорт. Ленка непривычно разбрасывалась деньгами: заплатила таксисту больше и сдачи не взяла. А ведь могли бы вообще добраться на метро и на автобусе. Не с чего, казалось бы, шиковать: в детском саду матери платили, как и раньше, копейки, а бабушки, которая тайком от деда отдавала дочери с внучкой всю пенсию, больше нет. Но, с другой стороны, если новая жизнь, если папа прислал им денег, почему бы и нет?

В аэропорту Катька беспрерывно крутила головой, за что получала от матери нагоняи один за другим. Но не особенно волновалась — знала, что в людном месте Лена не станет орать, распускать руки и не свалится на пол с истерикой. А слова? Подумаешь! Она давно научилась не обращать на них внимания. Даже самые обидные не принимала близко к сердцу: мать наорется и успокоится. Все равно ничего она не могла бы поделать с любопытством человека, впервые попавшего на другую планету. Хотелось смотреть на разномасто одетых людей — кто в шубах, кто в майках; заглядывать в их лица и угадывать, куда и зачем летят. Катька великодушно желала, чтобы у каждого, кто собирается сесть в самолет, было такое же веселое настроение, как у нее. Пусть ликует весь мир! Пусть соединяются люди, которые любят друг друга. Разве не для этого придумали железные машины и подняли их в небо? Еще немного, совсем чуть-чуть, и они встретятся с папой. Он приедет за ними в аэропорт Праги, отвезет в чистую светлую квартиру, хорошо бы с видом на реку Влтаву. Посадит Катьку, как в детстве, к себе на колени и шепнет на ушко «малыш». Как же скучала она по этому слову! Только папа умел его так произносить — коротко, с придыханием, мягко растягивая букву «ш».

Ни на регистрации, ни на паспортном контроле, ни в кресле самолета Катька не могла унять мечтательной улыбки. На взлете вцепилась в подлокотники мертвой хваткой, да так и сидела, пока машина разгонялась по полосе и отрывалась от земли. Это было сумасшедшее чувство восторга вперемешку со страхом. Сердце колотилось бешено, уши заложило, руки дрожали, а самолет почти вертикально входил в небо.

Она видела, что и мать тоже трясется от ужаса. Только в ее чувствах не было ни толики восторга и радости. Зато страх и неуверенность она видела ясно: умела читать настроения матери, даже не глядя на нее. Кожей ощущала то электрическое напряжение, которое Ленка умудрялась распространять вокруг себя. Сейчас ее состояние было особенно опасным: как угли, раскаленные докрасна. Катька даже боялась случайно задеть мать рукой или краем одежды — того и гляди все вокруг вспыхнет.

Обычно девочка противилась тому, чтобы Лена пила: в последнее время она и так слишком часто это делала. Но сейчас, увидев на тележке стюардессы маленькие бутылочки, даже обрадовалась. Пусть глотнет чуть-чуть красного вина и успокоится. Сейчас это нужно ей как лекарство. Нехорошо, конечно, если папа почувствует запах спиртного, подумает еще что-нибудь не то. Но лететь-то несколько часов, запах, наверное, успеет выветриться.

Глава 3

Сквозь гул в ушах, глухую пульсацию крови в венах и невыносимую режущую боль Маша услышала только одну фразу: «Черт, инструмент-то тупой». Казалось, отчетливо слышен треск рассекаемой плоти. Боль стала адской, она попыталась вырваться из рук акушерок. Сквозь дикую, вязкую тошноту и головокружение молотом по наковальне отстукивало «Бежать! Бежать!». Терпеть больше не было сил. Но ее схватили и удержали — стиснули руку, из которой торчала игла капельницы, прижали согнутые в коленях ноги. Оставалось захлебываться горячими слезами, животным криком и мольбой о том, чтобы душа покинула наконец раздираемое на части тело.

Она не умерла, как надеялась. Через несколько минут, которые тянулись часами, на руки акушерке шлепнулось что-то скользкое и бесформенное. Оно заревело. Видимо, ему досталось не меньше, чем мне, подумала Маша и отключилась.

Очнувшись, увидела над собой все те же бьющие в глаза лампы родильного зала. Жгучая боль постепенно стихала, тошнота улеглась. Зато снова появилась способность мыслить, а это было ничуть не лучше.

Молчанова с трудом перевела взгляд на толстую акушерку, подкравшуюся к ней с мстительной улыбкой на губах. Бледное, в рытвинах, лицо излучало презрение к низшей касте — неопытным роженицам, еще только вступавшим в пору осознания женской доли. На руках у тетки лежало невероятно маленькое, сморщенное существо, которое нервно дрыгало красными, как у вареного рака, конечностями и ревело. Девочка. Маша зажмурилась. Только сейчас она поняла, что обе они выжили — и она сама, и этот ребенок, которого ни мать, ни отец не просили появляться на свет. Она сделала это самовольно: вопреки желанию родителей и диагнозу врачей, которые пять лет назад поставили Маше бесплодие. За эти годы молодая актриса смирилась с тем, что у нее никогда не будет детей. Даже решила, что это к лучшему: больше шансов добиться успеха в профессии. Можно выкладываться, как того требует сцена, извлекать из себя все до последнего нерва, заставлять нутро звучать на пределе возможностей, добираясь до самых тайных струн. Не беречь душу. Только так и приходит талант: через адский труд, самоотречение.

А теперь? Ей не выжить без театра, зато с младенцем на руках. Они обе обречены. Некому о них позаботиться, некому даже заработать на хлеб...

Маша вздрогнула от того, как резко и неожиданно боль вернулась, прожигая тело насквозь. Она распахнула безумные глаза юной Офелии и сквозь слезы увидела расплывчатый силуэт. Над ней склонилась мужская фигура в белом халате и медицинской шапочке.

— Терпи, — сосредоточенно пробормотал врач, — уже немного осталось. Если бы дала перед родами шейку матки поправить, внутренних разрывов бы не было. А ты начала брыкаться, теперь ничего не поделаешь, надо зашить.

Голос прозвучал раздраженно: так, словно Маша обязана была ощутить всю тяжесть своей вины. Она извивалась под руками врача, старалась уползти от иглы. Чтобы не оттолкнуть хирурга, пришлось до крови закусить губу и впиться ногтями в ладони.

— Ну, как, — доктор, не прерывая своего занятия, с любопытством садиста придвинулся ближе, — будешь еще рожать?

Маша сверкнула глазами и облизала пересохшие губы.

— Буду. Какие наши годы.

— Надо же! Обычно в родильном отделении бабы кричат, что «больше никогда», что мужика к себе близко не подпустят. А ты вон какая смелая, — он усмехнулся и придвинулся еще ближе, — не уползай. Все равно догоню.

— Швы будет больно снимать? — Маша с новой силой впилась в ладони ногтями — на руках оставались небольшие, но глубокие ссадины, как от надрезов.

— Нет. Внутренние сами рассосутся, там специальные нитки, снимать придется только те, что снаружи. Не переживай! Все будет красиво, даже лучше, чем прежде.

— Не надо мне лучше!

Она резко вскрикнула и болезненно дернулась.

— С вами, студентками, с ума сойдешь, — врач устало вздохнул, — все какие-то нервные.

Маша всхлипнула и отвернулась, чтобы спрятать накатившие слезы.

Она не могла понять, почему рождение происходит так по-скотски. В нем не было ни радости, ни души. «Дарить новую жизнь» — писали в книгах и говорили со сцены. На деле оказалось — разрывая себя на части, производить. В унижении, под невыносимую болтовню акушерок и врачей. С первой минуты в роддоме никто не отнесся к ней как к человеку — она превратилась в тушу, которую свежевали, крутили, мяли, тыкали, резали, выворачивали наизнанку. Каждый здесь — от уборщицы до хирурга — недвусмысленно дал понять, что за все удовольствия в жизни надо платить. И никто из них пальцем не пошевелил, чтобы облегчить заслуженные муки. Зато каждый сделал все, чтобы до конца жизнь запечатлеть в ней невыносимое чувство брезгливости и ненависти к себе. И Маша, и ее ребенок были помехой, мешавшей людям спокойно отсыпаться на работе в выходной день.

— Все! — доктор с удовольствием распрямился и начал снимать перчатки. — Теперь — грелку со льдом на живот, и поехали. Ночью поспишь, а утром привезем тебе ребенка. У нас палаты матери и дитя. Так что познакомишься со своим чадом еще до дома.

Каталка мрачно громыхала по длинному полутемному коридору. Маша никогда в жизни не видела морг, только в кино, да на учебной сцене пришлось однажды сыграть труп. Но тогда, под светом рамп, было скорее смешно и заботило только одно — дышать бесшумно, не «расколоться». А сейчас ей казалось, будто везут ее из самого настоящего морга к вратам преисподней. Могильный холод от грелки со льдом растекся по телу, даже кончики пальцев заледенели. Нянька зловеще молчала, открывая дверь в дальнюю палату: ни ординаторской поблизости, ни сестринской. Можно сколько угодно орать в пустоту, звать на помощь: никто не придет.

Втолкнув каталку внутрь палаты, женщина застелила железную кровать застиранной до серости простынею в ржавых пятнах. Кинула поверх медицинскую клеенку, потом — ветхую тряпку, видимо, служившую когда-то пеленкой.

— Давай, укладываться будем, — пробормотала она.

Маша с трудом приподнялась и неловко сползла с огромной каталки на панцирную сетку кровати. Места разрезов отзывались острой болью при каждом движении.

— Не садиться, трусов не надевать, прокладки свои не приносить, — нянька инструктировала как автомат, — будешь пользоваться этим.

Она достала из кармана халата застиранные тряпки, сложенные стопкой, и бросила их на тумбочку. Не сказав больше ни слова, развернулась и с пугающим грохотом

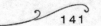

выкатила каталку в бесконечный гулкий коридор. Свет в палате тут же погас.

Маша осторожно перевернулась на спину и уставилась в серый потолок. Есть хотелось так сильно, что кружилась голова. В горле пересохло от долгого крика. А с живота под спину ледяными струями стекал таявший лед. Убрать эту чертову грелку или она должна остаться на животе до утра? Никто ничего не сказал. Никому не было до нее дела.

Всю ночь она лежала с широко открытыми глазами, из которых непрерывно катились жгучие слезы. То, чего она успела добиться в профессии, в жизни, перечеркнули всего несколько часов в родильном зале. Предстояло забыть о театральном училище, о прозвучавшем полгода назад приглашении художественного руководителя... Она попала в ловушку. Будущего больше нет.

С семнадцати лет она твердо усвоила — у нее не будет детей. Поверить врачам оказалось несложно: Маша и сама наблюдала удивительное непостоянство, с которым работал ее организм. Три месяца подряд не мучают привычные для женщин боли в животе и прочие досадные неудобства? Вот и славно! Ей же лучше: мир открыт, можно не ограничивать себя в работе и предаваться любым удовольствиям. У нее и в мыслях не было бороться с собственными гормонами, что-то зачем-то лечить. Находились куда более важные занятия: она набиралась опыта на сцене и в жизни. Ей многое нужно было понять и пережить, чтобы превратиться в актрису. В систему Станиславского Молчанова верила свято: жизнь духа превыше всего. Чувства, переживания и даже черты характера актер обязан извлекать из недр собственной души, каждый раз находя сцепки и связки с внутренним миром своего героя. А тело — это такой же инструмент игры, как декорация, как костюм — важно уметь им пользоваться и добиваться единения с жизнью духа.

Маша умела жить гармонично. Ни один порыв ее души не оставался без ответа. Когда ей было весело, она заражала смехом всех вокруг. Когда грустно, садилась и плакала — с наслаждением, вволю. Когда ее с непреодолимой силой влекло к мужчине, она не сопротивлялась. Считала себя не вправе отказываться от драгоценных даров судьбы. Удивительно, но при таком отношении к любви ни один ханжа не посмел бы назвать ее легкомысленной. Каждый раз новое чувство — до Олега она успела пережить три перерождения — выворачивало ее наизнанку, оголяло до последнего нерва. Она относилась к той опасной категории женщин, которые погружаются в собственную любовь с головой и того же требуют от мужчины.

Олег появился в жизни Маши в удачный момент: руины прежних безумных отношений с коллегой по цеху, разрушенных больше года назад, наконец начали ее отпускать. Студент Московского пограничного института увидел юную Гермию в учебном театре. Притворившись на следующий день больным, не пошел на занятия, засел за Шекспира. А через неделю снова был на том же месте в тот же час. На коленях, непривычно затянутых в штатские брюки, лежала коробочка с бесстыдной розовой орхидеей.

Спектакль закончился, полный решимости будущий офицер отправился искать Гермию за кулисы. На пороге «гримерки» замер — не мог произнести ни слова. Только смотрел на молодых «афинян» как на инопланетных существ и трогал большими пальцами скрипучее целлофановое окошко коробки.

— Вы к кому? — поинтересовался лесной эльф.

Олег коротко кивнул в сторону своей Гермии.

— Машуня, солдатик к тебе! — весело доложил худосочный юноша с крыльями.

Как он разглядел под серым штатским костюмом военного человека, так и осталось для Олега загадкой. От волнения руки пограничника стали влажными, целлофан запотел, скрывая цветок. Маша заметила состояние гостя и хитро улыбнулась.

— Не волнуйтесь, — игриво сказала она, — я вас не съем.

— Машуня, зритель мечтает как раз об этом! — встрял неугомонный эльф.

Маша подняла на Олега большие серые глаза, и весь мир поплыл — мимо и прочь.

В тот вечер они недолго бродили по улицам, делая вид, что могут бороться с желанием. Маше было достаточно одного мимолетного прикосновения, чтобы понять: она погружается на самое дно нового непреодолимого чувства. У Олега, которому неделя влюбленности уже казалась вечностью, были свои причины спешить. Не долго думая, он привел ее к себе домой. Пронес, чтобы матери не было слышно шагов двух пар ног, в свою комнату. Как трофей. Как добычу. Закрыл на щеколду дверь и стал торопливо раздевать.

На мгновение Олег, с досадой вспомнив о чем-то, замер и посмотрел на Машу с тревогой.

— Прости... Кажется, у меня нет...

— Ничего не нужно, — прошептала она.

— Я могу в аптеку. Быстро.

— Доверься мне.

— Не то чтобы я против детей... Но...

— Замолчи!!!

Она раздраженно зажала ему рот узкой ладошкой и стала расстегивать солдатский ремень на штатских брюках...

Маша вздрогнула и проснулась — громко хлопнула входная дверь.

— Не бойся, Маруся, — Олег прижал ее к себе, — просто мама ушла на работу.

— И нам тоже пора?

— Нет.

— Хорошо...

До вечера они и не думали выбираться из постели. Несколько раз он бегал в кухню, приносил им воду, какую-то еду, и все начиналось сначала. Машино тело протестовало, когда пришло время собираться и ехать на репетицию.

— Прости, не успел тебе сказать, — он наблюдал за ее сборами внимательно, с неизъяснимой нежностью, — очень скоро мне придется уехать.

— Когда? — Маша напряглась как струна.

— Послезавтра утром.

— Так быстро...

— Нельзя отложить, малыш. Это приказ.

Еще двое суток они не расставались. Только спектакли Маша не могла пропустить, и Олег шел с ней за сцену. Сидел на корточках за кулисами, пока она пыталась играть — все мысли были о нем, — а потом собрался и уехал.

Она осталась одна. Туда, где он оказался, нельзя было ни приехать, ни позвонить: там шла стрельба и взрывались снаряды. Стоило Маше закрыть глаза, как в ушах свистели пули, она сходила с ума от страха. Ее держала на плаву и спасала только работа. Но стоило спуститься со сцены, и начиналось удушье. Вдруг оказалось, что без Олега ей не хватает воздуха.

Чтобы выжить, Маша бралась за все, что попадалось под руку: играла и день и ночь. Одержимую студентку начали замечать. За четыре месяца до окончания училища у нее появилось первое предложение. А за три до выпуска она поняла, что не сможет принять ни одно из них.

Слишком поздно Маша начала подозревать, что с ней что-то не так. Долго отмахивалась от неприятных мыслей и ощущений — было не до врачей. Но даже для привычной дисфункции симптомы оказались чересчур настойчивыми. Пришлось идти на прием — в ту же поликлинику, где пять лет назад ей поставили удобный диагноз.

— В двадцать один год, в двадцать первом веке не заметить собственную беременность?! — Старушка-гинеколог с трясущимися жилистыми руками веселилась от всей души. Словно Маша рассказала ей анекдот.

— Это ошибка! — девушка протестовала. — Я не могу забеременеть!

— Восемь недель, — бабка совала в лицо упрямой пациентке снимки УЗИ, — никакой ошибки.

— Невозможно...

— У тебя будет ребенок! Не надо спорить со мной.

Маша открыла рот, но гинеколог опередила студентку:

— Будем рожать! Срок большой. Ребеночек в порядке. Жду на контрольный осмотр через месяц.

Маша поняла, что разговор окончен. Она пробормотала что-то невнятное о собственном бесплодии, о гормональных проблемах, а в ответ услышала скрипучий старушечий смех. Он до сих пор звенел у нее в ушах.

Глава 4

Катя злилась на мать. Мало того что Ленка после вина, которое выдала ей стюардесса, не подобрела — от нее до сих пор так и било током. Перед выходом из самолета она даже не подумала привести себя в порядок. Хоть бы причесалась, как следует, глаза бы накрасила, что ли. Нельзя с таким измятым лицом выходить к мужу после долгой разлуки! Девочка открыла рот, хотела осторожно намекнуть, но успела произнести только отрывистое «Мам», как в ответ раздалось змеиное: «Заткнисссссь» — вот и весь разговор. Не понимает человек, что себе же делает хуже!

Иногда Кате хотелось сбежать на край света от этой женщины, которая будто специально старалась сделать так, чтобы жизнь с ней стала невыносимой.

Расстроившись, девочка не почувствовала, как самолет приземлился — удивленно оглянулась, только услышав аплодисменты. И тоже торопливо захлопала. Вот странно. Как в театре. Ее папа несколько раз водил, пока она была маленькой. Не сказать, что ей особенно понравилось — взрослые тети и дяди говорили глупыми голосами и кривлялись на сцене. Но ощущение праздника было. И от пирожного, съеденного в антракте, и от этих самых аплодисментов. Ей очень нравилось это ощущение «вместе»: когда много незнакомых людей становятся вдруг единым целым. И она тоже чувствовала себя частью чего-то важного.

Украдкой, чтобы мать не заметила, Катька пригладила волосы и посмотрела в карманное зеркальце. Интересно, узнает ее папа или нет? Она так выросла и изменилась. Из второклашки с тощими косицами превратилась во взрослую девушку. Особенно если накрасится и волосы щипцами завьет. К ней уже даже большие дядьки клеились по дороге из школы. Только она с ними не разговаривала: если мать вдруг увидит, будет большое побоище. Оно ей надо опять ходить в синяках?

Катя, почувствовав, что Ленка пихнула ее в бок локтем, тут же вскочила. Пора было выходить. Толкаясь в узком пространстве, покачиваясь из стороны в сторону, пассажиры двигались к трапу. Девочке не терпелось увидеть, что там, на улице, но как ни старалась она вытянуть шею, ничего, кроме разношерстных затылков, рассмотреть не могла. Зато стоило шагнуть на трап, как ее ослепило невероятно синее небо. Катька зажмурилась и вытянула мордашку навстречу солнечным лучам. Пахло весной. Это в феврале-то!

Она открыла глаза, посмотрела вниз — думала, папа будет ждать их у самолета. По телевизору всегда показывали, как люди встречаются и жмут друг другу руки у трапа. Но там не было никого. Стоял только большой автобус, к которому устремились первые пассажиры.

В аэропорту проглядела все глаза — у матери боялась спросить. Только когда они уже забрали свои сумки, вышли в большой зал и к другим пассажирам начали подходить люди с табличками, Катя поняла — их никто не встречает. Она остановилась в растерянности, стала крутить головой: может, они просто не заметили папу, не узнали его? Столько лет прошло. Что, если он постриг свои замечательные длинные волосы, которые красиво завивались и свободно лежали на плечах? Катька в детстве так завидовала ему! Ей-то досталась мамина шевелюра: редкие и прямые как палки волосенки.

— Пошли! — Мать дернула дочь за рукав.

— Подожди, — Катька стояла как вкопанная. — Где же папа?

— Что?

— Он ведь должен нас встречать!

— Кто тебе такое сказал?

— Сама... Догадалась...

— Больная! — Надежда, которая на мгновение появилась на лице матери, сменилась досадой: — Кому мы с тобой нужны?

— Но ведь...

— Пойдем! Надо искать такси.

Мать раздраженно отмахнулась от дочери и поспешила к выходу. Катя бросилась следом за ней. В голове был полный кавардак. И зачем они тогда прилетели сюда, если не к папе? Где мама раздобыла на эту поездку денег?

Такси остановилось на крошечной, прихотливо изогнутой улочке. Пока мать рассчитывалась с водителем, Катя самовольно вылезла из автомобиля. И замерла. Никогда в жизни она не видела таких красивых домов! Невысокие, всего в три-четыре этажа, они стояли, тесно прижавшись друг к другу. Один розовый, другой желтый, третий зеленый, с золотыми завитушками на стене. Катя сделала крошечный шаг, и нога скользнула по гладкой мозаичной мостовой, словно по катку. Ей тут же сделалось весело, она запрокинула голову и заулыбалась старым знакомым с открыток — оранжевым черепичным крышам. Неужели людям можно здесь жить? Эта улица была похожа на музей под открытым небом: затейливые кованые решетки на окнах, старинные фонари. Никаких повторений! Непохожие дома рождались один из другого и соединялись в дружную семью.

— Куда мы приехали?

— В отель, — мать усмехнулась, заметив выражение лица дочери, и добавила непонятно: — Один раз живем!

Повесив на плечо обе сумки — и дочкину, и свою, — Ленка взялась за кованую ручку и толкнула внутрь тяжелую дверь. Катя осторожно шагнула следом за матерью и ахнула: они попали в средневековый замок.

Она раньше думала, что все крепости в древние времена строили обязательно на горе: так, чтобы не добраться. А тут запросто, с улицы можно было попасть в самый настоящий рыцарский дом. Сомнений быть не могло — прямо напротив нее, сверля пришельцев недобрым взглядом, замер человек в тяжелых доспехах. От страха Катя попятилась.

— Добрый день, — услышала она.

У сурового воина оказался на редкость приветливый голос.

— Здравствуйте, — пролепетала Катя в ответ.

И только тогда увидела мужчину в современном костюме: черные брюки, пиджак, белая рубашка и золотая бабочка. Он улыбнулся девочке, подмигнул — понял ее ошибку. Катька покраснела. Такую глупость подумала!

Мама тем временем протянула портье паспорта. Воин по-прежнему стоял на одном месте и даже не шевелился. Катя, завороженная, осторожно подошла ближе. Ей хотелось заглянуть рыцарю в лицо, хотя она уже догадывалась, что под забралом скрывается пустота. И все равно было безумно страшно. А вдруг?!

— Нравится? — нарядный мужчина улыбнулся.

— Да...

— У нас таких много в обеденном зале. Можете посмотреть.

Катя кивнула и осталась стоять на месте. Пока взрослые занимались бумагами, она осторожно оглядывалась. Углы бледно-голубых стен украшали широкие кованые накладки с раздвоенными и закрученными наружу концами. Потолок был синим-синим, и на нем блестели золотые звезды. Как в сказке.

— Подождите несколько минут, — попросил портье, — я проверю, готова ли ваша комната.

Он проводил Катю с мамой в рыцарский зал, у входа в который стояло несколько кресел.

Зал был огромным, праздничным. Вдоль стен, в нишах, стояли рыцари. Повсюду висело оружие: средневековые боевые топоры и алебарды с узкими лезвиями, крюками и острыми шипами, громадные щиты, под которыми крест-накрест расположились длинные копья с острыми наконечниками и растрескавшимися, почерневшими от времени древками. Катя догадалась, что все эти вещи давно без дела — железные детали покрылись черным налетом и даже ржавчиной. С потолка свисали огромные кованые люстры — много свечей, прикрепленных на толстый обод. От каждой люстры к стене шла мощная цепь, надетая на небольшое колесо. Наверное, такой специальный механизм, чтобы можно было поднимать тяжеленные светильники и опускать. Длинные деревянные столы тянулись от стен к центру зала, на котором возвышались причудливые телеги, покрытые скатертями.

— Ну, как тебе? — спросила мать с такой гордостью, словно построила этот замок сама.

Катя не знала, как выразить чувства словами. Все, что ни скажи, будет мало.

— В классе обалдеют, когда узнают! — выдохнула она, уже представив себе реакцию одноклассников на свои фотографии в рыцарском зале.

— Иди вон туда, я тебя сфотографирую, — великодушно предложила мать, — только лицо сделай поумней! Чего рот раскрыла?

Катя испуганно сомкнула губы и изобразила кривую улыбку. Мать взглянула на нее, отмахнулась и стала фотографировать только зал.

— А меня? — робко напомнила девочка.

— А ты мордой не вышла.

В носу противно защипало, но Катя дала себе слово не поддаваться обиде. Решила, что при первом же удобном случае стащит у матери «мыльницу» и попросит этого дядю на входе ее сфотографировать. Он добрый, поможет. Легок на помине, администратор явился и проводил гостей в их комнату.

Пока мать плескалась в душе и прихорашивалась перед зеркалом, Катя успела переодеться. Вытащила из сумки свой лучший наряд — почти новенький джинсовый костюм. Бабушка давным-давно на вырост подарила. Правда, брюки были уже коротковаты, а рукава пиджака открывали на всеобщее обозрение худенькие, с остро торчащими косточками, запястья, но все равно еще можно было носить.

— Ты куда это вырядилась? — Ленка удивленно посмотрела на дочь.

— С тобой...

— Здесь останешься, — коротко бросила она.

— Почему? — Катя опешила. Прилететь в Прагу, о которой мечтала, и вдруг остаться сидеть в комнате?

— По кочану. Я по делам еду, ты будешь мешать.

— Нет! Я тоже поеду к папе! — Катя закричала, но тут же получила сухой и хлесткой, как плеть, ладонью по щеке.

— Я тебе сказала, в номере будешь сидеть! В семь вернусь.

Упав лицом на кровать, Катька заревела. Не обращая на плачущего ребенка никакого внимания, Лена надела куртку, вышла и захлопнула за собой дверь.

— Ага, щас! Буду я тебе тут сидеть! — бормотала девочка сквозь слезы. — Нашла себе дуру!

Наревевшись, она села и огляделась. Потом подошла к двери, подергала ручку — та поддалась безо всяких усилий. Не долго думая, Катька схватила фотоаппарат и выскочила в коридор, захлопнув за собой дверь.

Как выйти к Влтаве, она поняла, еще когда ехала на такси. Близко! Не долго думая, обежала отель, нырнув в арку с огромной деревянной дверью, украшенной кованым узором, и оказалась во внутреннем дворе. Дальше — через маленький мостик к деревьям, к лужайке. Две минуты, и она уже стояла посреди острова Кампа.

Катя медленно брела в сторону реки, наслаждаясь каждым глотком по-настоящему свежего, напоенного солнцем воздуха. Так никогда не пахло в Москве посреди зимы: речкой, травой, теплом. Навстречу ей попалась стайка двухлетних малышей в надетых поверх курток желтых жилетах. Дети топали, раскачиваясь как утята, и потешно галдели. Целых три няни ласково призывали к порядку и собирали небольшую компанию в кучу — всего-то восемь ребят. Катя вспомнила прогулки в собственном детском саду за высоким железным забором. Двадцать пять человек в группе и одна-единственная воспитательница, которая только и делала, что истошно орала. Особо выдающимся хулиганам доставались еще и звонкие подзатыльники, пока никто из взрослых не видел. При родителях Вероника Петровна была, конечно, идеалом. Ласково ворковала, нежно называла детишек «Петеньками, Анечками, Ванечками». А уж к Катьке и вовсе по-доброму относилась: знала, что мать у нее работает на кухне. А туда, как говорила Ленка, «не подмажешь, не подъедешь: воспитателей много, а кормушка одна».

Обойдя нежно лепечущую стайку, Катя увидела Влтаву. Подбежала к широким каменным перилам, упала на них и замерла. Ни одна открытка в мире, ни одна фотография не могла передать того, что открылось ее глазам. Слева древней громадой возвышался Карлов мост. Впереди, за рекой, тянулись вдоль набережной старинные здания, похожие на дворцы, а рядом с ними теснились красочные домишки. Над веселыми крышами виднелись башни, шпили, купола. А внизу бурлила, ворчала, перебираясь через порог, красавица Влтава. Катя вслушивалась в ее музыку, и сердце бешено билось от счастья.

— Привет, Прага! — прошептала она.

Река всколыхнулась в ответ. Девочка, довольная, побежала дальше.

Она поднялась на Карлов мост с острова Кампа по боковой лестнице и замерла. Такой красоты она даже во сне вообразить себе не могла! По левую руку, за башней моста, виднелся Пражский град: Катя мигом узнала его по шпилям собора Святого Вита. Она повернулась направо — где-то там должен быть центр города, Староместская площадь. Глаза разбегались! В нерешительности Катя топталась на месте, не зная, куда идти.

Задумавшись, она уставилась на молодого отца, который присел рядом с ней на корточки перед маленьким сыном. Парень бережно снимал упаковку с купленных для малыша вафель. Вытащил одну бумажной салфеткой, аккуратно обернул, чтобы ребенку было удобно держать, и передал пацану. Тот, довольный, тут же вгрызся в угощение редкими, еще не до конца проклюнувшимися зубами. Отец терпеливо дождался, пока сын доест, потом парочка отряхнулась от крошек, взялась за руки и вприпрыжку понеслась вниз по мосту. Догонять маму.

Катя почувствовала острую зависть — вот бы и ей такую семью! Она всем сердцем любила бы мужа и сына. Ни разу в жизни не заорала бы, не ударила. От каждого человека можно добиться, чего угодно, добром и лаской — жаль, ее мать совсем этого не понимает. Проводив взглядом молодую семью, Катя пошла следом за ними. И только когда закончился мост, поняла, что идет в сторону Пражского града. Ну и хорошо!

Она бродила по городу до вечера, потом вернулась в отель. Чтобы добыть второй ключ от номера, разыграла перед администратором настоящую сценку: долго топталась у его стойки, вздыхала, смотрела на часы, делала вид, что ждет.

— Могу я чем-то помочь? — наконец поинтересовался портье.

— Да нет. Мы с мамой договорились встретиться здесь ровно в шесть. Ключ-то у нас один.

— Наверное, миссис Шварц задерживается. Никаких проблем!

Он наклонился, вытащил из ящика карточку, прислонил ее к загадочному аппарату и протянул Кате.

Вопрос со свободным перемещением по Праге был решен.

Глава 5

К пяти часам утра непроглядный мрак за окном сменился дождливым серым рассветом. Только теперь Маша почувствовала, что лежит в сплошной луже — подушка стала мокрой от слез, простыня — от талого льда, вытекшего из грелки, а пеленка — от крови. Голова налилась свинцом и гудела. Голод давно перестал ощущаться и превратился в глухую боль в глубине желудка. Зубы стучали от холода: все тело бил озноб. И еще невыносимо хотелось в туалет. Но, едва представив, какими муками грозит элементарная процедура, она заставила себя перетерпеть.

Дверь распахнулась, запечатлев на стене новую вмятину, задрожала. В палату ввалилась дородная деваха в коротеньком белом халате, из-под которого бесстыдно выглядывали толстенные белые ляжки. На каждом пухлом локте, украшенном детской ямочкой, исполинского вида медсестра держала по младенцу.

— Держи, мамаша, — пробасила она.

— Которого? — Маша замерла в растерянности: какой из двух убогих свертков, перемотанных ветхими пеленками, мог быть ее, она понятия не имела.

— Молчанова Мария Львовна?

— Я...

— Значит, этот. — Медсестра прошла в палату и, выбрав на кровати чистое пространство, ловко скинула один из свертков на одеяло. — Первое, что ли, кормление?

— Да. — Маша опасливо посмотрела на свой нищенский кулек, с невероятным трудом поднялась с койки, подошла к нему ближе и осторожно потрогала.

— У меня свои пеленки есть, — младенец, одетый в рубище, заставил сердце болезненно сжаться, — можно ребенка переодеть?

— Нет! — девица гаркнула басом. — Не положено! Бери уже давай.

— Я сейчас...

Она неловко нагнулась над безмолвным свертком и попыталась подсунуть под него ладони, чтобы поднять.

— Да не бойся! Не стеклянный, не разобьется.

— Как только вы их сразу по двое носите. — Ее пальцы дрожали под крошечным тельцем, которое от боязливых прикосновений начало вдруг двигаться и извиваться. Она испуганно отдернула руки.

— Что там, по двое! Раньше по четыре штуки носили. Да одна дурища не удержала: двоих сразу на глазах у мамаш об пол и грохнула. Насмерть. Теперь приходится по сто раз бегать туда-сюда с вашими мальцами. Не переживай, — успокоила она, взглянув на побледневшую Машу, — ту девицу давно уж уволили.

Молчанова заглянула в крохотное личико туго замотанного ребенка и вдруг представила себе, что эти почти прозрачные, в тонких фиолетовых прожилках веки больше не дрожат, а кукольный носик — аккуратный, словно фарфоровый — уже не морщится. Животный страх заставил ее содрогнуться. «Она должна жить, — лихорадочно думала Маша, — должна...»

— Ну, что застыла? — Медсестра с любопытством вглядывалась в растерянное Машино лицо. — Давай, корми!

— Чем кормить? У меня молока пока нет.

— Дай, что есть!

Медсестра удобнее перехватила второго ребенка и вышла из палаты, ухнув на прощание дверью.

Сверток лежал поперек кровати и не подавал никаких признаков жизни, а сама она не знала, как к нему подступиться. Измучившись сомнениями, Маша прилегла на свободный край и решила не трогать, пока ребенок не проснется сам.

Прошло двадцать минут. Маша начала нервничать, ей вдруг показалось, что младенец не дышит. Она поднесла согнутый в суставе мизинец к крошечному носику и ощутила слабое, едва заметное движение теплого воздуха. Девочка тоже почувствовал прикосновение мамы и начала двигать ртом, поворачивая головку из стороны в сторону, словно чего-то ища. Потом наткнулась губами на все еще поднесенный мизинец и, с силой захватив его деснами и губами, стала сосать. Маша охнула от неожиданности: хватка у грудничка оказалась решительной.

Дверь палаты снова раскрылась, и в бетонную камеру вкатили бокс.

— Ну вот, теперь можете совсем не расставаться, — довольным басом пропела все та же медсестра, плотоядно скалясь.

Замечательные по своей идее палаты «матери и дитя» очень ей нравились: заботы о детях с первого дня полностью ложились на плечи мамаш. Можно забыть и о младенцах, и о родильницах.

— Когда покормишь, положишь ребенка сюда. Под головку — скрученную жгутом и свернутую в кольцо пеленку, — она показала, как смастерить «подушку» для младенца.

— Зачем?

— Чтобы шейка не деформировалась.

— А... — только начала Маша, пытаясь спросить, что еще нужно делать с девочкой, но медсестра не стала слушать. Торопливо прижала указательный палец к губам.

— Давайте, кормите. — И, неуклюже поднявшись на цыпочки, с грохотом вывалилась за дверь.

Маша открыла грудь и придвинулась ближе к ребенку. Девочка моментально впилась в добычу, сжав ее деснами так крепко, что у матери брызнули слезы из глаз. Она попыталась освободиться, но ребенок скорчил угрожающую гримасу и обиженно запищал. Пришлось отказаться от этой идеи.

Младенец сосал. Время шло. Боль в груди усиливалась. Судя по несчастному выражению лица девочки, работала она вхолостую: не было у Маши и намека на молоко.

Дверь в палату снова открылась.

— В процедурную, на перевязку! — послышался раскатистый крик.

Обладательница голоса тут же скрылась, а звучное эхо прогромыхало вместе с грузными шагами дальше по коридору.

— В процедурную, на перевязку!

Маша с трудом выдрала грудь из цепких десен и растерла посиневший сосок. Ребенок сморщил личико, захныкал и, пока мать сползала с кровати, залился истерическим плачем.

— Мамаша, вы что тут, глухая? На перевязку! — вернулся во вновь распахнувшуюся дверь неврастенический крик.

Маша запахнула халат и, сходя с ума от пронзительного тонкого плача, положила девочку в бокс. Вышла в коридор, сгибаясь от боли, двинулась вперед — на поиски процедурного кабинета. Нашелся он в самом конце больничного туннеля. Маша пристроилась в хвост длинной очереди, состоявшей из ссутулившихся, переломленных пополам женщин с сине-серыми лицами. Никто здесь не улыбался, не пытался шутить. Только у самых дверей шептались две взлохмаченные тетушки средних лет, наперебой пересказывая друг другу подробности недавних родов. Маша заткнула уши.

Когда очередь дошла до нее, она тихонько проскользнула внутрь кабинета, робко шепнула «здрасьте» и легла в кресло. «Перевязкой» здесь называли обработку швов, которые от этой процедуры только сильнее исходили сукровицей и болели.

— Скажите, — Маша изо всех сил терпела, впиваясь ногтями в без того уже истерзанные ладони, — чем кормить ребенка? У меня молока, кажется, нет.

— Нет, значит, позже придет.

Медсестру ее проблемы совершенно не волновали.

— Но младенец не наедается, нужно докармливать.

— Завтра будет педиатр — разберется, кому и что нужно. Сегодня осмотр уже был.

— Но... — Маша снова открыла рот: хотела сказать, что ребенок не выпускает грудь и она не знает, что делать. Ее грубо перебили:

— Все, мамаша, слезайте. И вообще, мое дело — швы вам смазывать, а не на вопросы отвечать. Лучше бы гигиену соблюдали. Душ примите и обработайте все марганцовкой. Раствор — вон там, в железной бочке. Сле-е-едующий!

Маша с трудом дотащилась до палаты. Внутри все дрожало. Неужели она так и будет теперь вечно виновна в том, что осмелилась жить, да еще, на собственную беду, умудрилась родить ребенка?

Малышка кричала. Не обращая внимания на надрывный плач, Маша прошла прямиком в ванную комнату — помещение, которое больше походило на заброшенный подвал. Стены и пол выложены сколотыми кафельными плитками, душ торчит прямо из потолка. Маша торопливо сбросила с себя халат и сорочку, пристроив их на унитаз — больше было некуда, — сняла тапки и, ощутив голыми ступнями крупинки песка, встала под душ. Стоило повернуть кран, как тут же изо всех щелей потрескавшихся труб и сломанной лейки хлынула ледяная вода. Прошла пара минут, она успела закоченеть, прежде чем бьющий со всех сторон поток начала согреваться.

Когда она вернулась в палату и, дрожа от холода, подошла к боксу, лицо ребенка уже было синим от непрерывного крика. Она подняла сверток на руки и попыталась укачать. Никакого эффекта — младенец захлебывался плачем. В ушах у Маши звенело, голова раскалывалась от этих звуков, как от скрежета железом по стеклу, глаза застилал багрово-серый туман. Вискам вдруг стало невыносимо горячо, к горлу подкатила тошнота. Маша готова была зашвырнуть орущий сверток в угол палаты, только бы избавиться от этих звуков. А потом упасть на постель — и спать, спать, спать, пока не умрешь. Но где-то в глубине сознания вспыхнуло предостережение: «нельзя, выкинуть нельзя». Она развязала халат и снова дала ребенку пустую грудь. Крики прекратились. Голова стала кружиться. Маша вспомнила, что сама ничего не ела уже больше суток — с начала схваток ее желудок был чист как слеза. Наверное, после того как ее перевели после родов в палату «мать и дитя», о ней самой, а не только о ребенке, успешно забыли. По стенке она добралась до кровати, опустилась на нее и только потом сообразила, что сидеть ей пока нельзя. «Ну и черт с ним», — пронеслось в голове.

— Мария Молчанова? — сквозь тревожную дрему она услышала свое имя и с трудом открыла глаза.

Над ней возвышалась симпатичная женщина. Волосы уложены в аккуратную высокую прическу, сдержанный макияж. На лице выделялись только ярко-красные губы. Одета она была в деловой костюм, поверх которого набросила белый халат. Маше стало стыдно за свой расхристанный вид. Она попыталась отнять у уснувшего на ней младенца грудь и застегнуться, но ребенок тут же скорчил угрожающую гримасу, в жадном горле уже заклокотали первые всхлипы. Раздраженно она встряхнула ненасытный сверток и оставила все как есть.

— Да.

— Вы бы осторожнее. Нельзя сидеть с ребенком на руках, можете уснуть и уронить девочку.

— Я учту. Вы палатный врач?

— Нет.

— Педиатр? — Маша встрепенулась: — Скажите, что происходит с ребенком? Я никак не могу ее накормить!

— Я социальный работник, — она быстро перевела тему, — меня зовут Алла. Мне сказали, что вам может понадобиться помощь.

— В чем?!

— Вы только не волнуйтесь. Психологический совет. Консультация. Вам сейчас тяжело... Знаете, есть такая группа риска...

— Здесь всем одинаково!

— Не совсем, — Алла осторожно присела на краешек свободной кровати, — тем, у кого есть семья, для кого ребенок желанный, все-таки намного легче.

— Мне кажется, — Маша сердито сверкнула на даму глазами, — это не ваше дело.

— Может быть. — Дама примирительно улыбнулась. — Но мне важно, чтобы вы и ваш ребенок были счастливы.

Маша недоверчиво посмотрела на женщину — она не могла поверить своим ушам. Впервые за все время в роддоме с ней говорили как с человеком. Не приказывали, не запугивали. Просто хотели помочь?

— Про меня все забыли, — Маша всхлипнула, — я ничего не ела и даже не пила со вчерашнего утра.

— Боже мой, — Алла встрепенулась и вскочила с места, — что же вы молчите?! Здесь всем родные приносят еду, местную стряпню никто и не ест. Подождите!

Она стремительно вышла за дверь. Веселый перестук каблуков заполнил коридор. Через десять минут Алла вернулась с тарелкой жуткой на вид овсяной каши, от которой пахло подгоревшим молоком, и кружкой с чаем.

Маша осторожно взяла кружку из ее рук и жадно припала губами к толстому глиняному краю. Приторно-сладкая горячая жидкость разливалась по телу благодатным теплом. А она думала, больше уже ничто и никогда не доставит ей удовольствия.

— Машенька, — Алла сочувственно покачала головой, — вы сама еще ребенок. Как же так можно?! Нужно было попросить, если нужно, потребовать!

— Не умею.

— А голодать после родов умеете? Организм и без того истощен.

Молчанова только смущенно улыбнулась в ответ и, вернув кружку, взяла тарелку с кашей. Кое-как пристроилась с ложкой в руках — младенец продолжал сосать

грудь, повиснув на ней огромной пиявкой, — и стала жадно глотать серое месиво.

— Скажите, — Алла выдержала внушительную паузу, — есть кому о вас позаботиться?

— Нет...

— А где ты с ребенком будешь жить? — Она перешла на «ты» так естественно, что Маша не заметила разницы.

— Дома. Родители оставили мне квартиру, когда уезжали работать за границу.

— Они уже знают о девочке?

Маша бросила на женщину раздраженный взгляд.

— Нет. Давно не живут в Москве.

— С ребенком одной не справиться, — Алла безнадежно махнула рукой, — придется забыть об учебе, карьере.

— Я об этом не думала.

— Как же так?!

— Не собиралась рожать...

Больше от Маши нельзя было добиться ни слова. Она опустила глаза и уставилась в пол. Тяжелая пауза длилась так долго, что Алла сочла за благо прервать разговор. Забрала пустую тарелку и поднялась, чтобы уйти.

— Я еще как-нибудь зайду.

— Как хотите.

— Нужно серьезно подумать о будущем.

— Хорошо. — Маша и не скрывала, что мечтает избавиться от посетительницы.

Алла поднялась, со звоном бросила кружку в грязную тарелку и, открыв дверь палаты, нос к носу столкнулась с нянькой.

— Передача тебе. — Старушка с сердитым лицом водрузила на тумбочку пакет.

Маша заметила, что женщина настороженно замерла на пороге. Ее напряженная спина выдавала крайний интерес.

— От кого?!

— Девчата какие-то. — Нянька раздраженно махнула рукой в сторону окна.

Маша изо всех сил вжалась в кровать: сейчас она не могла и не хотела никого видеть.

— Пусть уходят, — прошептала она.

Алла отмерла, словно уже получила ответ на волновавший ее вопрос, и с прямой спиной гордо, как королева, вышла за дверь.

— Я вам тут не пейджер послания передавать, — разозлилась старуха, — сама разбирайся!

Нянька поспешила вслед за социальным работником и с силой захлопнула за собой дверь. Маша не двинулась с места.

Минут через пять с улицы начали раздаваться розненные осторожные крики «Молчанова! Маша!». Она узнала звонкое сопрано Вали, услышала низкий голос Светланы. К ним присоединились другие голоса. Прошло еще десять минут. Крики не умолкли. Маша готова была убить однокашниц. Что им надо? Чего они хотят?! Лишний раз убедиться в ее унижении? Неужели и так не понятно, что ей невыносимо плохо — шли бы своей дорогой и оставили ее спокойно умирать.

Она по-прежнему полулежала в кровати, ребенок по-прежнему сосал, теперь уже другую грудь. Девушки не уходили. Маша собрала волю в кулак и поднялась, не опуская ребенка с рук и не отнимая у него груди. К окну она не подошла, но встала так, чтобы ее было видно, и раздраженно махнула рукой, прошептав одними губами:

«Уходите!». Снова хотела опуститься на кровать, надеясь, что им этого достаточно, а для нее и так уже хватит унижений, но Светка крикнула торопливо: «Как себя чувствуешь?». И Маша не сумела сдержаться — разревелась в ответ на этот самый идиотский в мире вопрос. Рот ее растянулся в нестерпимых рыданиях.

— Идите домой, — крикнула она в ответ, как только смогла что-то произнести.

Краем глаза, сквозь влажную пелену, Маша успела заметить, как растерянно сбились в кучу прежние подруги по цеху. Они продолжали глупо топтаться под окнами — пока еще им, наивным в своем неведении, не дано было ничего понять.

Глава 6

На четвертый день Катька уже чувствовала себя в Праге как дома. Выходила каждое утро из отеля следом за матерью, которая с одержимостью собаки-ищейки рыскала по городу в поисках отца. Она уже объездила все адреса, которые значились на письмах и открытках от Виктора Шварца: где-то о нем успели забыть, где-то не знали, куда он переехал. Но мать не сдавалась.

Катька решила внимания на Ленку не обращать: сама по себе и втайне от матери изучала город. Заходила в храмы и музеи, если пускали бесплатно. Когда терялась, искала глазами храм Девы Марии на Тыне или собор Святого Вита — по ним ориентировалась как по маякам.

Сейчас она не торопясь возвращалась к отелю по Карлову мосту. Щурилась, подставляя лицо вечернему солнцу. От скуки разглядывала картины, выставленные уличными художниками на продажу. Сегодня, в субботу, желающих заработать на туристах оказалось особенно много. Да и народу прибыло — такое ощущение, что на выходные сюда слетелись и съехались люди со всей земли. Катька придумала для себя игру — угадывать по картинам художников места в Праге, которые на них изображены. Медленно переходила от одной работы к другой, подолгу замирала над каждым полотном. В основном рисовали главные достопримечательности, но иногда с такого ракурса, что их непросто было узнать. Например, башня старой ратуши с разных углов — от памятника Яну Гусу и от Малой площади — выглядела совершенно по-разному. Или собор Святого Вита. Одно дело, когда его писали издалека, с Карлова моста или, наоборот, с высоты Страговского монастыря, но совершенно другое, если художник подходил близко. И рисовал с площади, на которой стоял собор. Там можно было отыскать десятки, если не сотни ракурсов. С близкого расстояния нельзя было увидеть грандиозного строения целиком, только его фрагменты. Но зато видны были мрачные, словно покрытые шипами, каменные перекрытия, резьба, украшавшая величественные стены, и даже каменные гарпии, с языков которых постоянно сочилась слюна. Вспоминая, как выглядели эти твари не на картинке, а на стенах собора, Катя вздрагивала.

В целом она была довольна собой — больше половины городских пейзажей угадывала. Могла даже примерно сказать, где именно стоял художник, когда писал. Катя перешла к очередному стенду и вдруг, как пораженная громом, застыла: она узнала собор Святого Вита с открытки, которую прислал ей папа. И ракурс был тот же, и снег такой же, как на фотографии, и лучи солнца падали под тем же углом. Невозможно было заставить природу дважды изобразить один и тот же пейзаж. Не было сомнений — художник с фотографом оказались в одну секунду в одном месте. Или картину рисовали с открытки.

— Нравится? — Она услышала родной насмешливый голос.

Катя задрожала как лист. Узнала отца без сомнений и сразу, даже не поднимая глаз. Ни одна нотка в его голосе не потускнела, ни одна интонация не изменилась. Долго стояла, не дыша. Целую вечность. А потом решилась.

Любимый, единственный смотрел на нее через прищур. Ни капли не поменялся за столько лет. Длинные вьющиеся волосы все так же лежали на плечах, сейчас их лениво трепал теплый ветер с Влтавы. Глаза такие же ясные. Катя видела, как из них исчезает усмешка, они становятся изумленными. Отец тоже ее узнал, только не мог поверить. В голове не укладывалось то, что он видел.

— Папочка, — прошептала Катя одними губами.

Мужчина сделал стремительный шаг к дочери. Обнял ее, крепко к себе прижал.

— Малыш! Как же ты выросла!

— А я боялась, — Катя засмеялась: так хорошо и легко ей стало в руках отца, — что ты меня уже не узнаешь.

— Узнал, Катенька, узнал! Мой малыш...

— Вот видишь, — пролепетала она, — я тебя нашла!

— Как же ты оказалась в Праге?!

— Приехала с мамой.

Катя почувствовала, как отец вздрогнул и сразу обмяк при упоминании Лены. Словно над ним, тряпичной куклой-марионеткой, каких сплошь и рядом продавали в пражских сувенирных магазинах, обрезали нитки. Ей стало не по себе. Даже в горле защекотало от неприятного ощущения. Прошло немало времени, прежде чем отец взял себя в руки.

— Ну, послушай, я очень рад!

— Тому, что мы приехали?

— И этому, — он смущенно кашлянул, — и тому, что Лена в жизни не растерялась. Зарабатывать начала. Поменяла работу?

— Нет. У нас все по-старому.

Мать по-прежнему каждое утро вставала ни свет ни заря и шла в свой детский сад. Готовила малышне манку на завтрак. И все так же жаловалась на то, что платят копейки. Был только один плюс в ее скучной работе: и она, и дочь всегда были сыты.

— Что, так и кашеварит в детском саду?

— Да...

— Значит, наконец зарплаты им подняли! Спохватилось государство. — Отец нашел для себя новое объяснение. — Раньше, помнится, на поездку в Прагу там было не заработать.

— И сейчас столько же платят.

Они помолчали немного, недоверчиво глядя друг на друга.

Катя видела в глазах отца неловкость — наверное, она все-таки сильно изменилась. И ему было непросто понять, что маленькая девочка, не слезавшая когда-то с его колен, превратилась во взрослого человека. Зато сам он — как ни искала Катька перемен, не видела ни одной — остался прежним. Даже волосы откидывал назад тем же красивым порывистым жестом. Разве что заметно помолодел: разгладились морщины на лбу, глаза стали светлее. Раньше в них было слишком много тоски.

— Скажи... — Они заговорили одновременно и засмеялись.

— Ты первая, — предложил отец, когда они вдоволь нахохотались. Так всегда было в детстве: они часто заговаривали оба сразу.

— Ладно, — Катька помедлила, — как ты живешь?

— Ну... В двух словах не расскажешь. У тебя время есть?

— Конечно!

Сознаться в том, что еще минут тридцать она совершенно свободна, потому что мать неустанно рыщет по Праге, разыскивая пропавшего мужа, она не решилась.

— Пойдем в кафе! Как раз время ужинать.

— А как же твои картины?

— Сосед присмотрит. — Отец кивнул на стенд за своей спиной. — Подожди минутку, договорюсь.

Он подошел к мужчине, стоявшему неподалеку со своим товаром — разноцветными магнитиками из керамики — и быстро заговорил с ним по-чешски. Катя улавливала отдельные слова, такие похожие на родную речь, только очень смешные. А когда услышала «Дикуэ!» — уже усвоила, что это «Спасибо», — поняла: все нормально.

— Ну что, идем? — Отец обнял ее за плечи.

— Идем. — Под папиной ласковой ладонью стало тепло.

— Ты сколько дней уже в Праге?

— Четыре.

— Надо же! И мы до сих пор не встретились?! Хотя адреса-то у вас нет... И в будние дни я дома пишу, на мост приезжаю только по выходным, если есть настроение.

— Где ты теперь живешь?

— Двадцать минут от Праги. Тихое место. Собственный маленький домик. Двор, лужайка. Красота!

— Хорошо там?

— Прекрасно!

Катя нахмурилась и опустила голову. Отец рассказал ей про дом, но к себе не пригласил. Не то чтобы жить. Даже в гости не подумал позвать.

— Как же ты пишешь без натуры? — с ехидством в голосе спросила она. — Срисовываешь с открыток?

— Бывает и так, — он ничуть не обиделся, — туристам сойдет. Слушай, если ты столько дней в Праге, даже и не знаю, чем тебя угостить. Все уже пробовала, наверное?

— Нет. — Катя пожала плечами. Ей было безразлично, что есть. — Мы с мамой не ходим в кафе. Я себе с завтрака булки ворую.

— А-а, — он пропустил жалобу ребенка мимо ушей, — тогда вепрево колено? И какой-нибудь десерт. Да? У них такая выпечка, такие торты! Я первое время не мог остановиться, пришлось потом на диету сесть.

— Мне не грозит, — все больше замыкаясь, пробурчала Катька.

Ей стало обидно, что отец не понимает того, что творится у нее на душе. Не слышит ее настроений. Какие там торты! Они с матерью питаются одной детсадовской кашей и жидкими тефтелями, которые она таскает с работы. Все как четыре года назад. Ничего у них в жизни не изменилось.

— Это точно! Ты молодец!

Отец глупо радовался тому, что может доставить удовольствие дочери, и даже не пытался проникнуть глубже. А Катя чувствовала, что она все-таки отвыкла от него и потому не может сказать вслух всего, что накипело внутри. Не осмеливается задать главный вопрос.

Они шли по улице, которую Катя уже хорошо знала. Называлась она Нерудовой и вела прямо к Пражскому граду и Градчанской площади — оставалось только подняться вверх по крутой лестнице налево или по резко уходящей к замку дороге направо. Но до подъема они с отцом не дошли. Свернули на соседнюю улочку и оказались у невзрачного входа в подвал. На стене было написано странное слово Sklep.

— Нам сюда. — Отец распахнул перед ней дверь и, заметив испуг девочки, улыбнулся: — Не бойся! Это просто кафе.

Катя спустилась по узкой железной лестнице в полутемное помещение со старыми неровными стенами. Оно было похоже на пещеру с небрежно отесанными боками. В небольшом зале стояли деревянные лавки и столы.

— Прости, не слишком красиво, на любителя, — извинился отец, — зато здесь отлично кормят.

Девочка промолчала.

— Садись сюда. — Он тоже опустился на лавку и привычным движением раскрыл меню, которое уже лежало на столе. — Так чем тебя угостить?

— Без разницы.

— Будешь вепрево колено?

— Не знаю. А что это?

— Лучше один раз увидеть! И съесть. А на десерт? Торт, штрудель...

— Мороженое, — брякнула Катя, чтобы он наконец отстал со своей едой.

Отец быстро протараторил названия блюд официанту, который, казалось, обладал сверхъестественной способностью возникать из ниоткуда. Катя услышала в беглой речи папы только одно знакомое и смешное слово — «змрл-зина».

Как только мужчина отправился выполнять заказ, отец приступил к дурацкому допросу, которого девочка боялась больше всего.

— Как у тебя в школе успехи?

— Так себе, — буркнула Катя, глядя в стол.

— Почему?

— Неинтересно. И учителя придурки.

— Почему?! — Казалось, отец искренне удивился, словно сам никогда не учился или у него отшибло память.

— Орут. Не могут с нами справиться, вот и бесятся.

— А вы не выводите их из себя!

Катя ничего не ответила. Как и все взрослые, отец моментально влез с очередным «мудрым» советом. А она-то надеялась, ему захочется узнать, какая теперь у нее на самом деле жизнь.

— Что еще новенького?

Очередной умный вопрос. Четыре года они не виделись, не разговаривали друг с другом. Что может быть «новенького»?! Друзей и подруг у нее в школе по-прежнему не было. Там Катьку Шварц считали лохушкой: денег у нее никогда не водилось, ни в кино, ни в «Макдоналдс», ни по магазинам она с девчонками не ходила. Учиться за последний год стала хуже, окончательно съехала на тройки. Одевалась вечно как нищенка. Что еще новенького...

— Бабушка умерла, — тихо сказала Катя.

— Господи, — папа расстроенно заморгал, — как же так?!

— Болела...

— Жалко Галину Сергеевну! Такая женщина замечательная.

— Была, — добавила Катька еще тише, едва остановив слезы. — И всех нас любила.

— Как у деда здоровье? — Отец торопливо переключился на безопасную тему.

— Что ему будет...

— Так и живет на даче?

— А куда его девать-то? С мамой они в один миг друг другу горло перегрызут, — она расстроенно отмахнулась: не то говорил отец и спрашивал не о том.

— А у Лены...

— Это уже нечестно, — Катька не выдержала, — сам теперь рассказывай, как живешь! Я тебя столько лет не видела!

— Ах, да, — отец сразу заулыбался, — мне повезло! Я наконец-то живу как мечтал. Первое время, конечно, тяжеловато было. Денег не особенно хватало. А потом словно чудо произошло. Стали на разные проекты приглашать, картины начали продаваться. И главное... — Он осекся.

— Что? — Катька ревниво на него взглянула: дурное предчувствие резануло по сердцу.

— Ладно, ты уже взрослая. — Он взял в руки бумажную салфетку и стал складывать из нее кораблик. — Я встретил женщину. И очень ее люблю.

— Не понимаю тебя. — Щеки Кати стали пунцовыми.

— Она чудесная женщина. Тоже художник. Вот уже целый год мы живем вместе. У нее под Прагой...

— Тот самый прекрасный домик?! — Катька не дала ему договорить: ненависть выворачивала ее наизнанку;

она захлебывалась словами: — Значит, дед был прав?! Ты самый настоящий альфонс!

Глаза отца неприятно сузились, он поднял на дочь тяжелый взгляд.

— Зачем же ты так? Это, мягко говоря, не твое...

— Ты на моей маме женат! Не имеешь права!

Вошел официант, они оба разом замолчали и отпрянули от стола. Катька тяжело дышала, словно пробежала без остановки несколько километров, ее лихорадило. Некстати явившийся мужчина тем временем торжественно водрузил между ними огромную доску с имитацией вертела, пронзившего огромную, зажаренную до хрустящей корочки свиную ногу. От горячего мясного духа девочке стало дурно.

— Я это не буду! — Катька зажала нос.

— Как хочешь...

Отец молча, не глядя на дочь, отрезал кусок и положил себе на тарелку. Катька до последнего момента не верила, что он сможет спокойно есть — саму ее колотило так, что зуб на зуб не попадал. Но Виктор уплетал свое мясо как ни в чем не бывало. Только темный взгляд, зафиксированный в одной точке, выдавал его напряжение.

Катька отдышалась и стала лихорадочно соображать, как спасти ситуацию. Если ничего не сделать сейчас, он уйдет. А ей придется снова жить с мамой.

— Прости... — Она едва выдавила из себя одно-единственное слово, ей было трудно извиняться перед тем, кто сам во всем виноват.

— Ничего. — Отец натянуто улыбнулся. — Мы давно не виделись, отвыкли друг от друга.

Вот, значит, как это называется! Он отвык! Катя, надув губы, молчала.

— Да, еще хотел спросить. — Отец прищурился, глядя на Катю, словно оценивая, не устроит ли она еще одну истерику. — Скажи, а у Лены кто-нибудь есть?

— Это в каком смысле? — Катя замерла.

— Ну... Любимый мужчина.

— Ты, — боялся он не напрасно: Катя мгновенно вышла из себя, — ты с ума, что ли, сошел?! Совсем больной?

— Катерина! Кто тебя научил таким словам?!

— А ты думай, что говоришь! Мама твоя жена, ты забыл? Она любит только тебя.

— Она молодая женщина... Мы уже столько лет не живем вместе.

— И что? Мы тебя ждали! Ждем... Пока ты по бабам шляешься!

— Все! — Отец отбросил вилку. — Не получается у нас с тобой разговор. Я слышал, что в подростковом возрасте дети становятся трудными, но ты бьешь все рекорды. Кажется, я очень вовремя от вас обеих уехал.

В ответ Катька задрожала от ненависти: этот человек, которого она когда-то так сильно любила, оказывается, даже не понимает, какой страшный вред ей причинил. Она смотрела мимо отца и боролась с подступавшими слезами. Напрасно.

— Ну, малыш... — Виктор с трудом выдавил из себя когда-то привычное имя, — ну, не плачь! Все же хорошо. Да?

— Нет, — сквозь всхлипы пробормотала она, — мама плохая. Я не хочу с ней жить! Можно, я лучше останусь здесь, с тобой?

Даже сквозь слезы Катя заметила, как по лицу отца пробежала волна, похожая на помехи в телевизоре. Она исказила черты мужчины и замерла в опустившихся уголках рта.

Катя разрыдалась еще сильнее: все поняла без слов. Она хотела вызвать его жалость, рассказать о том, что Ленка теперь, чуть что, пускает в ход кулаки. О том, что едва ли не каждый вечер от матери пахнет спиртным, что она закатывает страшные истерики и несколько раз уже грозилась убить свою дочь. А когда Катька недавно сильно порезала руку, пока чистила картошку, только бросила, едва взглянув: «Так тебе и надо!»

— Перестань, малыш. Все равно ничего уже не исправишь.

Новая волна рыданий задушила ее слова: накатила и не желала отступать. Отец пересел к ней, обнял за плечи, потряс, прижимая к себе. Катя поддалась ему как тряпичная кукла, обмякла, но его прикосновения больше не приносили желанных ощущений — ни надежности, ни силы в них не было.

— Пойдем отсюда, — пролепетала она, как только смогла заговорить.

Отец послушно поднялся и сам отправился искать официанта. Тот, сообразив, что не стоит больше показываться единственным и странным посетителям на глаза, больше не высовывал носа из подсобки.

Разобравшись с оплатой, Виктор вытянул Катю за руку из-за стола, помог ей одеться и вывел на улицу. Только здесь, на свежем воздухе, она вдохнула полной грудью и немного пришла в себя.

— Поговори, пожалуйста, с мамой, — с трудом выдавила она и поморщилась, заметив ужас, промелькнувший в глазах отца.

— Зачем?!

— Она приехала сюда специально, чтобы найти тебя.

Катька надеялась, что отец, увидев Лену своими глазами, сразу поймет: нельзя оставлять с ней ребенка. Дочку нужно спасать.

— И что? — Он все еще делал вид, что ничего не понимает: закрылся от дочери глухой стеной.

— Трус! — процедила он с досадой сквозь зубы. — Я тебя ненавижу!

Он с секунду постоял на месте, потом решительно схватил Катьку за руку, дернул и приказал:

— Веди! Закроем эту тему раз и навсегда.

Катька ждала в коридоре, пока отец разговаривал с матерью в номере. Оттуда доносились причитания, вскрики, плач — несложно было себе представить, как мать унижается перед отцом, ползает перед ним на коленях и умоляет вернуться. Девочка не могла больше этого слышать: закрыла уши ладонями. С нее хватит, она больше ничего не желает знать.

Отец вышел из номера весь взмокший, как будто из сауны — волосы у корней влажные, рубашка под мышками потемнела. Кое-как попал руками в рукава куртки.

— Спасибо, — бросил он Катьке, которая стояла, съежившись и вжавшись в стену, — давно надо было это сделать.

— Что ты ей сказал?

— Все, что было нужно. — Он посмотрел на дочь так, словно она была незнакомкой. — Прощай!

Виктор решительно развернулся на каблуках и пошел к выходу. Его волосы развевались от быстрой ходьбы, фигура — чужая, жестокая — стремительно удалялась. У Кати больше не было отца.

Когда она, дрожа от страха, открыла дверь в номер и вошла, мать лежала в сапогах поперек кровати. Вниз лицом.

— Вот и все, — прошептала Лена, тяжело дыша, — проклятая Прага. Кончилась моя жизнь...

ГЛАВА 7

К вечеру второго дня в палату из родильного зала привезли новенькую. Сначала она всхлипывала и стонала, отвернувшись лицом к стене, и только через пару часов затихла — видимо, уснула.

Зато Маше не удалось за все время после родов даже вздремнуть: как только она делала попытку положить девочку в бокс, та тут же начинала кривить губы и угрожающе кряхтеть. Вот и сейчас было то же.

Молчанова валилась с ног от усталости, но стоило ей попытаться выдернуть из цепких десен грудь, как младенец начинал плакать. Маша испуганно прижимала девочку к груди и оглядывалась, боясь потревожить соседку. Но та ни разу даже не шевельнулась. Лежала, вытянувшись и замерев.

Время от времени Маша подходила совсем близко — хотела убедиться, что новенькая дышит. Рассмотрев едва уловимое движение роскошной груди, поднимавшейся в такт дыханию, успокаивалась. Всю ночь она мерила шагами палату и давала ребенку то одну, то другую грудь. К утру девочка наконец уснула на руках, утомившись от длительного и бессмысленного сосания, а Маша продолжала, как маятник, ходить из угла в угол, теперь уже просто по инерции, забывшись в тяжелых мыслях.

С соседкой она познакомилась на рассвете, когда та, стараясь не шуметь и изворачиваясь словно больная змея, начала медленно сползать с кровати. Маша молча помогла ей встать. У молодой женщины было не слишком красивое лицо, но зато роскошное телосложение — тонкая талия, округлые бедра, и над этим великолепием возвышалась огромная грудь.

— Спасибо, — голос у девушки оказался низкий, с приятными обертонами, — здесь есть туалет?

— Там, — Маша кивнула в сторону двери, — сейчас я вам свет включу.

Она нажала рычажок. Ребенок так и спал у нее на руках — Маша боялась, что очередная попытка переложить младенца в бокс закончится новой истерикой.

— Спасибо. Меня зовут Юлей. А тебя?

— Меня Машей.

Юля скрылась за дверью. Молчанова попыталась лечь на кровать вместе с ребенком так, чтобы не разбудить его, но дверь в палату тут же распахнулась и вплыла очередная незнакомая дама в белом халате.

— Младенца на осмотр, — просипела она сорванным голосом.

— Вы педиатр? — Маша обрадовалась.

Дама смерила мамашу презрительным взглядом и ответом не удостоила.

— Идите за мной. — Она вышла за дверь и бессердечно быстро зашагала в детскую смотровую.

При всем желании с тряпкой между ног, жуткой болью при ходьбе и ребенком на руках Маша не могла бы за ней успеть. Спасло только одно: детское отделение находилось неподалеку, так что мучительная погоня за докторшей продолжалась недолго. В помещении, состоявшем из

множества комнат, отделенных стеклянными перегородками, было тихо. Несколько новорожденных мирно сопели в своих боксах. Все остальные места пустовали — тех, что родились до вчерашнего вечера, успели раскидать по палатам.

— Кладите, — докторша ткнула пальцем в пеленальный стол, покрытый медицинской клеенкой, — разворачивайте!

— Она же проснется. — Маша пыталась протестовать.

— Вы что, мамаша, думаете, я тут с вами до обеда церемониться буду? — резко осадила ее тетка. — Как проснется, так и заснет. Кладите, вам сказано.

Маша испуганно положила младенца на стол и освободила от пеленок. Ребенок скривил рот, закряхтел и начал тонко пищать, неравномерно дрыгая тонкими ножками. Тетка подошла к столу и начала осмотр.

— Подмывать и пеленки менять кто будет? — через плечо брезгливо бросила она. — Ребенок покакал!

— Я не знала. — Маша покраснела. Подняла глаза и рассмотрела на внутренней стороне развернутых пеленок небольшой плевок чего-то вязкого, похожего на жидкий пластилин зеленого цвета. — А это нормально, что... стул такой? — удивленно спросила она.

— Нормально. — Вдаваться в подробности тетка не собиралась.

— Вы знаете, — Маша собралась наконец с духом, — у меня молока почти нет и ребенок все время голодный.

Ей пришлось набрать в легкие побольше воздуха и говорить громко — малышка уже надрывалась вовсю, захлебываясь горьким плачем. У нее даже губы посинели. Докторша не обращала на шум никакого внимания: продолжала ощупывать, мять, переворачивать и переклады-

вать. Несчастное ревущее тельце было до тошноты похоже на ощипанного куренка.

— Кто сказал? — не оглядываясь, спросила она.

— Как это кто?! — Маша опешила от такого вопроса. — Ребенок все время плачет, просит грудь и не может наесться.

— А-а-а. — Докторша равнодушно продолжала свое дело. — Так вы не сцеживали. Просто так говорите.

— Что? — Маша опять не поняла.

— Чтобы вас всех, — раздраженно пробормотала педиатр и добавила громче: — Невозможно знать, хватает молока или не хватает, если не сцедить его и не измерить, сколько получается в миллилитрах!

— Но я не могу сцеживать, — пролепетала Маша. — Она все время сосет. Мне сцеживать нечего.

— Послушайте, мамочка. — Докторша произнесла последнее слово с издевкой и повернулась наконец к Маше лицом. — По-моему, вы сами не знаете, чего хотите. Завели ребенка, а делать ничего не собираетесь. Полная безответственность!

Маша вдруг ощутила такую острую ярость и желание вцепиться врачихе в горло, что испугалась сама себя.

— Нечего мне сцеживать, — глухо повторила она. — Что, нет другого способа разобраться?!

— Ладно. — Педиатр неожиданно сменила тон, устало вздохнула и достала откуда-то из-под стола чистые пеленки. — Пришлю медсестру. Она будет взвешивать вашу дочь после каждого кормления. Расписание — как кормить — тоже возьмете у нее. Грудь будете давать строго по часам. Все ясно?

— Ясно...

Дальше продолжать разговор было бессмысленно. Все попытки объяснить педиатру, что ребенок постоянно пытается что-то высосать из ее груди и ни за что на свете не будет молча ждать каких-то там мифических часов кормления, были бы бесполезны. У педиатра голова забита какими-то своими заботами, ей было не до надоедливых рожениц и заходящихся в крике младенцев. Маша прекрасно это видела.

— Подмойте ребенка, вон там раковина. И успокойте, а то орет как резаная. — Раздав указания, врач вышла из детского отделения. Мамаша осталась наедине со своими проблемами.

Она взяла голого ребенка на руки. Девочка усиленно трепыхалась и все время норовила выскользнуть из рук, как обмылок. Каким образом можно подмыть такое неспокойное существо в раковине, не уронив его, для Маши оставалось загадкой. Но вариантов было только два — либо завернуть грязного ребенка в чистое белье, либо справиться с задачей. Катя перехватила малышку одной рукой, другой открыла кран. Дождалась, когда пойдет теплая вода, и начала набирать ее в горсть, неумело обтирая дрожащее тельце. Ребенок надрывался, у Маши звенело в ушах. Она испытывала только одно желание — оказаться в любом другом времени, в любом другом месте. Лишь бы одной.

За эти несколько дней в роддоме Маша так и не поняла, как и когда к женщине должен приходить материнский инстинкт. В тот момент, когда она впервые прикладывает ребенка к груди? Или еще раньше — когда малыш начинает шевелиться во чреве матери? Или должно пройти несколько месяцев после родов, должна утихнуть физическая и душевная боль? Как ни старалась, она не могла нащупать в себе ни одного спасительного чувства. Кроме отчаяния и ужаса оттого, что ее из человека превратили в инкубатор, в источник тепла и питания, она не испытывала ничего...

Время в роддоме остановилось. Только по медлительной смене света на сумерки за окном Маша понимала, что дни не стояли на месте, шли. Юле тоже уже привезли ребенка, но ее мальчик почему-то оказался спокойным — ел и спал. Молчанова с недоверием косилась на его бокс, не понимая, почему ее собственный ребенок по-прежнему все время плачет и засыпает только на руках. Истязания кормлением продолжались. Стоило дать грудь, и малышка сосала по нескольку часов кряду, не желая расставаться с добычей. Несколько раз в день приходила медсестра и забирала младенца, чтобы взвесить. И хотя никакой практической пользы эти манипуляции не приносили — ребенка по-прежнему не докармливали, — это были единственные почти счастливые минуты за весь день, потому что Маша могла наконец прилечь.

Она вытягивалась на железной кровати и молча глядела на Юлю, которая, ласково бормоча что-то себе под нос, возилась со своим Сережей. У этого толстощекого пацана с самого рождения было имя. А Машин младенец так и оставался пока просто «девочкой». В один из вечеров Молчанова решилась задать Юле вопрос. Оказалось, что и соседка, несмотря на замужество, не думала рожать в двадцать лет: все вышло само собой. Полюбила ли она своего сына с первого взгляда? Скорее поняла, что без нее это крошечное существо не выживет, а потому смирилась. После разговора по душам Маше стало немного легче: она перестала считать себя чудовищем, не способным полюбить собственного ребенка. Возможно, любовь появится позже, когда она придумает, как дальше жить.

На четвертый день, накануне выписки, обход совершал тот же врач, что принимал у Маши роды. Он долго возился с ней: щупал, давил, мял. Лицо его было сосредоточенным.

— Что там? — не выдержала Маша.

— Матка не сокращается, — задумчиво произнес он, не прерывая манипуляций, — придется почистить.

— Как это?! — Маша испуганно заморгала глазами.

— Не бойся, не смертельно. Удалим ненужные остатки, и будешь как новенькая. Вставай, пойдем в процедурную.

Маша похолодела. Только вчера она изо всех сил уговаривала себя потерпеть и не впадать в истерику, пока снимали швы. Успокаивала себя тем, что это — последняя пытка и больше никто к ней здесь даже пальцем не прикоснется.

— А по-другому нельзя? Не надо чистить! Есть же какие-нибудь лекарства ...

— Нет. — Он решительно мотнул головой. — Никаких вариантов.

Всю дорогу до процедурного кабинета Маша дрожала. Ее затрясло в истерике, когда она забиралась в кресло. Пока врач готовился к операции, мыл руки, надевал перчатки, она сидела на ледяном ложе в одной рубашке и громко стучала зубами.

Наконец, доктор подошел.

— Ложись.

— А анестезию нельзя? — робко попросила она, уже впиваясь ногтями в истерзанные ладони.

— Ты же грудью кормишь, — удивленно заметил он, — потерпи. Это быстро.

Она упала на спину. Звякнули в руках врача хирургические инструменты. Острая боль пронзила насквозь от первого прикосновения железного зеркала к еще свежим швам. Длинные блестящие спицы скрылись в ней целиком и начали медленно выскребать. Боль стала дикой. Маша искусала губы в кровь, исполосовала ладони ногтями, но не ощущала ничего, кроме раздираемых на части внутренностей.

Наконец все было кончено. Ее положили на каталку, сунули грелку со льдом на живот и отвезли в палату.

Лежать пришлось недолго: ребенок истошно орал в своем боксе. Голова взрывалась от этих скрежещущих звуков. Маша спихнула грелку на пол, встала и взяла на руки дочь. Та замолчала, только когда ей дали грудь.

Маша снова мерила шагами палату, время от времени спотыкаясь и покачиваясь. Четыре шага вперед, четыре — назад, четыре — вперед, четыре — назад. Боль ушла, осталась только смертельная усталость. Ночь близилась к концу. Юля мирно спала, ее мальчик тоже тихо сопел.

Маша очнулась от оцепенения, почувствовав непривычное тепло на внутренней стороне бедра. Не понимая, что это такое может быть, она перехватила ребенка одной рукой, подняла подол рубашки и посмотрела вниз. Кровь вытекла из нее на пол струей, словно вода из приоткрытого крана. Она смотрела на поток в заторможенном удивлении: не было ни паники, ни испуга. Только необъяснимая тихая радость.

— Юля, — едва слышно прошептала она, улыбаясь.

Соседка очнулась моментально. Посмотрела на Машу, на лужу, посреди которой она теперь стояла, увязая все глубже, и, даже не надев халата, выскочила за дверь.

Через пару секунд коридор ожил, загромыхал. В палату, на ходу натягивая халат, вбежала медсестра.

— Ох ты, сатана! — выдохнула она и выхватила у Кати ребенка. — Врача, быстрее! — кинула она Юле. — Скажи, кровотечение!

Скоро в палату ворвалась всклокоченная переполошенная толпа — дежурный врач, миловидная светловолосая женщина, нянька с каталкой, медсестры. С Кати стащили халат, уложили ее и повезли. Она лежала, тупо смотрела в потолок и наслаждалась покоем, который нахлынул на нее. Ноги приятно гудели от усталости, тело блаженствовало, а мысли выскочили из головы и пропали.

Ее привезли в операционную, снова уложили на стол и опять стали выскабливать. Боль вернулась, но такая тупая и безразличная, что она едва доходила до сознания. Словно сквозь дрему.

— Вот черт, — слышала она сквозь полусон бормотание врача. — У Влада рука тяжелая. Зачем он полез?! Даже не его очередь была делать обход!

Скоро боль прекратилась. Яркий свет перестал бить сквозь веки. Женщина-врач ушла, остались только медсестры и нянька.

— Ну, все, — неожиданно ласково заворковала одна из них. — Давай-ка будем обратно на каталку перелезать.

Маша улыбнулась ей в ответ и попыталась приподнять голову. Голова, к ее изумлению, не сдвинулась с места ни на миллиметр. Маша попробовала еще раз. Безрезультатно. Она не могла пошевелить ни рукой, ни ногой. Даже пальцы не двигались. Ее тело ей больше не принадлежало.

— Я не могу, — виновато прошептала она сухими как пергамент губами. — Не получается.

— И не надо тогда, не трать силы. — Испуганные медсестры многозначительно переглянулись.

Машу подняли и переложили. Как могла, она старалась помочь, но усилия ее ничего не меняли. Снова оказавшись в лежачем положении, Маша ощутила новый приступ блаженства — так хорошо, спокойно и безмятежно ей не было с того самого дня, как она узнала о беременности. Тело по-прежнему не слушалось, но она и не пыталась двигаться: ей все было лень. Мир отодвинулся на второй план, мысли растаяли. Остались только приятные ощущения бесчувственности и безвременья. С ними она и хотела остаться навеки.

— Мне холодно, — едва слышно проговорила она, когда ее переложили на кровать и воткнули в руку иглу капельницы, закрепив ее пластырем.

Тут же, как по волшебству, появилось несколько одеял, кто-то заботливо укутал ее с головы до пят. Только сейчас она заметила, что в палате необычайно тихо.

— Где мой ребенок? — безразлично спросила она.

— В детское отделение отвезли, — с готовностью объяснила нянька. — Там присмотрят. Не беспокойся.

Маша с удовольствием закрыла глаза и в первый раз с момента рождения ее дочери по-настоящему уснула.

Глава 8

К зданию аэропорта Катька плелась как на казнь. Позади надсмотрщицей цокала сбитыми каблуками мать. Такси, высадив их, тут же умчалось назад, в Прагу. Как же Катя завидовала ему! Водителя, наверное, ждет семья, любимые люди, а ее — никто. У отца теперь другая жизнь. Забыть, не думать о нем!

— Копытами шевели! — мать пихнула дочь тяжелой сумкой.

— Времени еще полно, — пробормотала Катя себе под нос.

— Чего ты там бубнишь?

— Ничего! — Катя резко обернулась и с вызовом уставилась в мутные глазки-щели.

— Ты как с матерью разговариваешь?! — Ленка, страдавшая от похмелья, мгновенно взорвалась. — Совсем распоясалась!

— Хватит, — девочка попыталась ее урезонить, — люди вокруг.

— А мне какое дело?! — Голос матери становился все громче: — Я сама знаю, чего хватит, а чего нет! Какого черта я только притащила тебя в эту Прагу?! Надо было ехать одной, развлекаться, ходить по барам! Какой прок лишние деньги тратить на безмозглых детей?! Все равно ничего не запомнят. А я притащилась с такой обузой! Думала, Витечка, предатель, увидит любимую дочку, и отцовские чувства взыграют! Вернется в семью. А ему на тебя насрать! Не нужна ты никому!

На последней фразе Лена противно по-бабьи завизжала. Катя вздрогнула и покраснела. Чуть поодаль уже замерла в любопытном напряжении стайка китайцев. Проходившие мимо люди осуждающе поглядывали на них.

— Заткнись, на нас смотрят!

— Ты мне будешь указывать?! Тварь! Больная! Ты меня достала! Зачем только я тебя родила?!

Катя с трудом проглотила слезы, комом вставшие в горле, и сорвалась с места.

— Стой, уродина! С тобой разговариваю!

Катя побежала быстрее.

— Это ты! Ты сломала мне жизнь! — Мать продолжала орать, даже когда дочь скрылась из виду.

Слова-пули с запаянной в них злобой били точно в цель. Прямо в сердце. Катька уже знала, что это из-за нее отец разлюбил Лену: беременность виновата в том, как отяжелели и обвисли у матери груди, раздулся живот, а на ногах вылезли страшные толстые вены. Миллион раз слышала, что ребенок превращает женщину в рабыню. Постоянно хочет есть, вырастает из обуви, одежды, а мать должна пахать как проклятая, только бы прокормить и одеть ненасытное существо. Катька помнила каждое слово из вечных обвинений, она ничему не удивлялась. Но оттого душевная боль не становилась меньше. Катя хотела исчезнуть, умереть. Лишь бы не возвращаться вместе с матерью домой...

Москва встретила снегом. Весь двор завалило. Даже старые деревянные качели — бревно на железной подставке с вытесанными по обоим концам сиденьями — целиком скрылись под сугробом. Катя нехотя поднялась по лестнице на третий этаж, дождалась, когда мать отопрет дверь, и переступила через порог.

На мгновение ей показалось, что они умудрились попасть в чужую квартиру: прихожая и большая комната неузнаваемо изменились — другая мебель, незнакомые вещи. И даже запах в доме был чужим. Но обои те самые: они сами их покупали и клеили вместе с папой. Какая-то ерунда!

— Что смотришь? Входи. — Мать толкнула Катьку в спину и ввалилась следом за ней.

— Почему здесь не наши вещи?

— По кочану.

— Мамочка, объясни. — Катя повернулась к Ленке лицом, и та увидела ужас в глазах ребенка. Но этот страх ее только разозлил.

— А ты думала, я банк ограбила, чтобы в Прагу тебя свозить?!

— Не думала я ничего. — Катя почувствовала противный холод в груди.

— Правильно! — Мать сбросила на пол сумку. — Тебе это зачем? Живешь на всем готовом. Ни о чем не заботишься!

— Ты нашу квартиру чужим людям сдала? — догадалась Катька.

— Ага, щас! Отсыпали нам за аренду столько денег!

— А как?

— Продала одну комнату, — выплюнула она, — на кой черт нам две?!

Катя не могла произнести ни слова. На всю оставшуюся жизнь она запомнила ужас того мгновения — словно ее толкнули с обрыва вниз.

— Не может быть, — она попятилась и прижалась спиной к стене, — мне бабушка говорила, ты не сможешь. Опека не даст разрешение. Я же несовершеннолетний ребенок!

Глаза матери почернели. Она сжала кулаки и двинулась на дочь.

— Много ты знаешь о жизни! У денег свои законы! А бабка твоя хороша... Чем голову ребенку засоряла... Я выбью из тебя эту дурь!

Через месяц синяки на теле Катьки зажили, а Ленку прогнали с работы: совсем потеряла совесть, напивалась, не дожидаясь конца рабочего дня.

В квартире, кроме девочки с матерью и нового хозяина — деда-алкаша, от которого удачно и по сходной цене избавились родные дети, теперь постоянно жили любовники Ленки. Они сменяли друг друга так часто, что Катя не успевала запоминать даже их лиц, не то что имен. С каждым разом мужики попадались все более обтрепанные и испитые.

Поначалу девочка ночевала на кухне, сдвинув стулья и примостившись на них, а после того, как очередной мамкин ухажер попытался ее изнасиловать, сбежала из дому. Ленка смотрела на то, как Колюня лезет к Катьке, не произнося ни слова. Уперла руки в бока и наблюдала с немым одобрением — дескать, давно пора эту тунеядку как следует проучить, пусть знает о бабьей доле.

С того дня девочка жила на чердаке в соседнем подъезде и не ходила в школу. Катька понятия не имела, что там Ленка наплела учителям, но никто ее не искал: ни школа, ни милиция. Может, мать сказала, что дочь навсегда уехала жить к деду, в подмосковный поселок, и там будет ходить в другую школу. А может, просто никому не было никакого дела — пропал ребенок, и ладно.

У Катьки в первый же вечер бездомной жизни тоже появилась своя компания собутыльников. Каждый день в ее убежище под самой крышей собирались подростки. Оказывается, они и раньше там зависали, это было давно облюбованное место. Катьке сразу разрешили остаться — своя, пострадавшая. Даже собрали для нее кое-какое имущество: одеяла, подушку, одежду.

Разные здесь были люди — из бедных семей, из богатых, дети матерей-одиночек и обладатели обоих родителей. Объединяла одна беда: дома замучили. Катька только и слышала о том, как ребята завидуют ей — свободной от школы и взрослых. Им было хуже. Кому-то шагу не давали ступить без дурацких указаний, кого-то лупили за оценки в школе, кого-то просто так, по пьяному делу. У кого-то, как у Катьки, папаша сбежал, а мать по этой причине превратилась в сумасшедшую стерву. Ребята лечились: пили водку, курили, пуская сигарету или косяк по кругу, закусывали тем, что удавалось стащить из дома и ближайших магазинов.

Новые друзья, как умели, заботились о Катьке: брали к себе домой постираться и отогреться, когда родичей не было дома. Так что пару раз в неделю она жила как королева: могла понежиться в душистой ванне, поесть горячего супу. Во время таких визитов Катька не могла удержаться, завидовала своим приятелям — как бы ни мечтали они сбежать из дома, что бы ни говорили о своих родителях, а у них была семья.

К лету в их компании появился Рустам. По подростковым меркам уже старик: школу окончил, в армии отслужил. Двадцать лет мужику, а выглядит и того старше. Сначала приняли новенького в штыки, не хотели до себя допускать. Но потом выяснилось, что Рустам — свой в доску и, главное, незаменимый человек. Он мог спокойно пойти в магазин и купить водки, без проблем и приключений, сколько нужно. Мог притащить из дома старые матрасы, чтобы было на чем сидеть. Хоть и жил с родителями, но они ему ни в чем не перечили, зато исправно снабжали деньгами. Не похож он был на подростка, это правда, но и со взрослыми, которые постоянно торчали на работе и решали тупые проблемы, имел мало общего. У него была своя философия: жизнь одна и надо успеть ею насладиться, второго шанса не будет. «Делай то, чего просит душа, — учил он младших друзей, — потому что в любой миг можно умереть. Человек слишком хрупкое существо».

Катька слушала Рустама как завороженная. А еще она вспоминала, каким было его лицо до армии: когда-то давно они с мамой иногда встречали его во дворе, он стоял и курил у своего подъезда. Правда, тогда его взгляд не был таким суровым. В те времена Рустам был похож на молодого восточного шейха: большие карие глаза с поволокой, обрамленные длинными ресницами, роскошная шевелюра. Втайне он нравился Катьке, тогда еще девятилетней пигалице. Но ему-то было семнадцать! Какие могли быть надежды? Зато теперь все стало иначе. Она чувствовала, что Рустам такой же, как и она: прикрывается страшными рассказами о сражениях и мертвых друзьях, а сам беззащитный и хочет нежности.

Он говорил Катьке добрые слова, старался ласково прикоснуться, передавая кружку с вином или сигарету. Оставался на чердаке до утра и развлекал Катьку разговорами. Ни резкости, ни угрозы в нем не было — он и не думал нападать. От маленькой грустной девочки, любопытные глаза которой помнил с детства, Рустам ждал любви.

— Тебе сколько сейчас, шестнадцать? — Он скрутил сигарету и вытянул на матрасе затекшие ноги.

— Нет, — Катька не захотела ему врать, — тринадцать исполнилось.

— Ладно, — он кивнул, — по восточным меркам невеста. Пойдешь за меня замуж?

У Кати дыхание перехватило. Она и подумать не могла, что Бог когда-нибудь снова вспомнит о ней.

— Я?

— Ты, конечно. — Он усмехнулся.

— Но я... Мы... Где мы будем жить?

— У меня, — Рустам улыбался до ушей. — Ты согласна?

— А твои родители...

— Забудь! Соври, что тебе восемнадцать, и все. Так я не понял, ты будешь моей женой?

— Я... — Катька покраснела до кончиков ушей, — а ты... Ты меня любишь?

— Ну, ты даешь! — Он от души рассмеялся. — Стал бы я такое предлагать.

— Хорошо.

— Согласна?

— Да!

— Только это, — Рустам прищурил один глаз, — распишемся, когда тебе паспорт дадут.

— Это же целый год ждать! — Катька расстроилась: еще двенадцать месяцев жизни на грязном чердаке без дома и без семьи она не выдержит.

— Глупенькая, — Рустам обнял ее, разместив гладкую головку с зализанными в хвост немытыми волосами на своем плече, — не надо ждать! Собирай свои вещи.

— Куда?

— В нормальную жизнь. Родители только вечером вернутся с работы, Тимурка не в счет.

— А кто такой Тимурка?

— Братишка мой. Не обращай внимания, у меня отдельная комната.

— Везет же тебе!

— И тебе везет, — он погладил ее по волосам, — только это... Курить бросай.

— Ладно, — Катька сияла — Рустам уже заботился о ней как о своей жене.

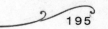

— И пить я тебе не дам. — Он строго посмотрел на девочку.

Катька радостно кивнула.

— Тогда пойдем, Екатерина-ханум! Дел у нас с тобой невпроворот.

Глава 9

— Бедная девочка! Как же так?!

Маша сквозь дрему услышала смутно знакомый голос, но не хотела открывать глаза. Не было ни сил, ни желания возвращаться к реальности. Последний раз она проснулась, когда выписывали Юлю с сыном, попрощалась, а потом с еще большим наслаждением ускользнула обратно, в сон: в палате после ухода соседки стало тихо, как в склепе.

— Ты меня слышишь? Проснись!

Противный фальцет заставил сон посторониться. Маша разомкнула веки и увидела прямо над собой встревоженное лицо социальной работницы, Аллы.

— А, это вы...

— Я уже думала, тебя выписали, все в порядке. А тут такое!

— Ничего страшно.

— Ничего?! Ты хоть понимаешь, что чуть не отправилась на тот свет?

— Жаль, вытащили.

— Это не шутки!

— Я не шучу. Иногда смерть бывает во благо...

Алла зашикала и замахала на пациентку руками.

— Никогда так не говори! Перед тобой огромное будущее! Театр, успех.

— Откуда вы знаете?! — Маша подозрительно посмотрела на Аллу.

— Когда мне сказали, что с тобой стряслось, я навела справки. — Женщина бросила вороватый взгляд на дверь и понизила голос. — Нельзя себя заживо хоронить. У тебя талант. И ребенку нужна нормальная семья: мама, папа. Хочешь, я все устрою?

— Вы о чем?

— Не понимаешь?

— Нет...

Алла помолчала, ожидая, что Маша сама наконец сообразит, но Молчановой было лень шевелить мозгами.

— Ты просто напиши отказ от ребенка. И снова станешь свободной. А я позабочусь, чтобы у малышки появились прекрасные родители.

За несколько последних дней мир перевернулся с ног на голову, появился беззащитный и маленький человек, от которого целиком и полностью зависела теперь Машина судьба. А все, оказывается, так просто — роди и отдай?

— С ума сошли?! — Молчанова с ненавистью взглянула на Аллу.

— Но ведь другого решения нет, — волнуясь, женщина наклонилась к ней так близко, что Маша почувствовала кислый запах из кроваво-красного рта. — Тебе ребенок сейчас ни к чему. Зато другим людям очень нужен! Они потеряли младенца, девочку...

— Замолчите!

— Тебе не на что будет жить. — Алла перестала таиться, говорила громко и горячо. — Начнешь клянчить у родителей? Зачем им, уважаемым людям, такой позор? И потом.

Сейчас у тебя есть предложения. А через три года, когда ребенок подрастет и ты сможешь вернуться на сцену, уже никому не будешь нужна. Поверь.

— Не ваше дело!

Маше стало не по себе от осведомленности социальной работницы. Кого еще она успела расспросить? Как умудрилась влезть в ее жизнь? В роддомах, наверное, хватает женщин, которые добровольно отказываются от своих детей. Зачем им понадобилась именно ее дочь?! Если бы только Олега не отправили в Чечню и они успели пожениться. Если бы она решилась рассказать обо всем матери и отцу. Не лежала бы сейчас, распластавшись полутрупом в мрачной палате, не слушала этот бред.

— Идите вон!

— Мне и правда пора. — Алла спокойно встала. — Я лучше завтра зайду.

Как только за посетительницей закрылась дверь, Молчанова отвернулась к стене. Она долго лежала без малейшего движения и думала, думала. Она пыталась представить себе, как это можно — жить, отказавшись от собственного ребенка. Скрывать от всех его существование и заметать следы преступления...

Маше снилось, что она пеленает свою крохотную дочь на скрипучей больничной кровати. А та изо всех сил вертится, вырывается, кричит. Маша в раздражении дергает ребенка за руку и слышит оглушительный хруст — хрупкая ручка уродливо выворачивается в локте, ломается. Младенец синеет, кричит от боли, а потом внезапно смолкает. В палате становится невыносимо тихо. Тихо. До звона в ушах. Маша в испуге мечется между окном и дверью. Выскакивает в коридор, пытается позвать на помощь. Только крикнуть она не может — из напряженных связок не вырывается ни единого звука. В ночной больнице пусто, как в морге. Никого. Все та же зловещая тишина. Тогда она пытается спрятать младенца, заметает следы: заворачивает тельце в пеленки, потом — в полиэтиленовый пакет и прячет в больничной тумбочке, чтобы никто не нашел. Но от этого страх в ней только растет — каждую секунду она помнит о том, что стала детоубийцей.

Маша проснулась от слез, которые градом катились по ее щекам. Кошмар оказался таким осязаемым, что она не сомневалась — все так и было. Боялась даже пошевелиться, лежала, в ужасе глядя на ветхую, в сколах и трещинах, прикроватную тумбу. Ей мерещились едва различимые всхлипы и шорохи, доносившиеся из тайника, в котором она спрятала младенца. Ребенок жив?! Тогда она должна немедленно встать и бежать за педиатром: все еще можно исправить. Но Маша лежала, словно намертво прикованная к кровати: боялась, что младенец уже задохнулся и умер. Страх перед тем, что она развернет пеленки и найдет крохотный посиневший труп, был сильнее здравого смысла.

Дверь в палату со скрипом раскрылась, и Маша почувствовала, как все тело — от затылка до пят — покрывается холодным потом. Сейчас все раскроется. Она сама признается в преступлении, а потом найдет способ покончить с собой. Молчанова слышала, как что-то в нерешительности переминается с ноги на ногу на пороге, но не могла даже поднять глаз.

— Не спите? — едва различимый шепот донесся до ее ушей.

У Маши хватило сил, чтобы отрицательно мотнуть головой. Нет смысла тянуть время. Пусть все произойдет прямо сейчас.

— Я девочку вашу принесла. Покормите?

Маша в изумлении перевела взгляд на дверь. Но пороге стояла знакомая дородная медсестра, изменившаяся в своих манерах до неузнаваемости после того, как Молчанова чуть не отправилась на тот свет. Маша смотрела на сверток в могучих руках и никак не могла понять, что происходит.

— Мне? Кормить? — прошелестела она пересохшими губами.

— Из бутылочки мы утром давали, — начала оправдываться деваха, не поняв смысла вопроса, — все время нельзя. Молоко тогда совсем у вас пропадет.

Молчанова не отводила взгляда от младенца, мирно спавшего на удобных руках. Она все поняла: реальность наконец вытеснила безумный сон. Губы Маши расплылись в счастливой улыбке, на глаза навернулись слезы. Она протянула руки к своей девочке, взяла ее и с трепетом прижала к груди. Как единственное сокровище в мире.

Медсестра, чтобы не волновать лишний раз и без того слишком нервную пациентку, тихонько вышла за дверь

— Доченька моя, солнышко. — Маша плакала от радости.

Это была ее девочка: с полупрозрачными фиолетовыми веками, длинными ресницами и мягким пушком на подвижной головке, которая уже завертелась нетерпеливо, почувствовав запах матери. Маша прижалась губами и носом к шелковому младенческому лобику и вдохнула сладостный аромат. От нахлынувшего вдруг счастья закружилась голова. Ее малышка жива! Неожиданный непрошеный Дар станет ее судьбой.

— Дашенька, Дарья, — нежно прошептала мать, словно пробуя имя на вкус.

Она прижала к себе дочку, непослушные слезы все еще бежали из глаз. Маша поняла, что наконец полюбила. Что не сможет теперь и часа прожить вдали от самого дорогого ей существа. Нужно было каждую секунду видеть дочь, слышать ее дыхание и знать, что ей ничего не грозит. Удивительно приятное чувство необходимости для маленького беззащитного человека, который по ее воле появился на свет, согревало душу. Маша по-прежнему не знала, как дальше жить, не понимала, что делать, но будущее больше не казалось ей безнадежным. Она готова была многое преодолеть.

Новый лечащий врач, та самая миловидная блондинка, была не прочь подержать Машу в больнице еще пару-тройку дней, но педиатр поставила ультиматум: или готовить на выписку и мать, и дитя, или она выписывает одного ребенка. Младенец и так провел в роддоме намного больше положенного срока, целых десять дней. Девочке давно нужен домашний режим: купания, игры, прогулки.

Маша не возражала.

В квартире, где Молчанова жила с самого рождения сначала с родителями, а последние два года одна, все было как обычно: старая мебель, книги, привычный запах. Только пыль за время ее отсутствия успела собраться в лохматые комки по углам. Подумав, Маша вышла на лоджию и отыскала там разобранную детскую кроватку и старый пеленальный столик — от нее же все это и осталось: запасливая мама никогда ничего не выбрасывала. Молчанова умудрилась сама собрать мебель для Даши, хотя до этого даже отвертку в руках никогда не держала. Уложила малышку и начала наводить порядок в доме. Ей самой было безразлично, как жить, очень часто она по нескольку дней подряд не успевала даже помыть посуду и заправить постель, но вот ребенку нужна была чистота.

Домашние дела цеплялись одно за другое. Дни тянулись друг за другом — однообразные, скучные. Каждый час — по расписанию, каждый раз — одно и то же, без отличий, без смены декораций. Маша совершенно запуталась в этой веренице: было такое ощущение, что кто-то постоянно жмет кнопку повтора и она, ставшая механической куклой, вынуждена тысячу раз проделывать одни и те же смертельно скучные движения.

Прежняя жизнь теперь казалась ей далекой и призрачной сказкой. Какая сцена, какой театр?! Элементарный поход в магазин оборачивался большой проблемой: сначала нужно было найти того, кто согласился бы посидеть с Дашкой, и только потом бежать за продуктами. У многочисленных друзей и приятелей, как правило, находились неотложные дела — репетиции, пробы, спектакли. Чтобы найти человека, свободного хотя бы пару часов, приходилось долго звонить и упрашивать.

Деньги, которые были отложены у Маши «на черный день», стремительно заканчивались, хотя молодая мама не позволяла ни себе, ни ребенку ничего лишнего. Даже одноразовые подгузники не покупала: стирала пеленки по нескольку раз на дню. Новых поступлений ждать было неоткуда — о том, чтобы подработать, речи не шло, и она все чаще вспоминала слова Аллы, которые теперь казались пророческими: «Тебе не на что будет жить, начнешь клянчить у родителей?» Еще чуть-чуть, и действительно придется звонить отцу с матерью, сознаваться во всем. Она как огня боялась этого телефонного разговора. Представляла, как расстроится папа, узнав, что она сломала свою не успевшую начаться актерскую карьеру. Закопала талант. А ведь папа больше ее самой радовался поступлению в театральный, гордился успехами. Было так стыдно! Маша долго думала, как поступить — все равно рано или поздно придется все рассказать. Сколько можно сворачивать разговоры с мамой и папой до трех заученных и насквозь лживых фраз: «У меня все отлично, убегаю на репетицию. Почему долго не отвечала на звонки? Уезжала с театром». Подумав, Маша написала родителям длинное письмо. Все объяснила, во всем честно призналась. Теперь оставалось только собраться с духом и отправить конверт.

От голодной смерти спасли — через месяц после рождения Дашеньки явились вдруг бывшие коллеги с поздравлениями. Многие извинялись за то, что не смогли подобрать малышке подарок — не было в жизни такого опыта — и протягивали молодой маме розовые конверты. Маша не подавала виду, что радуется этим драгоценным подношениям намного больше, чем крошечным нарядам и погремушкам.

А после этого люди вокруг Молчановой вдруг начали стремительно убывать. Через пару недель ее телефон уже молчал круглые сутки, а если звонила она сама, трубку часто не брали. Никто не заходил, не навещал. Маша поняла, что это и есть настоящий конец прежней жизни — второе пророчество не заставило себя долго ждать. Выдернутая из профессии, из беззаботной юности, скованная по рукам и ногам, она быстро оказалась никому не интересна и не нужна. И от этого становилось так больно...

Неожиданный звонок в дверь раздался, когда Даше исполнилось полтора месяца. Молчанова почувствовала, как сердце в ее груди учащенно забилось, пытается выскочить наружу и мешает дышать. Она осторожно подошла к двери и заглянула в глазок. Нетерпеливо переступая с ноги на ногу, спиной к двери, у ее порога стоял солдат. Она открыла. Олег повернулся. Маша заплакала.

Меньше чем за год он постарел лет на десять. Волосы стали наполовину седыми, лоб теперь пересекали глубокие морщины, на шее обозначились складки, словно ему не двадцать три, а все сорок.

— Живой, — выдохнула Машка и бросилась к нему.

— Маруся, родная. — Он сжал ее крепко-крепко, она задохнулась. — Вот видишь, любимая, я вернулся.

Они долго стояли, не в силах ни о чем говорить. А потом Дашка подала из дальней комнаты голос. Ее тоненький плач становился все громче. Олег изумленно посмотрел на Машу, она улыбнулась и виновато пожала плечами. Он ничего не понял, только продолжал держать ее в объятиях и таращить глаза.

— Это Дашенька, ей полтора месяца. Дальше сам считай.

Он тряхнул головой. Молчанова видела, что в голове Олега все перепуталось, перемешалось: как ни старался, он не мог сообразить, сколько времени прошло с их последней встречи.

— Я десять месяцев и шестнадцать дней был в Чечне.

— Вот видишь, все сходится. — Она вздрогнула оттого, каким голосом он это сказал. — Дашка твоя дочь.

Он закрыл руками лицо и упал перед Машей на колени. Долго стоял так, упершись лбом в ее ноги, не произносил ни слова и трясся, как от холода, мелкой дрожью. Она опустилась на пол рядом с ним, попыталась успокоить, начала гладить по волосам, которые стали жесткими словно проволока. Олег не приходил в себя долго: только крепче сжимал Машу, словно она была единственной опорой в его жизни, и что-то бессвязно неразборчиво бормотал.

— Что было с тобой, там... на войне?

— Не спрашивай никогда! — прохрипел Олег.

Маша едва сумела разобрать его слова.

Глава 10

Аннушка сидела у окна и тревожно вглядывалась в темноту. Мысли беспорядочно метались, сердце жгло изнутри. Только утром Вера извинялась, ползала перед матерью на коленях и умоляла ее простить. Говорила, что никогда больше не будет так поступать. Возьмется за ум. Анна в тысячный раз поверила. И что? Стоило опуститься на деревню сумеркам, и ее дочь снова как подменили.

Мать не понимала, что она делает не так. Обида не оставляла ее ни на минуту, мучила весь последний год. Верочка больше не была похожа сама на себя. Временами по-прежнему ласкалась котенком, обнималась. Но о чем бы ни попросила Анна, внимания не обращала — поступала по-своему. Учеба в школе ее нисколько не волновала, перебивалась с двойки на тройку. К работе по дому приучена не была, мать по-прежнему со всем справлялась сама. Верочка с удовольствием делала только одну вещь на свете — гуляла. Холодно ли, тепло, убегала на улицу с подружками и друзьями: домой не загнать. Поначалу Анюта даже радовалась, что ее дочка выросла такой общительной девочкой. Сама-то она вечно сидела, от всех закрывшись, боялась людей. Но потом стала беспокоиться: дома из Верочки, такой звонкой и веселой на улице, словно вытаскивали батарейки. Она лежала тихонько на своей кровати и о чем-то мечтала, уставившись в потолок. Если мать начинала стыдить, просила сесть за уроки, Вера брала в руки учебник и через пару минут засыпала над ним.

Анюта понять поведения дочери не могла. Пыталась действовать решительно — запирала дом изнутри и прятала ключ. И что? Вера дожидалась, пока мать уснет, и убегала через окно. Как только пролезала в такое крошечное отверстие — одна створка только и открывалась — да еще умудрялась ловко прыгнуть с приличной высоты?! Аннушка умирала от страха, когда представляя себе, какой опасности подвергает себя дочь: в их доме, давно уже не помнившем мужской руки, все испортилось, обветшало. Одно неловкое движение, и можно вывалиться на улицу вместе с окном, которое рассохлось, перекосилось и теперь опасно неустойчиво сидело в своем гнезде. Мать бросила эти эксперименты и дверь на ночь запирать перестала. Все равно бесполезно.

Всю ночь Верочка гуляла неизвестно с кем, а возвращалась под утро. Голодная, замерзшая, но довольная и счастливая. Ластилась к матери, просила прощения, обещала что угодно — лишь бы загладить вину.

С кем проводит время ее девочка, Аннушка не знала. Разве что догадываться могла: в последнее время то и дело обнаруживала под окнами бесчисленные мужские следы. О том, были эти прогулки невинной встречей рассвета или чем-то другим, она даже думать боялась. Сразу становилось так страшно и плохо: хоть в петлю лезь. А стоило заговорить об этом с дочкой, как она тут же становилась колючая и чужая. «Я не твоя собственность, —

нервно кричала Вера, — хватит ко мне лезть!». И, хлопнув дверью, убегала опять.

Первое время мать ходила за дочкой, искала, звала. Но заканчивалось все одним и тем же: Вера грубо прогоняла мать. Велела не позориться на всю деревню, а идти домой. Якобы она следом придет. И снова приходилось ждать до самого утра.

Плохие мысли Анна от себя настырно гнала. Не может такого быть, чтобы Верочка, еще совсем глупенькая маленькая девочка, оказалась во власти греха. Господь не допустит! Все, что было у нее — любовь и ласку, — Анна своему ребеночку отдала. Не могла малышка, которую так любили, вырасти человеком дурным. Не бывает такого. Отец Тихон ее беременность благословил, значит, все должно быть хорошо. А капризы и баловство? Возраст такой, пройдет.

— Верка твоя, — как-то раз задумчиво высказалась Маня, — кто бы мог подумать, в отца пошла.

— Маня, ты что? — Анна вздрогнула: — О чем говоришь?!

— Девица-то оказалась слаба на передок.

Анну словно обдали кипятком. Она онемела от боли, ничего не могла возразить.

— Вот так-то. Гены. — Маня тяжело вздохнула. — Натуру ничем не перешибешь.

Соседки крепко тогда поругались. Анюта защищала дочь как тигрица, рассказывала, что молодежь другая пошла, что теперь не те времена, чтобы в юбках до пят да в платках ходить. И не значит это, что кругом только разврат, который Мане всюду мерещится. Просто свободы больше. Никто не хочет прежних правил — молодежи нужно разговаривать, общаться, вот и встречаются ребята по вечерам. А когда же еще? Днем в школе, потом уроки. Не так много времени остается.

— Ты можешь и дальше глаза зажмуривать. От себя самой правду скрывать. Но я-то знаю, что говорю! — рассердилась Маня.

— Ничего ты не знаешь, мелешь зря языком!

Маня, обидевшись, ушла. Целый месяц на пороге подруги не появлялась, и Аннушка тоже не собиралась к ней идти на поклон. Но потом помирились — глупо молчать, когда все равно на соседних грядках кверху задом торчишь целый день. Делать вид, что друг друга не замечаешь? И без того тоска зеленая. Анюта только-только на пенсию по старости вышла, не привыкла еще без коллектива, хотелось хоть с кем-нибудь парой слов перекинуться. И все вернулось на круги своя. Снова стали чай вместе пить, разговаривать, только трещина не зажила — осталась. Одного неосторожного взгляда Мани на Верочку хватало теперь, чтобы Анна вспоминала обидные слова и не желала дальше с приятельницей говорить. Замолкала, и все. «Слаба на передок», — стучало в висках, и глаза наливались кровью.

Анна еще надеялась, что сегодня Верочка обещание сдержит, из дому никуда не уйдет. Но дочь ходила из угла в угол как дикий зверь, становилась все напряженнее, злее. Ужинать не захотела. На вопросы не отвечала. Анюта к ней и эдак, и так, все бесполезно. Потом под окном раздался короткий свист, еще один, и дочь, мгновенно повеселев, бросилась к шифоньеру, начала одеваться.

— Ты куда? — голос Анны дрожал от волнения.

— Гулять!

— Поздно уже, завтра в школу.

— Нормально. Я сделала уроки.

— Верочка, — Анна схватила девочку-подростка за руку, притянула к себе, — останься, пожалуйста, мне плохо одной.

— Телевизор посмотри. Я скоро приду.

Анна знала, что значит «скоро». Стоило Вере выйти за порог, как все ее обещания сыпались прахом.

— Я тебе запрещаю! — Она сжала тоненькое запястье.

— И что ты мне сделаешь?! — Верка с силой рванула руку к себе, мать пошатнулась и выпустила ребенка.

— Ты мне обещала! Как же так?!

— Я ненадолго, через часик приду.

— Вчера говорила то же самое. И чем это кончилось?

— Я пришла.

— Когда?! Только утром! Перед соседями стыдно!

— Да при чем тут соседи?! Никому до нас дела нет. Все давно живут, как хотят, и ты так живи!

— Нельзя!

— Почему?! — Вера не понимала, что здесь не так, а Анна никогда не могла толком объяснить.

Вера сунула ножки в короткие резиновые сапоги и собралась надеть легкую куртку. И тут на Анюту словно помешательство нашло. Она подскочила к дочери и залепила со всей силы пощечину. На нежной щеке проступила красная пятерня.

В глаза Веры накатили слезы, но она даже не пошевелилась. Посмотрела на мать холодным, сверкающим как лезвие взглядом.

— Не отпущу! — Анна перепугалась этих острых безжалостных глаз.

— Кто тебя спросит?!

— Пойду за тобой, буду ходить по пятам.

— Не позорься.

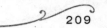

— А мне все равно!

Анна торопливо влезла в калоши и натянула ватник. Встала в полной боевой готовности. Сердце заходилось в груди, как будто места ему там не хватало.

— Хорошо. — Верка стремительно прошла в глубь дома. Анюта даже не успела сообразить зачем.

Дочь вытащила из глубины шифоньера запасные ключи, потом схватила те, что висели на гвоздике у дверей. Подошла к матери вплотную, посмотрела черными волчьими глазами и толкнула ее со всей силы в грудь. Аннушка упала. Пока неуклюже возилась, обливаясь слезами и пытаясь подняться, услышала, как снаружи запирается дверь. Заметалась по дому, попыталась вылезти через окно, чтобы за Веркой бежать, но застряла — в узкую щель не пролезть. Кое-как втиснулась обратно.

Анна сидела, глядя в темноту всю ночь напролет, и слышала внутри пустой головы все те же Манины слова. Права была подруга, права. Нельзя перечеркнуть происхождение человека, а она слишком настырно желала оставаться слепой. Слишком сильную любовь питала к единственному ребенку — не замечала пагубной природы, не пыталась бороться с ней. От самой себя скрывала догадки и не подпускала тяжелых мыслей. Жить в мире иллюзий было легче, чем заглянуть правде в глаза.

Рассвет занимался понемногу. Запели первые петухи. Во дворе было по-прежнему тихо и пусто — Веры и след простыл. Не пришла она ни в разгар дня, ни вечером. Снова стало темнеть, и Анюта сходила с ума от своей беспомощности. Кричать было стыдно — кому же скажешь, что собственная дочь посадила тебя взаперти? Да и вряд ли кто-то услышит, единственное окно смотрит в лес.

Пока Веры не было дома, она не могла ни спать, ни есть. А теперь еще в голову лезли самые страшные мысли. Ее глупая девочка попала в руки к недобрым людям. И кто знает, что с ней теперь? От беспокойства Анюте стало плохо. Подскочило давление, закружилась голова. А к ночи — второй подряд без Веры — страхи усилились. Анюта не могла больше ждать. Достала топор и без труда высадила оконную раму — в одну створку, как Верке, ей было не пролезть. Окно вылетело со звоном, залаяла соседская собака. Анна не думала о себе. Не обвиняла дочь. Ей нужно было только одно — чтобы Вера оказалась жива и вернулась домой целой и невредимой. Она тяжело влезла на стул, с него шагнула на подоконник, хотела вылезти потихоньку, бежать на поиски, но оступилась и мешком рухнула вниз.

Она лежала на земле под окном дома, в котором выросла. Из живота, того самого чрева, которое приняло и выносило новую жизнь, торчал длинный, как меч, осколок стекла. Анна жалела лишь об одном — что Господь не забрал ее мгновенно, снова заставил мучиться. Как будто и без того на ее долю выпало мало страданий. Она беззвучно плакала о своих родителях, которые предали ее, позволив себя погубить, о собственной жизни. Кто останется на этой земле после нее? Будет ли продолжение? Или многострадальный род так и оборвется на Вере — беспутной девочке, дочери своего отца. Если так, все было напрасно. Анна не проклинала свою судьбу, но и благодарить перед смертью Бога за отведенное ей время уже не могла. Не было на то ни одной причины...

Если бы не Маня, обеспокоенная тем, что несколько дней не видела и не слышала соседку, неизвестно еще, сколько пришлось бы бездыханному телу лежать на сырой

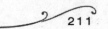

земле. Но приятельница не выдержала, пошла к Аннушке во двор. Долго колотила в запертую дверь, кричала. А потом на свою голову решила обойти избушку, попробовать заглянуть в окно: вроде соседи никуда не уезжали, да и не было у них ни родственников, ни друзей...

Анну всей деревней оплакали. Организовали похороны как положено. И батюшку из поселка привезли, и всех соседей на кладбище собрали. Не было только одного человека — Веры. И никто не знал, где ее искать.

Дочь Анны явилась домой только на пятые сутки. Цветущая, веселая. На пороге избы, завернувшись в ватное одеяло, сидела баба Маня. Дверь за ее спиной была открыта — Вера не сразу увидела, что замок выломан раз и навсегда.

— Нагулялась? — Маня мрачно взглянула на молодую соседку.

— Еще как! — Вера защебетала, сверкая черными глазами. — В городе так хорошо! Мы там...

— Замолчи! Идем, к матери тебя отведу.

Шестнадцатилетняя девочка с волосами цвета воронового крыла долго лежала на свежей могиле, обняв ее и прижавшись щекой к земле. Поливала рыхлый холм горячими слезами, просила прощения.

Чувствовала ее слезы Анна, крепко спящая глубоко под землей, или нет, не известно. Да и какой от этой сырости прок?

ЧАСТЬ 3

ГЛАВА 1

Время, время... Вечно оно утекает сквозь пальцы, сколько ни пытайся его поймать. Казалось, пройти медицинское обследование и получить заключение о возможности стать приемными родителями — сущий пустяк. Где только не говорили и не писали о том, что давно упростили все процедуры: лишь бы находились желающие усыновлять. В школе приемных родителей предупреждали, что придется потратить на бумаги всего пару недель. Только потом, задним числом, Молчанова поняла, о каких «двух неделях» шла речь — нужно было брать отпуск и заниматься исключительно походами по поликлиникам и прочим инстанциям.

Медицинские учреждения придерживались на редкость изощренных часов приема, и бегать приходилось по всей Москве. В диспансере то был нужный врач, зато не оказывалось секретаря с печатью, в поликлинике то удавалось получить направление к специалисту, но в отместку ломался флюорографический аппарат, то в удобное время принимал терапевт, но тут же выяснялось, что придется делать прививки, прежде чем идти к нему на осмотр. При этом медицинских специалистов из всех возможных проблем со здоровьем потенциальных усыновителей интересовала только одна — мнимое бесплодие

супружеской пары. Олегу с Машей начинали сочувство-
вать. Советовали ЭКО, намекали на суррогатных матерей.
Узнав, что с репродуктивными функциями полный порядок, понизив голоса до интимного шепота, просили не
заниматься ерундой, просто забеременеть и родить, как
делают все нормальные люди.

И только юный нарколог проявил исключительно про-
фессиональный интерес.

— Пьете? — подозрительно сощурившись, спросил он
Молчанову.

— Алкоголь? Да, бывает.

— Много?

— Нет.

— Ну, знаете, — он возмутился, — немного — понятие
относительно. Сколько бокалов вина или рюмок водки
в неделю?

Маша оказалась неподготовленным пациентом: в голову не пришло заранее посчитать. Да еще именно в вин-
но-водочном эквиваленте.

— Думаю, пару раз в неделю по бокалу вина.

— А точнее?

— Точнее: два бокала вина в неделю.

— Поня-я-ятно.

Маша видела, что он не поверил. Да и сама она сомневалась в точности «недельной» нормы: иногда месяца-
ми не притрагивалась, а иногда праздники шли один за
другим. И тогда могло случиться отнюдь не вино, а виски
или коньяк.

Самое удивительное, что аналогичная информация
об Олеге доктора почему-то не волновала. Молчанова
даже расстроилась: по всему выходило, именно ее опух-
шая физиономия и мешки под глазами — шутка ли встать

каждый день в шесть утра, чтобы до пробок доехать до нужной поликлиники, если обычно твой день начинаешь в десять, — наталкивали врача на подозрительные мысли. Или, возможно, пристрастие мужчин к алкоголю считалось их законным правом? Многие отцы пьют, и ничего. Вырастают дети. Главное, чтобы мать была в порядке.

Два месяца ушло на очереди, анализы, обследования, прививки. Наконец, изрядно потрепанная и забитая штампами-печатями бумага, на которой не осталось живого места, попала в финальный пункт — на стол главного врача центральной поликлиники.

— А что не своих? — не упустила шанса полюбопытствовать и эта пожилая дама, украшенная немыслимым количеством бижутерии.

— Свои уже есть, — отрезала Маша.

— Что же вам еще...

— Документы в порядке? — Олег не дал женщине второго шанса. — А то не дай бог все сначала, и закрутилось-понеслось!

— Все на месте. Успехов, — пожелала дама с ухмылкой.

По старинке дыхнула на печать и со всей силы пригвоздила бумаги, одну за другой, к столу.

Это была победа! Шесть месяцев действует документ, за полгода они обязаны найти ребенка. Еще немного, еще чуть-чуть — пройти процедуру обследования жилого помещения, забрать справки об отсутствии судимости — и можно идти в опеку за заключением и за направлением в дом ребенка.

Маша бежала к Новослободской улице, жадно глотая пыльный горячий воздух. Опрометчиво надетые на босые ноги туфли натерли ноги — она едва удерживалась от того, чтобы не скинуть обувь и не побежать по расплавленному асфальту босиком. Надо же так глупо попасться! Документы Олег заказал на портале государственных услуг еще два месяца назад. Теперь оставалось только заехать в Главное управление МВД РФ и забрать. На сайте писали, что справки выдают «до 18:00», и Маша прекрасно все рассчитала — эфир до пяти, потом сразу сюда. А вот теперь выяснилось, что двери закрывают без четверти шесть. Опоздаешь — твои проблемы, придется еще раз ехать на другой конец города.

Олег успел позвонить нерадивой супруге сто сорок раз: могла бы заранее рассчитать время или выбрать другой день. Его очередь давно прошла, свою справку он получил. И теперь ждал Машу, опасаясь, что с минуты на минуту его попросят освободить помещение.

Молчанова успела. Влетела раскрасневшаяся, растрепанная и плюхнулась в пластиковое кресло, скинув ненавистные туфли.

— Паспорт давай! — Олег тут же подскочил к ней.

— Держи!

Он бросился вместо нее к окошку. Пока жена доставала из сумочки бактерицидный пластырь, заклеивала противно саднящие раны, супруг развлекал шутками и прибаутками сотрудниц главного управления. Тетеньки веселились. Бумаги Молчановой отыскались в два счета. Маше осталось только поставить подпись о получении.

Ковыляя к машине с заветной справкой в руке, Маша сияла от счастья. Нет, не потому, что успела добежать до закрытия очередного учреждения — приехала бы еще раз. Она упивалась новым чувством спокойствия и любви — впервые в жизни, после стольких лет брака, появилась ощущение единого целого. Они с мужем хотели одного и того же, взявшись за руки, шли к одной цели. Пропал постоянный страх перед будущим, а заодно неуверенность в завтрашнем дне. Только в таком состоянии — теперь она знала точно — нужно рожать и принимать в семью детей. С Дашей так много проблем возникало именно потому, что ни она, ни Олег не были готовы к ее появлению. Не доросли. Приходилось взрослеть и умнеть на глазах у собственного ребенка.

— Спасибо! Ты меня спас.

— Ты и сама бы справилась.

— Нет, — Маша влюбленными глазами смотрела на мужа, — я не хочу сама.

— Тогда постарайся больше со мной не ссориться, — его губы расплылись в широкой улыбке.

— Точно не буду! Я же себе не враг.

Чудо, что они с Олегом сумели не сбиться с пути. Маша вспомнила ту страшную неделю, что они прожили врозь. Ничего подобного она больше не хотела: чем больше смотрела на окружавших ее мужчин, тем отчетливей понимала, что чаще всего это люди с других планет. Чужие. Одни жили по неясным законам, помешавшись на достижении материальных целей, которые давно превзошли уровень благополучия и достатка. Другие плыли по течению, не понимая, чего хотят. Вряд ли она когда-нибудь смогла бы встретить такого, как Олег: человека, который защитит, поддержит и разделит любую ответственность. Конечно, не все и сразу совпало — пятнадцать лет понадобилось для того, чтобы они съели вместе пуд соли и превратились в настоящую семью.

— Маруся, — Олег обнял жену за плечи, — не могу больше смотреть, как ты ковыляешь.

— Уже близко...

— Ну-ка держись!

Он вдруг подхватил ее и поднял высоко. От неожиданности она завизжала, схватила мужа за шею. На них немедленно обернулись прохожие, кто-то буркнул, осуждая: «Взрослые люди».

— Отпусти, — покрасневшая от стыда Молчанова заболтала в воздухе ногами.

— С какой это стати?!

— На нас все смотрят, — прошептала она, — и я тяжелая.

— Своя ноша не тянет. — Он остановился посреди дороги и поцеловал жену в губы.

Если бы кто-нибудь когда-нибудь сказал ей, что любовь умеет слабеть и возрождаться, становясь намного сильнее, она бы не поверила. Не может старая страсть вспыхнуть с новой силой, нет такого закона: все, что она наблюдала вокруг, среди знакомых и друзей, было бесконечным поиском «своего» человека. Неподходящих отбрасывали, меняли. Женились по многу раз, пытаясь отыскать идеал. И никто не верил в то, что люди способны вырасти и измениться так, чтобы научиться любить друг друга и сердцем, и разумом. Всем существом. Они с Олегом сумели. Повзрослели в браке. Прошли через множество заблуждений — каждый по отдельности и вдвоем, разрушили немало стереотипов. Поняли, что нужно давать отпор чужому мнению и обстоятельствам, которые пытаются диктовать свою волю каждому человеку.

— Олег, — Маша обняла могучую шею крепче, — я так тебя люблю.

— Вот это другой разговор. — Он улыбнулся и легкой походкой пошел вниз по тротуару. — Я тоже!

На следующий день, сияющие и взволнованные как молодожены, они сидели в кабинете специалиста опеки

по месту жительства. Круглая тетка с нарисованными высоко на лбу бровями тщательно, с медлительностью садистки, проверяла состояние документов.

— У супруга нет автобиографии, — бросила она, не глядя на просителей.

— Виноват, Тамара Михайловна, — Олег через силу улыбнулся, — сейчас напишу.

— Где ваша характеристика с места работы?

— Моя? — Маша никак не могла избавиться от противного ощущения, словно она была провинившейся школьницей. — Я работаю по договору подряда.

— Я вижу. И что?! Характеристика все равно нужна.

— Хорошо. Сделают.

— Итак, — Тамара Михайловна по десятому кругу начала перекладывать пачку бумаг, — свидетельства об окончании школы приемных родителей есть.

— Есть, — Олег с Машей кивнули.

— Медицинское заключение в порядке, справка об отсутствии судимости тоже. Акт обследования жилого помещения в наличии. Только что это тут понаписано? Кто квартиру осматривал? — Она посмотрела на Машу с Олегом как на подсудимых.

— Ваш коллега приезжал, — Олег старательно скрывал свое раздражение, — зовут Антон, фамилии не помню, но могу назвать номер мобильного телефона.

— А-а-а, — женщина отложила бумагу, — скажу ему, пусть исправит. Дальше. Где согласие вашего ребенка, заверенное нотариально?

— В перечне документов такого пункта нет.

— Мало ли что нет! Усыновляют обычно те, у кого нет детей. — Она бросила на них недовольный взгляд. — Или дочь приводите, в нашем присутствии пусть напишет, что

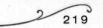

не возражает против усыновления, или идите к нотариусу. Или она у вас против?

Еще один обвинительный взгляд.

— Она «за»! — Маша едва сдерживала внутреннюю дрожь. Почему нужно разговаривать с ними так, словно они умственно отсталые и при этом планируют совершить тяжкое преступление?!

— Копия свидетельства о браке, — продолжила тетка, — справки с места работы, копия финансового лицевого счета, выписка из домовой книги, документы на собственность жилья. Это не обязательно.

— Пусть будут, — Олег угрожающе склонился к ней.

— Пусть, — тетка безразлично пожала плечами, — вроде все. Приходите с недостающими бумагами в следующий вторник. Тогда и приму заявление.

— А сразу нельзя?

— Мужчина, — она посмотрела на Олега с раздражением, — вы себе это как представляете? У вас пакет документов не собран.

— Двух бумаг всего не хватает! Автобиографию я сейчас напишу. Значит, одной.

— У нас тут не читальный зал. — Тамара Михайловна перешла на противные высокие ноты. — Дома будете биографию сочинять.

— Мне сочинять нечего, — Олег встал, нависнув над круглой женщиной. — Не превращайте человека в комок оголенных нервов!

— Боже мой, — она наконец сменила тон, — если так хотите, пишите сейчас заявление. Все равно делу дадим ход, только когда принесете автобиографию и характеристику.

— Документы долго будете рассматривать? — Олег вытащил из лотка два бланка — для себя и жены.

— Минимум две недели.

— И что потом?

— Потом — по процедуре. Заберете заключение. Если оно будет положительным, начнете искать ребенка.

— Тоже с вашей помощью?

Маша поежилась от такой перспективы.

— У нас детей в наличии нет! — отрезала сотрудница.

— Такого не может быть. — Молчанова все хуже понимала происходящее. — За вашей опекой закреплен дом ребенка!

— И что? Вы со мной спорить будете?! — Суровая дама снова была в своем амплуа. — Вы знаете, сколько желающих взять нормальных детей? Тех, у которых родители более-менее.

— Но ведь не всех еще разобрали. Малыши-то есть.

— Где?!

— В том же подшефном вам доме ребенка. В ближайшем детском доме. Иначе бы эти учреждения уже закрыли.

— Какие там дети?! — Она отмахнулась так, словно не считала воспитанников за людей. — Никакие!

— В каком смысле?

— Больные насквозь.

Маша глубоко вдохнула, потом выдохнула.

— Здоровых сейчас и в семьях практически нет. — Она пыталась не срываться и при этом жестко держать оборону. — Тех, кто болен, тоже надо усыновлять.

— Слушайте, давайте прямо! Вы инвалида возьмете?

— Смотря о чем речь...

— О том, что он ни черта не соображает. Не двигается, ходит под себя. На всю жизнь останется овощем.

Маша, широко раскрыв глаза, смотрела на женщину. Она долго не поддавалась эмоциям, но картина, нарисованная сотрудницей опеки, выбила почву из-под ног.

— Как вы можете знать... Что это на всю жизнь? В доме ребенка дети от месяца до трех лет. Если два месяца человеку, на нем уже нужно поставить крест?! Есть же терапия, лечение.

— Я смотрю, вы специалист, — Тамара Михайловна недобро усмехнулась.

— Я-то как раз нет.

— Вот и я о том же говорю: элементарных вещей не знаете. До трех лет никакой определенности нет!

— Что это значит?

— А то, что многие наследственные заболевания клинически не проявляются до трех лет. Усыновляете чудесного малыша, возитесь с ним, а в три года вылезает такое...

— И что же нам делать?

— Это уж вам решать. Хотите, берите!

— Я не знаю...

— Вот и другие «не знают»! — Тетка обрадовалась своей правоте. — А здоровых сирот нет! У всех болезни. Дурная наследственность.

— Но...

— Мое дело предупредить. Хотите — идите, собирайте дальше бумаги. Только время зря потеряете!

В тот день они с Олегом так и не написали никаких заявлений. Вышли из кабинета, словно из камеры пыток. И только на улице поняли, как умело специалист манипулировала их чувствами. Нельзя было понять, в чем цель этой женщины — проверить на прочность или всеми средствами отпугнуть усыновителей?

По дороге домой, в машине, Маша еще кое-как держалась. Но стоило оказаться в собственной спальне, внутри что-то оборвалось. Она упала вниз лицом на постель и разрыдалась. Напрасно Олег гладил ее по вздрагивающим плечам, успокаивал, приносил то воды, то валерьянки. Жена была безутешна. Маша во всем винила себя. Как только могла она помыслить о том, что можно вот так запросто пойти и найти сына или дочь?! Полный абсурд. Если бы все не было так ужасно на самом деле, этих малышей не бросали бы родители. Значит, справиться с ними невозможно. Немыслимо.

Она живо представила себя матерью ребенка, который обречен оставаться «овощем», как выразилась эта Тамара Михайловна, «на всю жизнь». Подлое театральное воображение моментально сделало свое дело. Разве получится из нее самоотверженная терпеливая мать, готовая положить на алтарь всю свою жизнь? Она не медик, не педагог, она понятия не имеет, как действовать в такой ситуации. Слезы снова брызнули из глаз. Маша отчетливо поняла, что не справится. И как же ей было стыдно...

Глава 2

Молодой врач с белесыми ресницами и бровями — на фоне бледной кожи их даже не было видно — нервно вышагивал взад-вперед по коридору и крутил в руке мобильный телефон. Наконец аппарат издал противный звук.

— Алло!

— Удобно говорить? — Алла не поздоровалась: по голосу женщины было слышно, что добрых вестей у нее нет.

— Да, могу!

— В общем, сделала все, что в моих силах.

— Нина с Павлом так и не проявились за это время?

— Нет. Мобильные телефоны не брали, я нашла его рабочий номер, дозвонилась до приемной.

— И что?

— Оставила секретарше сообщение, что хочу переговорить.

— Ну?

— Та перезвонила через час и передала, чтобы я забыла о существовании Павла Сергеевича! Он не намерен больше иметь с нами никаких дел.

— Причину объяснила?

— Такие ничего не объясняют. Скорее всего, раскопали что-то про мать.

— Черт! — Мужчина с досадой шлепнул себя ладонью по лбу. — Что будем делать?

— Не знаю. Других вариантов у меня нет. Я и так уже пошла на риск: попыталась завязаться еще с одними, но оказалось, не наши люди. Столько сил на этого младенца угробила!

— Дольше ему в больнице нельзя, — врач задумчиво поскреб затылок, — может, передашь срочно в базу? Наверняка на общих основаниях найдутся желающие. Жалко отдавать его в дом ребенка.

— Привязался к мальчишке? — Алла усмехнулась. — Тогда себе забери. А я не благотворительная организация. Больше месяца с ним провозилась. Договаривалась, делала так, чтобы он в общие списки не попадал, а теперь вдруг — пожалуйста. С ног на голову.

— И что же, переводить? — По интонациям было понятно, что мужчина сильно расстроен.

— Давно пора, — женщина безразлично зевнула в трубку, — если переживаешь за него, отправь в коррекционный. Там детей меньше, а персонала больше.

— Но ребенок-то без диагноза!

— Напиши! «Отставание в развитии». Еще что-нибудь. Первый раз, что ли?

— А вдруг...

— Все, мне некогда! Хватит ныть: у каждого своя судьба.

Второй переезд дался Андрюшке намного труднее первого. Когда его стали подмывать, собирать, он начал надеяться на встречу с робкими нежными руками той ласковой женщины, которая приходила к нему много дней подряд. Сидела с ним, говорила. А потом пропала бесследно. Он ощущал важность момента и внутренне готовился к переменам в жизни. Но случилось вовсе не то, чего он ожидал: его торопливо пронесли мимо приемного покоя, вытащили на улицу — стояла невыносимая удушающая жара — и загрузили в машину. Ни знакомого цветочного запаха, ни нежного голоса, ни мягких ладоней не было. Пожилая сотрудница, на руках которой лежал Андрюшка, испуганно крутя головой, ничем не была похожа на его Нину.

Женщина то и дело тяжело отдувалась, утирала со лба пот. От маленького горячего Андрюшки ей было невыносимо жарко, и она мечтала лишь об одном — скорее добраться до места и передать, куда следует, неудобный груз. Как назло, Москва поутру собралась в огромную пробку. Проехать нужно было всего-то пятнадцать километров, но в дороге они потеряли целый час.

— Нет, но почему к нам?!

Кто бы мог подумать, что после стольких мучений в дороге их будет ждать вот такой прием.

— Я, что ли, придумываю, куда везти? Звоните сами в опеку, — женщина по опыту знала, что лучший способ защиты — это нападение, — мы к вам относимся по территориальному признаку!

Она без приглашения положила Андрюшку в кресло подле секретаря. Директор тем временем продолжал нервно вышагивать вдоль своей двери, словно охраняя личное пространство от их вторжения.

— И что?! — Он повернулся к нежеланным гостям. — Нас расформировывают через полгода.

— Вот уж точно не моя проблема, — пробурчала женщина себе под нос, возмущенная тем, что никто даже не догадался предложить ей стакан воды.

Замотанный в пеленки ребенок тоже недовольно зашевелился, заплакал.

— Я что им, волшебник? — не унимался директор. — У них там планы, показуха, а мне куда всех детей девать?!

— Вы не перекладывайте на других-то, — попыталась посетительница урезонить мужчину: очень хотелось поскорее выполнить свою миссию, передать ребенка чинчином и уйти. Но директор как будто ее не слышал.

— Постановили в правительстве, что детских учреждений быть не должно, — он продолжал выступать, — мы одними из первых попали под раздачу. Теперь, якобы по причине того, что все малыши у нас пристроены в семьи, дом ребенка должны закрыть!

— Еще шесть месяцев у вас есть, — женщина безразлично махнула рукой, — пристроите.

— Да вы хоть что-нибудь понимаете?! — Он наконец обратил внимание на собеседницу: из глаз посыпались гневные искры. — Дети-то прибывают! И вообще, мне это закрытие зачем? Куда я в свои пятьдесят два работать пойду?! А у меня еще сорок человек персонала, у всех дети, семьи. Их что, на улицу?!

— А-а-а, — женщина усмехнулась, — так вы о себе беспокоитесь. Ничего. Раз чиновники постановили «детей по семьям», значит, и для вас что-то найдут.

— Давайте сюда свои бумаги, — он выхватил из рук провожатой папку с документами Андрюшки, — и можете быть свободны. Как-нибудь разберемся без вас!

— Так я это с самого начала и предлагаю...

Женщина покачала головой. За все время работы не могла припомнить такого ужасного отношения. Даже как-то неловко было оставлять здесь младенца: людям, похоже, не до детей. Она тяжело вздохнула и, не оборачиваясь, ни с кем не прощаясь, вышла за дверь.

Андрюшку устроили в просторной комнате, в которой стояло всего семь кроваток. Причем три из них оказались пустыми. С его появлением в группе стало пять малышей. Один из них, почти годовалый, был с огромной головой и странными выпученными глазами, которые неотрывно смотрели в одну точку. Полугодовалая девочка в соседней кроватке лежала как кукла, не шевелилась. А два других вели себя как обычные дети: потихоньку возились, шевелили руками-ногами.

Новенького нарядили в подгузник, в новые ползунки и распашонку. Кроватку для него застелили цветастой простынкой. Если бы не горестное выражение маленького лица, можно было бы подумать, что это самый обычный домашний ребенок: ухоженный, чистый. Только потухшее выражение глаз выдавало в Андрюшке отказника. Мама оставила его. Нина тоже. Он был не нужен никому на всем белом свете.

Мальчик лежал, широко раскрыв глаза, время от времени поворачивая головку то в одну сторону, то в другую. На стенах комнаты были нарисованы красочные картинки. На одной из них хитрая лиса радостно скалилась Колобку. И он, пустая голова, тоже хохотал во весь рот.

От больничной жизни новая, детдомовская, почти ничем не отличалась. Няни и медсестры приходили по расписанию, несколько раз в день — кормили, меняли памперсы, подмывали, перекладывали с боку на бок. В хорошую погоду малышей вытаскивали на прогулку, чего не было в стационаре. А все остальное — то же: чувства одиночества и безнадежности, которых Андрюшка боялся больше всего, никуда не делись. У него больше не было сил бороться с пустотой: она окружала его и наполняла изнутри. Не было ни стремления, ни стимула что-то делать. Не было смысла чего-то хотеть. Андрюшка изо дня в день жил как растение: принимал все, что ему предназначалось, и только.

В три месяца после положенного медосмотра диагноз «отставание в развитии» подтвердился. Теперь уже на полном медицинском основании. Малыш не желал держать головку, не пытался перевернуться со спинки на бок и даже не думал интересоваться погремушками, которые висели над ним в великом изобилии. Хотя няни старались, меняли их как можно чаще — недостатка в игрушках московский дом ребенка не испытывал: все добрые люди знали о том, что рядом живут дети-сироты, и хотели помочь. Несли и несли...

— Борис Васильевич, давайте просто заглянем! — голос директора дома ребенка, единственного мужчины, резко отличался от всех остальных, и Андрюшка безошибочно его узнавал. Ему нравилось наблюдать за суетливым мужчиной: было в нем что-то необычное, такое, что ребенок никак не мог разобраться — приятно ему присутствие этого человека или нет.

— Помилуйте, — незнакомый низкий голос протестовал, — я уже говорил вам: не младше двух лет. И чтобы на горшок ходили, ложку держали. Мы же обо всем договорились.

— Я вам плохого еще ни разу не посоветовал, — директор настойчиво гнул свою линию, — вы же не с улицы к нам пришли! Деток с серьезными диагнозами даже не показываю. А это здоровый великолепный малыш.

— Опять «отставание в развитии»?

— Да. Я же объяснял, эти слова вообще ничего не значат. Попадет малыш в нормальную среду, в семью, и выправится за несколько месяцев.

— Честно говоря, нам бы с шестерыми как-нибудь справиться. Мы у вас и так, по-моему, половину воспитанников забрали.

— Если бы половину, — директор тяжело вздохнул, — дети-то все поступают. Вы все-таки подумайте. Приемной семье государство платит за содержание каждого ребенка!

— Я знаю...

— Давайте только посмотрим! Хорошо? Мальчик чудесный. В другой дом ребенка отдавать жалко. Ему бы в семью.

— Сколько ему?

— Почти четыре месяца.

— Нет, это невозможно!

— Просто взгляните, ничего больше, — директор распахнул перед гостем дверь и практически силой затолкал в комнату огромного, неестественно пузатого человека.

Оказалось, что с двумя мужчинами была еще и женщина. Одетая в юбку до пола, блузку с длинным рукавом и платок — это в августовскую-то жару, — она молча, опустив глаза в пол, следовала за мужем. В отличие от супруга жена была худющей как жердь, как будто природа ошиблась в распределении плоти внутри этой семьи. Все трое подошли к кроватке Андрюши и уставились на него. Мальчик невольно заерзал под колючими изучающими взглядами: его словно выложили на прилавок.

— Маленький, — Борис Васильевич скривил губу, — что с ним делать?

— Не переживайте, дети быстро растут! Он будет на старших смотреть, копировать. Быстрее всему научится. Чем раньше ребенок попадает в семью, тем лучше воспринимает внутренние порядки. С некоторыми двухлетними, помяните мое слово, будет гораздо труднее, чем с этим младенцем.

— Настя, что скажешь? — мужчина повернулся к жене: — Тебе решать.

Женщина пожала плечами. Посмотрела вопросительно на директора, тот согласно кивнул. Она протянула руки к Андрюшке и достала его из кроватки.

Мальчик редко оказывался в последнее время на руках и успел отвыкнуть от приятного тепла, которым умели делиться взрослые люди. И теперь, хотя женщина держала его бережно, осторожно, он ощущал какое-то странное неудовольствие. Словно что-то было не так с ее холодным плоским телом.

Женщина неторопливо прошлась с Андрюшкой по комнате, словно примеряла его к себе. Пару раз покачала, оценивая вес. Еще раз прошлась, попутно заглядывая в другие кроватки. Взгляд ее невольно упал на ребенка с выпученными глазами, в котором безошибочно угадывался синдром Дауна. Она поморщилась и отвернулась. Шаги ее ускорились.

— Хороший мальчик, — жена вернулась к мужу, который стоял, по-хозяйски опершись рукой об Андрюшину кроватку. Повертела мальчика перед носом супруга и потом опустила ребенка на место.

— Берем? — в глазах толстопузого Бориса Васильевича появился алчный блеск.

— Давай, — его жена с сомнением пожала плечами и еще раз посмотрела на худенького вихрастого малыша, который не вызывал никаких неприятных эмоций, — ты сам-то что думаешь?

— Крепенький. Вроде спокойный. Да?

— Время покажет.

— Да ладно тебе, — мужчина легкомысленно отмахнулся, — Бог даст, вырастим.

Она как-то странно на него посмотрела и заторопилась к выходу из комнаты, в которой остался дожидаться своей участи маленький Андрюшка.

Глава 3

Целую неделю они не делали ничего. Олег не писал автобиографию, Маша не брала на работе характеристику. Каждый был погружен в неприятные мысли и не мог избавиться от чувства собственной неполноценности.

Учились, готовились, собирали бумаги... Только для того, чтобы понять — кишка тонка. Взять на себя ответственность за ребенка, на выздоровление которого нет никакой надежды, они не могли: не было такой самоотверженности, таких крепких душевных сил.

Мрачные настроения в доме не лучшим образом отражались на Дашке. «Родоки» ходили хмурые, почти не разговаривали друг с другом и только по привычке бросали в сторону дочери ненавистные фразы: «заправь постель», «поешь», «почисти зубы», «надень куртку». Эта бесцеремонная и глупая опека выводила Дашу из себя похуже криков и оскорблений. Попробовали бы они указывать так какому-нибудь взрослому человеку. Да хотя бы друг другу. До развода было бы рукой подать. А вот ребенок, по их мнению, обязан терпеть, стиснув зубы; должен молча выполнять унизительные приказы. Как будто в свои четырнадцать лет Даша сама не знала, что ей нужно делать, а что может подождать. Чему их только учили в этой школе приемных родителей?!

Проявляя заботу о «режиме питания», мама с папой заставляли Дашу сидеть за столом даже тогда, когда она думать не могла о еде. Вот и сейчас девочка ерзала перед своей тарелкой, стараясь как можно быстрее ускользнуть от назойливых родителей. Как же они достали! От каникул осталось несколько дней, и то нет покоя. Друзья гуляют, сколько хотят, им никто и слова не говорит: у Ника родители заняты работой, он их почти не видит, у Киры полный дом младших братьев и сестер, маме с папой забот хватает. Одна она под вечным прицелом.

— И где же ребенок? — Дашка, раздраженная тем, что ее заставили в такую рань прийти домой ради ужина, задала вопрос, который заставил родителей вздрогнуть.

— В каком смысле? — Олег отложил вилку.

— В прямом! С первого класса слышу разговоры: усыновить, усыновить. Семь лет болтовни. Где брат или сестра?!

— Как ты разговариваешь...

— А сколько можно тянуть?! — Даша не скрывала своей обиды. — Учили вас, учили, и никакого толку. Со мной и то нормально договориться не можете.

— Если бы с тобой могли, — Олег заскрипел зубами, — давно бы родили еще! А с таким характером, как у тебя, просто страшно.

— Не бойся, — Дашка, довольная комплиментом, усмехнулась, — я такая одна!

— Хватит! Я тебе сколько раз...

Маша торопливо протянула руку под столом и положила ладонь на колено мужа. Она не хотела скандалов. Хрупкий мир с Дашкой был лучше новой войны.

— А-а, — дочь отмахнулась, — вам бы только отговорку найти.

— Понимаешь, — Маша строго посмотрела на Дашу, — нам сказали, все детки в детских домах очень больны.

— Да? — Дашка удивленно вскинула брови. — А где они здоровы-то? У нас в классе у одного эпилепсия, у другого сахарный диабет, у третьего еще какая-то неведомая фигня. Я вон тоже все детство болела.

— Все-таки это другое.

— Почему?! Если ребенок болеет, его надо брать и лечить.

— Есть болезни, которые не лечатся.

— Что, у всех? Ты сама говорила, там сотни тысяч детей. Да еще каждый день новенькие прибывают. И вот про всех заранее известно, что они неизлечимые?!

— Я не знаю...

— Так ты сначала узнай. Пусть вам про каждого ребенка расскажут. Когда в детский дом поедете?

— Нам сначала бумаги нужно собрать. Твое согласие получить.

— Я согласна! — Дашка торопливо, кривясь от ненавистного вкуса, дожевала кусок рыбы и вскочила из-за стола.

— Садись! — Маша бросила на дочь испепеляющий взгляд. — Мы еще чай будем пить.

— Я не хочу никакой чай! Меня Кира с Ником ждут.

— Подождут, — Маша молчала и буравила ребенка взглядом, пока Дашка, закатив глаза к потолку, не села за стол, — ты должна написать согласие в присутствии специалиста опеки.

— Ладно. Когда к ним поедем?

— Они принимают по вторникам и четвергам, в первой половине дня.

— Круто! Давай в четверг: как раз вместо школы.

— Даша!

— Что? Детей-то надо усыновлять! Чего они там сидят без дома, без семьи?

— Чаю нам с папой налей, пожалуйста.

Дашка нехотя вылезла из-за стола и поплелась из столовой в кухню. Зазвенела посуда, полетела на пол крышка заварочного чайника, послышалось раздраженное бормотание.

Родители, не сдержавшись, как по команде заулыбались. «Расколоться».при Дашке было никак нельзя — их дочь, опытный манипулятор, только и делала, что пыталась управлять эмоциями родителей. Сейчас ей позарез нужно было вернуться на улицу — закадычные друзья си-

дят на крыльце и ждут — значит, стоит задача переключить внимание мамы с папой на животрепещущую тему.

— Ты знаешь, она права. — Олег беспомощно развел руками.

— Наверное, — Маша кивнула, — нам же и в школе говорили, что многие страшные диагнозы — не приговор. В семье ситуация со временем выправляется.

— Вот именно!

— Пока мы с тобой ждем свое заключение, — к Маше постепенно начала возвращаться прежняя убежденность, — в роддомах откажутся от сотен младенцев. Из неблагополучных семей заберут тысячи детей. Их пока никто даже не видел, не говоря уж о медицинских обследованиях. Рано на всех ставить печать одним махом.

— Приятно иметь в семье собственного диктора. — Олег улыбался, с нежностью глядя на жену. — Умеешь ты все разложить по полочкам. Четко и ясно!

Маша весело отмахнулась.

— Ну что, едем к Тамаре Михайловне в четверг?

— Давай. — Олег кивнул. — В кои-то веки поможем ребенку прогулять школу.

До четверга Маша вела бесконечные беседы сама с собой. Давно прочитанные книги Петрановской переместились с полки на тумбочку у кровати, туда же переехала Гиппенрейтер. Внутренние диалоги не умолкали: после семи лет раздумий, стоя на пороге новой жизни, Маша в тысячный раз прокручивала в голове все «pro et contra». Она осознала главное — нет «правильного» решения, есть только ее собственный путь и дорога ее семьи. Даже если они откажутся идти в детский дом и навсегда забудут о своем желании усыновить ребенка, это не будет унизительным поражением. Это будет выбор, на который каждый имеет право. Но чем чаще рисовала она картины будущего — с малышом или без него, — тем яснее становилось желание идти до конца. Она находила для себя все новые и новые аргументы «за».

Во-первых, «серьезно» и «неизлечимо» больны — это две разные вещи. Кристально здоровых людей все равно нет ни среди домашних детей, ни среди взрослых. Если проблему можно решить, значит, никакой беды нет: нужно только взвесить свои моральные и материальные силы. Во-вторых, все диагнозы, записанные в медицинской карте ребенка, надо перепроверять у независимых врачей. Это не просто разрешено законом — в школе приемных родителей говорили, что делать это необходимо. Все, что может быть выявлено и найдено, должно выйти на поверхность как можно раньше. Только так появится понимание, что именно предстоит предпринять. А кроме того, бывает, в учреждениях специально сгущают краски — финансирование детей с серьезными заболеваниями выше. В-третьих, абсолютно у всех детей в детских домах и домах ребенка записано в карте «отставание в развитии». Это не значит, что у маленького человека нарушение работы центральной нервной системы — это всего лишь последствия жизни вне семьи. Когда младенец лежит все время туго запеленатый, его не берут на руки, не выкладывают на животик, не купают в ванне, очень скоро по своим умениям он начинает сильно отличаться от малыша, растущего на маминых руках. Ну, а дальше по нарастающей. Как исправлять? Обеспечить ребенку занятия и условия, естественные для его возраста.

Постепенно утверждение Тамары Михайловны о том, что все дети «насквозь больные», теряло правдоподобность, таяло. Хотя все чаще беспокоил второй вопрос —

«дурная наследственность». А что, если действительно наследственные болезни, которые нельзя заранее распознать, проявятся в полной мере года в три? Или заложенный предками-алкоголиками генетический код отыграется на маленьком человеке самым чудовищным образом? Все эти мысли Маша уже переживала, перемалывала не один десяток раз на протяжении многих лет. И каждый раз отвечала сама себе новым вопросом: а разве, рожая ребенка, можно знать, что именно будет заложено в нем? Какие черты характера или врожденные болезни выберутся через него на божий свет? Если бы было так, никогда, ни одни родители не испытывали бы трудностей со своими детьми — заранее знали бы, чего им ждать. Смешно даже думать о таком, когда позади 14 лет рядом с Дашкой. И кто знает, что еще предстоит...

Хотела она того или нет, а все ее разговоры с разными людьми неизменно уходили теперь в область генетики и воспитания. Молчанова ничего поделать с собой не могла — детская тема ни на секунду ее не отпускала.

— Сама подумай, — втолковывал ей за чашкой кофе старый приятель, ныне известный театральный актер, — нормальные люди не отказываются от своих детей. Только асоциальные.

— Володь, я бы с тобой согласилась, если бы не одно «но».

— Какое?

— Простое. Огромное количество отцов после развода оставляют женам своих детей и забывают о них. Они что, все асоциальные?

Маша не хотела обидеть давнего друга, но факт оставался фактом: в первом студенческом браке у него родилась дочь, о которой он никогда потом не вспоминал. Дети нынешней жены были признаны и обласканы, ни одно интервью не обходилось без рассказов о них. А бедной Алисы — когда-то они нянчили малышку всем курсом — как будто не существовало. Маша с досадой подумала о том, что карьера Насти, первой жены Володи, так и не сложилась. После развода она должна была одна заботиться о ребенке — пришлось бросить училище. Хотя это еще был большой вопрос, кто из этих двоих обладал более ярким талантом.

— Ну, ты сравнила! — Владимир вспыхнул. — Это разные вещи!

— Почему?!

— Отец знает, что с ребенком все будет в порядке. Мать вырастит.

— Ха! То же самое: те, кто отказывается от своих детей, знают, что их вырастит государство.

— Молчанова, каша у тебя в голове! Государство — не женщина. Что с него взять?! — Владимир раздражался все больше.

— Но женщине-то надо помогать! Она намного слабее.

— А если у тебя с женщиной отношения не сложились? Как ты насильно полезешь в ее жизнь?!

— Не надо лезть, — Молчанову убивала такая жизненная политика, — достаточно заботиться о ребенке!

— Машка, — Владимир бросил на бывшую коллегу суровый взгляд, — ты со своим усыновлением совсем съехала с катушек. Никто так не рассуждает!

Ей вдруг стало смешно. Выходило, что все вокруг знают, как нужно рассуждать, и только она одна постоянно заблуждается: ищет новые формы, которые не просто не знакомы людям — они им в принципе не нужны. Ибо удобно как есть.

— А как рассуждают? Отец, бросивший ребенка, — это нормальный мужчина, а мать, которая отказалась от малыша, — асоциальная тварь?

— Это разные вещи!

— Что ты заладил про «разные вещи»? Объясни.

— Что тут объяснять?! Сама же интервью у Ширвиндта недавно брала. Он тебе русским языком сказал: «Я верю только в генетику и совершенно не верю в воспитание». Значит, хоть головой бейся о стену, а если ребенок рожден в асоциальной семьей, он вырастет алкоголиком и преступником.

— Послушай, — Маша почувствовала, что еще немного, и она навсегда вычеркнет Володьку из списка своих друзей, — Александр Анатольевич замечательный человек. Великий актер. Но не специалист по воспитанию. И не передергивай чужие слова.

— Я не передергиваю. Я тоже верю: генетика — это все. Хоть кол на голове человека теши, а если он родился бесталанным, ничем не поможешь. Ничего из него не вырастет.

— Молодец, «пять»! — Молчанова хлопнула ладошкой по столу. — А как ты по грудному ребенку определишь, что он бесталанный?! Он еще ничего не сделал, ни слова не произнес.

— Все просто, — для убедительности Володька перешел на театральный бас, — какие родители, такой и он!

— Здорово! Просто чудо! — Маша не отставала в эмоциональном накале, — ты хоть в школе учился?! В формировании генетического кода человека участвуют не только мама и папа, а многие поколения, с обеих сторон. Что, если он в прапрабабку пошел? В поэтессу Серебряного века. Или в прадеда? А тот был профессором.

— Идеалистка хренова! — Володька выступал со все большим энтузиазмом, то, что на них уже смотрят во все глаза, если и волновало его, то приятно: — Когда прадед профессор, откуда правнучка наркоманка? Что за ересь?!

— Приплыли! — обрадовалась Молчанова: — Да сплошь и рядом! Много ты знаешь семей, где сплошь одни академики? Или, наоборот, все алкоголики? Последние вымрут еще до появления внуков. И вообще, это большо-о-ой вопрос, что намешано в каждом из нас!

— Все, ты меня измучила, сумасшедшая женщина. — Владимир откинулся на спинку стула и прикрыл глаза. — Иди, усыновляй кого хочешь! Встретимся через восемнадцать лет.

— Почему это через восемнадцать?! — Машино напряжение вдруг как рукой сняло, она рассмеялась: вспомнила студенческие годы, когда они с Вовкой спорили до хрипоты, насмерть ругались, а потом вместе шли пить вино к ним с Настей в общежитие.

— Я посмотрю, что у тебя получилось. — Он тоже заулыбался, обнажив красивые белые зубы.

— Договорились! Но и промежуточного контроля никто не отменял. А если серьезно... — Она сделала многозначительную паузу. — Все, кто действительно что-нибудь понимает в генетике, говорят об одном.

— О чем это?

— Гены определяют характер человека, структуру личности, а вот их проявление зависит от среды обитания и воспитания человека. Доказано на молекулярном уровне.

— Ладно, Молчанова. Ты меня измотала. Забудь!

— Не могу. Только об этом и думаю.

— Приспичило тебе брать ребенка, когда со своими с ума сойдешь. Все современные дети как с катушек съехали.

— Что, и у вас тоже проблемы? — Маша оживилась.

— Еще какие! Учиться не хотят. Преподаватели от них воют, меня уже три раза просили забрать документы из школы. Ходил, унижался, договаривался.

— А я-то думала, все хорошо. В твоем последнем интервью столько ласковых слов...

— Что же, я родных детей публично буду ругать? Потом всем миром начнут кости мыть. Нам это надо?

— Я иногда думаю, — Маша тяжело вздохнула, — что у всех современных родителей с подростками чехарда. Просто умные люди не говорят об этом вслух.

— Не знаю, Машка. Я в этом деле давно запутался. И устал как собака. За все теперь родителям приходится отвечать. Школа отмахивается. Учителя как роботы. Если ребенок отличается от других, болтает лишнее вместо того, чтобы молча смотреть взрослым людям в рот — неважно, заслуживают они этого или нет, — сразу же «исключим». Раньше надо было как минимум кабинет физики взорвать. Или все окна выбить...

— Школам, Вовка, возиться с подростками некогда. Их таким количеством бумаг завалили!

Она замолчала. Смысла не было обвинять учителей. Они, как и дети, стали безмолвными жертвами системы. Когда-то давно главными в школе были люди, а сейчас — отчеты, ворох бумаг, оценка вышестоящими структурами. До детей с их проблемами, не связанными с учебой, давно не доходят руки.

Целое поколение вот так вот успели вырастить — вчера эти подростки сами были никому не нужны, их повсюду встречало только безразличие, а сегодня они с легкостью бросают своих детей. Не знают, что может и должно быть иначе. Тем, кому не повезло с семьей, на школу рассчитывать уже не приходится. Какой второй дом?! Присутственное место. Соответствуй или топай куда подальше.

Мир стал другим. И социальных сирот в нем все больше...

Глава 4

Тамары Михайловны на месте не оказалось. Рабочий стол, приведенный в порядок в отсутствие хозяйки, казалось, повеселел. По крайней мере, лишенный тяжкого обременения, выглядел он куда воздушнее.

Три посетителя, смущенно оглядываясь, застыли на пороге.

— Добрый день! Вы к кому? — привлекательная девушка неопределенного возраста, то ли 25, то ли все 40, поднялась им навстречу.

— Здравствуйте, — Маша все еще оглядывалась в поисках своего специалиста, — мы у Тамары Михайловны были две недели назад.

— Тогда проходите ко мне, — девушка улыбнулась, — Тома сейчас в отпуске. А меня зовут Алена. Слушаю вас.

Пока Олег рассказывал их историю, пока сотрудница искала нужную папку с документами, Маша не могла оправиться от изумления: Алена была похожа на свою коллегу как мед на деготь. Улыбчивая, вежливая, за все время разговора она не позволила себе ни одного косого взгляда, ни единого резкого слова. Напротив, казалось, ее работа заключалась не в том, чтобы проверять прием-

ных родителей на вшивость. Ее делом было помочь деткам найти семью.

— Вы Дарья? — вежливо обратилась она к подростку.

— Да, я. — Дашка охотно кивнула.

Алена задержала взгляд на тоннеле в мочке уха.

— Здорово!

— Вы о чем? — Даша неуверенно улыбнулась.

— О тоннеле. Не больно было?

— Не очень. — Даша удивленно смотрела на сотрудницу.

— Повезло. — Алена внимательно разглядывала стальное украшение в ухе девочки. — А у моего сына неудачно получилось. Гной, опухоль. В больницу попал.

— Бывает. — Дашка опустила глаза.

Молчанова так и не поняла: действительно ли у Алены был взрослый ребенок с такими же причудами, как у ее дочки, или она специально выдумала неудачный тоннель, чтобы помочь родителям и дать подростку понять: не напрасно мама с папой беспокоятся за ее здоровье. Наверняка уловила тревожные взгляды, которые Маша невольно бросала на ухо дочери. А обычно взрослые люди только брезгливо морщились.

— Да уж, серьезный шаг. — Алена протянула Дашке чистый лист бумаги: — Напишите, пожалуйста, согласие. Если вы не против.

— Нет, нет!

— А вы, — сотрудница мягко заулыбалась, — кого хотите: братика или сестричку?

— Обоих! — Даша заулыбалась. — Малыши такие классные!

Маша давно заметила за своим ребенком эту особенность: стоило человеку отнестись к ней по-доброму, как дочка расцветала. Настороженность исчезала из карих глаз, желание огрызаться пропадало бесследно. Даша разговаривала вежливо, охотно улыбалась и с удовольствием открывалась навстречу. Но если кто-то, наоборот, осуждающе смотрел на ее красные волосы, морщился, заметив дыру в ухе, или делал бестактные замечания, подросток становился неуправляемым. Кривое зеркало. Любую особенность собеседника она искажала и, как лупа, увеличивала в десятки раз.

Алена с Дашей еще пошептались о чем-то, похихикали, как две старые подружки, и дочка отправилась за свободный стол писать разрешение.

— Только нам сказали, что детей все равно нет, — пожаловалась Маша, когда документы были дописаны и приложены к делу.

— В Москве и правда мало, — Алена согласно кивнула и тут же оговорилась: — Но все равно нужно искать. Много ребят постарше. Хотя воспитание подростков — сами понимаете — дело очень непростое. Что-то на этом этапе уже невозможно менять. Но есть же еще регионы. Кое-где совсем плохо усыновляют, а маленьких детишек много. Можно поехать туда.

— Куда?

— Не торопитесь, — Алена потянулась за новыми бланками, — давайте заполним заявления и анкеты. А я по базе посмотрю, хорошо?

— Но по нам же решение пока не принято. Наверное, рано в базу...

— Ничего страшного. — Алена отложила готовое к рассмотрению дело. — Я лично не вижу причин для отказа.

По мере того как в новых документах заполнялась строчка за строчкой, Маша чувствовала нарастающее раздражение. Она не могла понять, кто и зачем составил эти убогие заявления и анкеты. Ну, хорошо, о себе она сведения в десятый раз указала — паспортные данные, адрес и прочее. Но в пожеланиях о ребенке просили отметить именно то, что как раз не имело никакого значения. Цвет волос, цвет глаз, пол, этническое происхождение... Ни слова о характере малыша, никаких попыток выявить психологические особенности родителей и гипотетическую совместимость девочки или мальчика с его будущей семьей. Как будто цвет волос важнее темперамента.

— Простите. — Маша дрожащей рукой протянула наполовину заполненные бумаги: — Я не знаю, что здесь писать.

— Обычно указывают что-то похожее на родителей.

— Я брюнетка, муж блондин, у дочери красные волосы.

— А глаза?

— Любые глаза.

— Тогда пишите «не имеет значения». Но вы же и возраст ребенка не указали, — Алена покачала головой. — Хотя бы примерно что-нибудь напишите.

— От 0 до 3 подойдет?

— Вполне. Но если ребенку будет 3 года и 1 месяц, вам познакомиться с ним уже не предложат.

— Тогда давайте напишем «до 5».

— Хорошо. А пол? Вы тоже не указали.

— Не знаю...

Олег открыл было рот, хотел высказать свои пожелания, но ни Алена, ни Маша не заметили его порыва.

— Пишите «не имеет значения».

Маша торопливо, с чувством стыда, словно она заполняла бланк заказа, заполнила недостающие строчки и передала Алене документы.

— Простите...

— Да?

— А в детских учреждениях есть психолог, который может определить совместимость?

— Чью?

— Ну, — Маша замялась, — приемных родителей и ребенка, которого они хотят усыновить.

— Нет, — Алена покачала головой, — такими вещами психологи в детских домах не занимаются. Но вы сможете побеседовать и с ним, и с врачом, и с воспитателем. Они вам все расскажут о малыше.

— Понятно, — Маша почувствовала неуверенность: гораздо лучше было бы, если бы помогал специалист.

— Заезжайте через три недели. Будет заключение и, возможно, я уже кого-то вам порекомендую.

— Спасибо!

Молчанова вышла на улицу и неожиданно для себя почувствовала облегчение. Как бы ни было приятно общение с Аленой, а вся эта система «подбора детей» оставляла тягостное впечатление. Она вспомнила, как однажды на отдыхе разговорилась с семьей испанцев. У них было двое усыновленных мальчишек из России — чудесные ребята десяти и двенадцати лет. И эти люди долго возмущались тем, что русская система усыновления выглядит как магазин по продаже детей. Мама с папой сидят, смотрят огромные базы, в которых куча фотографий и описаний детей. В других странах принято так: приемные родители предоставляют все необходимые сведения о себе, проходят психологическое собеседование и дальше попадают в базу желающих принять ребенка. А потом уже просто ждут момента, когда появится маленький человек, которому подойдет их семья. Гигантская разница: не родителям подбирают ребенка, а малышу ищут семью...

Двадцать дней, и заключение опеки было готово. Алена искренне поздравила Машу с Олегом — казалось, радовалась не меньше счастливых родителей — и выдала первое направление на знакомство.

Через полтора часа они уже стояли у железных ворот московского детского дома. Взглянуть со стороны — обычный детский сад. Кованая ограда, ухоженные лужайки, привычные с детства беседки. Маша не могла отделаться от навязчивого дежавю: ей казалось, она уже входила в эту калитку, уже искала обитую коричневым дерматином дверь. Потом поняла — да, действительно была здесь лет восемь назад. Привозила, кажется, цветы к празднику, потом еще что-то. За это время здесь многое изменилось: появились пластиковые окна взамен старых, деревянных, здание приобрело приятный нежно-зеленый цвет. На площадке для игр появились новые пластиковые горки, качели и даже лабиринты. Все для детей. Разве что аромат, доносившийся с кухни, был прежним: столовские щи и котлеты. Шагнув с яркого уличного света в полумрак коридора, Маша поежилась — не только запах не изменился. Ощущение одиночества, изолированности от внешнего мира осталось тем же.

Охранник подсказал дорогу к кабинету директора. Пока шли, Молчанова продолжала сходить с ума от волнения: как и вчера, когда позвонила Алена и сказала, что есть девочка, с которой можно познакомиться. Не могла уснуть ни на минуту: старательное воображение рисовало портрет маленькой дочки. Маша пыталась объяснить себе, что девочка может оказаться совсем другой, не обязана она походить на ее фантазии — тем более что фотография в базе данных была явно не первой свежести. Вместо пятилетней девочки на ней красовалась малышка лет трех. Но подсознанию это ничуть не мешало, оно трудилось из всех сил. Судя по сосредоточенному лицу Олега, он переживал ничуть не меньше.

— Как перед первым свиданием, — муж отер вспотевшую ладонь о брюки, — комок оголенных нервов.

— И я, — Маша поймала его руку: не ладонь, а только большой палец, и сжала в своем кулаке.

Он бросил на жену беспомощный взгляд — Маша не могла вспомнить, чтобы муж когда-нибудь так смотрел — выдохнул и распахнул перед женой дверь.

Маша узнала директора сразу. Она ее — нет. Мало ли людей ходит-бродит вокруг. У всех какие-то интересы. Гости застали руководителя врасплох: было ощущение, что она куда-то опаздывает. Олег протянул начальнице документ, та посмотрела на вписанное от руки имя: Степнова Анна Игоревна, 5 лет. Не упустила из внимания ни подписи, ни печатей, и только потом согласно кивнула.

— Да, младшая группа, — директор взглянула на дверь, — по общим правилам после знакомства у вас на размышление десять дней. Можете приходить, общаться. Но в строго определенное время.

— Спасибо! Нас предупредили.

— В принципе, вам бы с врачом сначала поговорить. Но ее сейчас нет.

— А когда будет? — Олег выглядел так, словно единственным его желанием было сбежать.

— Если хотите, пообщайтесь сначала с Аней, потом вернетесь сюда. Пока знакомитесь с девочкой, врач придет. Она все расскажет.

— Да, конечно! Спасибо большое!

Маша крепче сжала палец Олега, не давая ему возможности возразить.

— Тогда попрошу проводить вас, — директор вышла из кабинета вместе с посетителями и, оставив их на попечение провожатого, торопливо зацокала к выходу.

Они шли по узким коридорам, мимо приоткрытых дверей в группы. Маша старалась не заглядывать внутрь комнат, из которых доносился шум детской возни. Не звонкий, не радостный, а какой-то приглушенный, с оттенком обреченности. Она и сама не знала, додумывает эти неприятные чувства или восприятие работает само по себе, без влияния разума.

Их завели в обычную маленькую прихожую — низкие деревянные скамейки, разноцветные шкафчики с нарисованными на дверцах арбузами, яблоками, вишнями и прочими ягодами-фруктами.

— Обождите здесь.

Нянька даже не взглянула на них, торопливо ушла. Маша села на скамейку, усадила мужа — нехорошо, если Аня войдет и испугается их — таких непривычных, высоких. Особенно тревожно было за Олега: мало того, что он сам боялся и трясся как осиновый лист, так еще неизвестно, видела ли девочка в своей жизни мужчин. Может напугаться, расплакаться. В детских домах очень часто работают только женщины — их и в школе предупреждали, что папам нужно быть особенно осторожными.

Молчанова, не соображая, что делает, достала из пакета подарки: новые книги, игрушки, еще упакованную в полиэтилен мягкую куклу, гостинцы. Потом замялась, начала смущенно складывать все обратно. И тут Анечка вошла. Два беленьких хвостика, чуть раскосые синие глаза. Тонюсенькие ручки и ножки, торчащие из ситцевого платьица бледно-розового цвета.

Девочка стояла на пороге, нерешительно вглядываясь в лица незнакомых людей. Рядом с ней, не выпуская крошечной ладошки, замерла та самая няня.

— Ну что, подойдешь? — спросила она.

Анюта еще несколько секунд постояла на месте, потом, увидев в руках Маши «Киндер-сюрприз», который та не успела убрать в сумку, кивнула.

— Привет! — Молчанова сама испугалась своего хриплого голоса: будто молчала несколько дней подряд.

— Привет. — Аня не сводила взгляда с шоколадного яйца: на Машу она не смотрела. — Это мне?

— Да, конечно! И вот еще...

Она снова зашуршала пакетом, извлекая на свет божий куклу, сладости, книги. Даже если бы не было никакой учебы, подсознательно Маша и сама бы догадалась, что нельзя дотрагиваться до девочки, чтобы не спугнуть ее, нельзя пытаться нарушить личное пространство ребенка. Аня стояла на расстоянии двух вытянутых рук — так ей было комфортно. На Олега она пока не обращала внимания. Но не заплакала, не испугалась — уже хорошо!

— Тоже мне? — девочка бросила на куклу заинтересованный взгляд.

— Да. — Молчанова торопливо зашуршала упаковкой, освобождая игрушку. — Смотри — это кукла Маша. Она пришла к тебе в гости.

Кукла в руках Молчановой ожила и чуть приблизилась к своей новой хозяйке.

— Привет, — пропищала она тонюсеньким голоском, — я Маша. Хочу с тобой поиграть.

— Я Аня, — девочка осторожно улыбнулась. — А во что ты умеешь?

Молчанова чуть было не ляпнула «в дочки-матери», но вовремя остановилась. Она понятия не имела, что за плечами у этого ребенка. И нет ли в словах «дочка» и «мать» слишком горького смысла.

— Во что ты хочешь?

— В прогулку? — неуверенно предложила Аня.

— Давай!

Девочка протянула к кукле ладошку, взяла ее за вязаную ручку и поволокла за собой по полу к двери, воровато оглядываясь на женщину в белом халате. Ни Маши, ни Олега для нее как будто и не существовало.

— Степнова, ты куда?! — очнулась наконец нянька.

— Гулять...

— Вечером пойдем. Сейчас обед и тихий час.

Опустив голову и волоча куклу за собой, Аня поплелась обратно. Она даже не попыталась возразить — правила были частью ее существа. И хотя Маша видела огорчение на лице малышки, казалось, сама она не придает своему расстройству никакого значения. Так надо, и все. Никто и никогда не разрешал ей выражать собственные желания. Делать нужно было лишь то, что положено: вставать вместе со всеми, садиться на горшки всей группой, гулять по расписанию, есть и спать. Как же непохожа была эта маленькая страдалица на ее собственную Дашку в том же возрасте — заводную, неугомонную, втягивающую взрослых то в одну, то в другую игру по своему смотрению.

— Кукла Маша хочет тебе почитать. — Молчанова попыталась разрядить тягостную обстановку.

Она вытащила из пакета книжку. Раскрыла ее на первой странице и стала ждать. Аня осторожно подошла и снова встала на безопасном расстоянии.

Через несколько минут благодаря кукле лед между взрослым и ребенком начал таять. Молчанова видела, что теперь Аня с удовольствием слушает ее голос — она старалась ради девочки вовсю. Малышка подошла поближе. Маша взглянула на Олега: он, как и Аня, уже перестал дичиться и улыбался успехам жены.

— А вы чего хотите-то от Анютки? — вдруг разрушила идиллию няня.

— Удочерить. — Маша постаралась ответить так, чтобы не привлекать к разговору внимания девочки.

— Своих, что ли, нет?

— Есть. Дочка.

— Да?! А вам сказали, что к Степновой ходят уже давно? На выходные берут домой. Она под патронатом.

— Нет...

— Про гепатит тоже не знаете, что ли?

Маша помедлила мгновение.

— Не знаем. Но это не самая страшная болезнь, есть меры предосторожности в быту.

— Как сказать.

— И лечение...

— Ну, от гепатита «С», может, и избавитесь. А «Б» не лечится. И свой ребенок еще у вас. Заразите!

Маша прикусила язык. Она еще немного поиграла с Аней, пока нянька не сообщила, что пора на обед. Девчушка собрала в охапку книги, куклу и поплелась следом за няней. Молчанова понимала, что не пройдет и пяти минут, как о посетителях девочка забудет, а подарки станут достоянием детской общественности. Ей показалось, Аня не будет об этом переживать. Она жила в таком мире, где ничего своего ни у кого нет, и другого не знала.

В кабинете врача все окончательно прояснилось: оказывается, в их детском доме не было детей без диагноза «СПИД» или «гепатит», а то и обоих сразу. К Ане к тому же давно ходили, у ребенка в жизни были устойчивые отношения. Пожилая дальняя родственница. Хотя, конечно, никто не может Маше с Олегом помешать — разрешение на усыновление есть, а это приоритетная форма устройства ребенка в семью. «Думайте сами...»

Молчанова не стала выяснять, все ли сказанное врачом было правдой: что-то внутри ее сопротивлялось положительному решению. Не возникло между ней и этим ребенком никакого контакта...

И хотя как усыновители они с Олегом имели полное право на любые анализы, могли показать Аню каким угодно специалистам еще до принятия решения, заводить дело так далеко желания не было.

Девочку было невыносимо жаль. Ребенок перенес в жизни немало предательств — врач рассказала, что ее несколько раз бросала родная мать, прежде чем лишилась родительских прав, — но Маша не чувствовала в себе готовности продолжать встречи с Аней. Да, в жизни девочки станет на двух проходящих, ничего не значащих взрослых больше. И все же Молчанова была уверена, что не должна больше видеться с Аней Степновой. Этому не было объяснений. Как не бывает четких причин тому, отчего одни люди становятся близкими на всю жизнь, а другие просто проходят мимо. Она ничего не могла с этим поделать.

Глава 5

Тамара Михайловна вернулась из затяжного отпуска — Молчанова сразу ее заметила за открытой дверью кабинета. И погрустнела. Прекрасная Алена по-прежнему сидела за своим рабочим столом у окна, все так же улыбалась очередному посетителю — матери нужно было получить разрешение на то, чтобы поменять квартиру, в которой прописан несовершеннолетний ребенок, — только уже не имела к ним с Олегом никакого отношения.

— Здрасьте, — тучная сотрудница мельком взглянула на вошедших, — что там у вас?

— Здравствуйте, — Олег протянул специалисту подписанные бумаги, руки его дрожали, — к сожалению, отказ. Нам давали направление на Анну Степнову.

Тетка бросила на пару осуждающий взгляд и закатила глаза к потолку.

— Ходят, смотрят... — пробормотала она.

— Не все же так просто, — Олег без приглашения опустился на стул.

Маша видела, как тяжело он переживает ситуацию с Аней. Страдает и мучается больше ее самой. Вчера ночью они говорили и говорили: Олег до утра пытался убедить Машу в том, что зря они так быстро приняли отрицательное решение. Нужно было еще пообщаться с девочкой, походить к ней. В конце концов, провести обследование и сдать анализы. Болезнь у нее не самая страшная, можно лечить. Вон, у Федора, бывшего одноклассника, ребенок уже десять лет как с тем же диагнозом — умудрились заразить мальчика то ли в медучреждении, то ли в детском саду. Острую фазу вовремя сняли, теперь только наблюдается, ведет здоровый образ жизни и, конечно, предосторожности в быту. Намучился, бедняга, во время лечения, слов нет. Но, главное, сейчас все в порядке! Мальчик живет полноценной жизнью.

Молчанова слушала, кивала и украдкой смахивала со щек неугомонные слезы. Как было объяснить ему и себе, что болезнь девочки, конечно, имеет значение, но дело не в ней. Есть что-то другое, необъяснимое...

— Других детей у нас нет, — предваряя вопрос, сообщила Тамара Михайловна.

Краем глаза Маша заметила на столе сотрудницы неразобранную пачку бумаг — какие-то заполненные от руки бланки с прикрепленными к ним детскими фотографиями. Среди них были крошечные лица младенцев, по которым нельзя было определить ни точного возраста, ни пола.

— Здесь тоже детки, оставшиеся без попечения родителей? — Маша кивнула на стопку.

Тамара Михайловна торопливо прикрыла пачку бумаг толстой папкой «Дело», и детские лица скрылись от посторонних глаз.

— Здесь рабочие документы. К вам они отношения не имеют.

Сотрудница опеки бросила тревожный взгляд на свою соседку справа. Взволнованная происходящим, Маша только сейчас заметила, что возле огромного стола Тамары в ожидании, когда уйдут непрошеные посетители, сидит привлекательная женщина лет пятидесяти. Не сотрудница — Молчанова поняла это только сейчас, — на коленях женщина держала красивую ярко-красную сумку. Если верить глазам и изящным украшениям на тонкой коже, аксессуар был от Chanel. В тон сумочке оказалась помада, которая выделяла на бледном лице гостьи яркие губы. Женщина показалась Молчановой смутно знакомой. Но она никак не могла вспомнить, где именно видела эти светлые волосы, уложенные в аккуратную высокую прическу, эту горделивую осанку и главное — ярко-красный, кровавый рот.

— Но вы же... — начал было Олег.

— Давайте так, — Тамара Михайловна мысленно была занята чем-то другим, — я вам позвоню. Если появится подходящий вариант, сразу дам знать. А пока детей нет, — зачем-то повторила она и с трудом поднялась на ноги, давая понять, что времени на разговор у нее больше нет. Маше с Олегом не оставалось ничего другого — они встали, вежливо попрощались и поплелись к выходу из кабинета. За спиной тут же раздался возбужденный шепот. Сквозь собственные невеселые мысли Маша уловила едва слышные слова. «Нет, этот никакой. Не надо! А вот девочку давай. Их берут хорошо».

Голос тоже показался Молчановой знакомым. Он рождал смутные и неприятные воспоминания, но она никак не могла их уловить.

Пока они сидели в опеке, на улице внезапно пошел дождь. В одно мгновение небо затянуло серым полотном и на землю обрушились тонны воды. Сплошным потоком хлестал ливень по кронам деревьев, крышам машин, грохотал как сумасшедший, словно предвещая конец света. По асфальту, бурля и вскипая, катились волны. Только ступи, увязнешь по щиколотку. Маша опустила глаза на свои босоножки и осталась стоять под крышей, на крыльце.

— Подождем? — Олег пытался разглядеть за сплошной пеленой свою машину, припаркованную у другого конца дома.

— Ты торопишься?

— Нет.

— Я тоже. Давай постоим.

Они молча смотрели на буйство природы. Даже здесь, в городе, она умудрялась показать свой темперамент: качались провода, гремело железо, прятались люди. И зачем ей вдруг понадобилось заливать все вокруг? Очистить землю от скверны? Какая глупость иногда лезет в голову...

— Ух ты! — женский голос заставил Машу вздрогнуть и обернуться. — Надолго зарядил, интересно?

Женщина с красной сумкой прислонилась спиной к двери, из которой только что вышла, и достала из полиэтиленового пакета яркий зонт. Маша, как завороженная, смотрела в ее лицо.

— Вы на машине? — почему-то спросила она.

— Как назло, нет, — женщина с досадой посмотрела на небо, — до обеда отпустила водителя. Думала, лучше пройдусь пешком — тут все рядом.

— Мы бы подбросили. — Молчанова предложила это не думая, как любому другому человеку в такой ситуации, — да вот пока сами не решаемся доплыть до своего автомобиля.

— Ну, послушайте, — дама игриво посмотрела на Олега, — мы же с мужчиной. Нельзя ли попросить джентльмена добраться до машины и забрать нас у крыльца? А то я уже опаздываю. Вот, возьмите мой зонт.

Пораженный такой хваткой, а заодно простотой решения, Олег оторопело кивнул, словно женщина его загипнотизировала. Отказался от дамского зонта и, подняв воротник кожаной куртки, тут же шагнул под дождь. Ему и самому показалось странным, что он не додумался подогнать машину, заставил жену так долго ждать. Последние дни были слишком тяжелыми, и мысли все время бродили в параллельных мирах. Окружающая действительность казалась лишь декорацией к чему-то действительно важному.

Через минуту дамы уже сидели в сухом и чистом салоне, не успев поймать ни капли дождя. Только с волос Олега все еще скатывались на плечи тяжелые капли.

— Так вы ребенка ищете? — поинтересовалась попутчица, объяснив, куда ее подвезти.

— Да.

— В Москве это непросто.

— Нас уже предупредили.

— Хотя, конечно, детишки есть... Просто нужно знать, куда обращаться.

Маша в изумлении посмотрела на попутчицу.

— Разве не в опеку?

— Конечно. Но здесь уже только то, что осталось в базе. Много устаревших анкет — детей или давно пристроили, или к ним ходят в детский дом, собираются забрать. Но главное, многих распределяют еще до того, как сведения о них попадают в базу.

— Я вас не понимаю...

— А что тут понимать?! Представляете, какая это огромная неповоротливая махина. Я имею в виду на государственном уровне. Пока что-то там обновится, сведения появятся, обработаются. Но есть люди, профессионалы, которые работают оперативно. Мы помогаем и ребенку, и приемным родителям.

— А вы... — Маша запнулась, — вы тоже? Мы могли бы... Если вдруг у вас будут детки?

— Почему нет?

Молчанова увидела, как напряглись руки Олега, сжимавшие руль. Он молча прижался к обочине, — ехать и правда было недалеко — остановил машину.

— Нам бы сына маленького найти. — Он вдруг заговорил с необычным энтузиазмом.— Я о мальчике мечтаю. Поможете?

— Ничего себе, — пассажирка вдруг неожиданно рассмеялась, — я всегда верила в случай! Встречаешь людей и, оказывается, не просто так. У Бога уже был свой план на этот счет.

— Правда? У вас есть мальчик?

— Сейчас нет. Пару месяцев назад был чудесный новорожденный, представляете? Здоровенький, симпатичный. Но ничего не поделаешь, вы опоздали. Не беда, найдем другого.

— Это так сложно...

— Даже не сомневайтесь! До 28 дней отказник по процедуре не переводится в дом ребенка. В принципе до этого момента мы стараемся и в общую базу сведения не подавать. Понимаете?

— Не совсем...

— Ладно, не забивайте голову! Это мои проблемы.

— Но ведь нам еще направление потребуется.

— Если обо всем договоримся, вместе поедем к Томке, она оформит. Когда я берусь за дело, помогаю от начала и до конца.

— Вообще-то мы не думали... совсем маленького, — мысли Молчановой скакали, сердце бешено колотилось о ребра, — планировали кого-то постарше.

— Да что вы! — Женщина в ужасе замахала на нее руками. — Чем старше, тем хуже! Ребенок формируется до трех

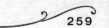

лет, а если в нездоровой среде, проблем не оберешься. Откуда вы знаете, что с ним в родной семье вытворяли?!

— В смысле...

— В прямом! Была у меня такая история: взяли порядочные люди пятилетнего ангелочка. А она, как увидит мужчину, тут же бежит к нему и пытается ширинку расстегнуть. Понятно, к чему ее в родной семье приучили. Стыд! Так и не смогли ничего сделать, вернули в детский дом.

Машин лоб покрылся испариной. Волна омерзения заставила содрогнуться. Ей вдруг стала противна эта ухоженная и дорого одетая женщина, которая считала себя вправе осуждать ни в чем не повинного ребенка — жертву извращенцев, место которых в тюрьме. Все в облике этой дамы, а заодно в ее горячем желании помочь, было подозрительным.

— Хорошо, — она холодно посмотрела на собеседницу, — и что от нас требуется?

— Ничего! Документы у вас уже есть. Если решитесь, передадите мне первую часть суммы, и можем начинать поиски.

— Много? Денег...

Молчанова наконец поняла, в чем дело, и удивилась собственной непроходимой глупости: должна была обо всем догадаться с первых же слов. Собеседница взяла небольшую паузу — не скрываясь, мысленно оценивала платежеспособность потенциальных клиентов: машину, одежду, часы. По выражению ее лица было видно, что она не слишком довольна результатом.

— Для вас недорого. За двадцать тысяч евро договоримся.

У Молчановой пересохло во рту. Одна пара из их группы в школе приемных родителей говорила, что уже столкнулась с таким предложением — здоровый младенец в Москве оценивался в стоимость новой иномарки. Маша сидела, распахнув глаза, как последняя дура, и не знала, как реагировать. За что и кому платить?! За то, чтобы вытащить ребенка из государственной системы, обеспечить маленькому человеку нормальную жизнь, нужно дать вот такую вот взятку?!

— Не знаю... Нам нужно подумать. — Она едва выдавила из себя эти слова.

— Конечно! Только не затягивайте. Куда вам звонить?

Маша достала из сумки визитку, нехотя протянула ее женщине. Та и не подумала в ответ оставить номер своего телефона.

— Простите, а как вас зовут? — только и спросила Молчанова.

— Алла. Я позвоню. Не тяните с решением!

— Нам нужно подумать, — повторила Молчанова как автомат.

Алла заглянула в лицо Маши и окончательно все поняла.

— Хорошо, — из ее голоса пропали и мягкость, и участие: в каждом звуке звенела сталь. — Спасибо, что подвезли. Удачи!

Она с достоинством вышла из машины — дождь стал слабее, да и до очередного государственного учреждения, в которое она опаздывала, оставалось всего несколько шагов — и, не оборачиваясь, с царственной осанкой подошла к тяжелым дверям. Сложно сказать, что в ее надменной походке показалось таким знакомым... Но Молчанова вспомнила. Пятнадцать лет назад. В роддоме, где родилась Дашка. Это была та самая Алла, которая приходила к ней, якобы заботилась, помогала, а хотела забрать ребенка...

Дыхание перехватило. Маша откинулась на спинку кресла, хватая ртом спертый воздух салона. Олег, увидев лицо жены, опустил с ее стороны стекло, схватил бледную ладонь, начал ее растирать.

— Твари, — процедил он сквозь зубы, — какие твари! Я сначала даже не понял. У тебя диктофона с собой не было?

Маша отрицательно мотнула головой.

— Судить таких надо! Сколько же дряни в этом мире развелось. Как они могут, на детях?!

— Олег, успокойся.

— Если еще раз когда-нибудь ее увижу...

— И что? — Она перевела на мужа обессиленный взгляд: — Она давным-давно в этом бизнесе. Связи в опеке, в роддоме, повсюду. Целая толпа людей этим кормится. Все схвачено.

— А дети?! Дети-то за что страдают?!

Маша закрыла глаза. Они с Олегом были одни. Кто позволит им перевернуть с головы на ноги этот мир? Кто даст разрушить прибыльную систему?

Глава 6

Снега навалило почти по пояс. Женщина несла к низенькому, с потрескавшимися стенами, учреждению сверток, перевязанный голубой лентой. Думала только о том, как бы попасть ногами в узкую, расчищенную лопатой тропинку и не упасть. Равновесие было не так-то просто сохранить — мало того, что ребенок на руках, так еще и на запястье болтается тяжеленный пластиковый пакет с детскими вещами. Взяла, конечно, не хотелось главного врача обижать. Но какой прок в этом личном имуществе? Все равно никто не будет следить за тем, чтобы на Аннушку надевали именно ее нарядные кофточки и ползунки — все пойдет в общий котел. Протрется, износится и ничем не будет отличаться от остальных казенных вещей.

Она потопталась на пороге, отряхнула налипший снег. Если дежурит Валентина Ивановна, ее лучше не дразнить: любит она носиться со своими полами. Моет до блеска, никто не спорит, но и чистоты требует от всех поголовно. Даже директор у ней, как маленький, на цыпочках ходит, боится наследить. Женщина улыбнулась, вспомнив, как смешно Валентина Ивановна отчитывает Ивана Семеновича. А он слушает, опустив голову. Не перечит.

Директор был на месте, ждал их.

— Проходите, милочка, — гостеприимно показал рукой на диван, — располагайтесь.

Женщина уложила Аннушку, сразу же начала разворачивать одеяло: в помещении щечки девочки сразу покрылись румянцем, было видно, как ей стало жарко.

— Вот, — она улыбнулась Ивану Семеновичу, — новенькую вам привезла.

— Что ж, — директор ласково взглянул на Аннушку, — хорошая девочка. Сколько нам?

— Позавчера исполнилось шесть месяцев.

— Родственники есть?

— Никто не объявлялся.

— А с матерью что?

— Умерла, — женщина опустила голову.

Аннушка во сне нахмурила брови и скривила губки, словно собиралась заплакать. Но ее провожатая быстро сообразила: прикоснулась к губам малышки соской. Аннушка послушно открыла ротик и стала, причмокивая, сосать пустышку. Привыкла к ней за три месяца в больнице.

— Как это случилось? — директор понизил голос, словно не хотел, чтобы девочка слышала их разговор.

— Муж. Ножом. Семьдесят два удара!

— Господи!

— Вот так. Раньше просто пили вместе, вроде никому не мешали, а потом началось: драка за дракой. Сначала Аннушка попала под горячую руку. Вовремя забрали ее у этих алкашей.

— Мать не при ней убили?

— Нет. Это уже потом. Вера покойная, мать Аннушки, продала свое наследство соседу — и дом, и землю. А мужу ничего не сказала.

— Как это так?

— Да кто же ее знает, в каком она была состоянии.

— Тогда можно было и оспорить. По закону...

— Не смешите, Иван Семенович. Кому охота связываться? На суде в два счета вынесли решение — «признать, освободить помещение». В тот же вечер муж эту Веру за то, что им жить больше негде, и прибил. Так что нет у Аннушки никого. Мать похоронили. Отец в тюрьме. Вернулся туда, откуда вышел.

— А братья, сестры?

— Есть, — лицо женщины просветлело, — помните троих мальчишечек? Хорошенькие такие. Ванечка, Коленька и Лаврушка. Их еще всех сразу Петр Егорович Верещагин усыновил.

— Помню, как же! Но в документах-то ваших «Мочалова». А у тех детей и их матери была другая фамилия.

— Правильно! Она уже потом за этого Василия Мочалова замуж вышла. На свою беду.

— Наверное, так было задумано. Уж мы-то с вами всякого насмотрелись...

— Все равно не могу привыкнуть. — Женщина тяжело вздохнула и машинально погладила Аннушку по крошечной ножке. — Каждый раз сердце кровью обливается.

— А может быть, Петр Егорович захочет и нашу Аннушку удочерить? — Иван Семенович даже подскочил на месте: так обрадовался счастливой мысли. — Он сыновей как родных полюбил! И девочке в семье, да со своими же братьями, будет в тысячу раз лучше.

— Мы с Верой Кузьминичной тоже сразу об этом подумали! Но вы представляете, уехали Верещагины. За границу, всей семьей. Работу Петру Егоровичу предложили.

— И что же, ни нового адреса, ни телефона?!

— Нет...

— Но ведь в опеке обязаны следить, — директор бросил на посетительницу укоризненный взгляд, — тем более за рубеж!

— Как сказать, — женщина потупилась, — у нас с другими формами устройства детей проблем хватает: опека, патронат, приемная семья. Вот там ходим, следим. А усыновители, простите, уравнены с родными родителями в правах. Тут уж государство влиять не может. Это их дети — куда считают нужным, туда и везут.

— Да ведь я чисто по-человечески, милочка! Не обижайтесь.

— По-человечески я с вами, Иван Семенович, полностью согласна! Петр Егорович даже сам попрощаться ле-

том к нам заходил. Конфеты принес в подарок, шампанское. Такой замечательный человек!

— И что же, не поинтересовались у него, куда едет?!

— Как на беду, наши все, старенькие, были в отпусках. Одна практикантка Леночка на приеме сидела. Он ей оставил и телефон, и адрес вместе с подарком.

— А она?!

— А она вино и конфеты сохранила, хотела приятное нам сделать. А записку куда-то дела.

— Вот надо же! Лучше б наоборот.

— Не говорите, — женщина махнула рукой, — но Леночка, когда поняла, в чем дело, так переживала, так расстраивалась, что на нее саму было больно смотреть. Теперь что поделаешь? Новых родителей будем искать.

— Вы же сами знаете, — Иван Семенович обреченно вздохнул, — у нас людям самим часто жить не на что. Какие приемные дети? Мало кто на такое решится.

— Но ведь есть же и богачи! Вон, вчера в газетах писали, этот, наш...

— Такие о чужих бедах думать не будут. — Иван Семенович перебил, не желая направлять разговор в неприятное русло. — Их другие вещи интересуют. Не будем об этом.

Аннушка проснулась, только когда ее начал осматривать врач. Испугалась, не поняла, где очутилась, и залилась горькими слезами. Кое-как ее успокоили: сам Иван Семенович добрых двадцать минут погремушками над девочкой бренчал. Потом ее умыли, подмыли, переодели и понесли. В младшей группе, куда малышку определили после оформления, по стеночке стояло штук двадцать деревянных кроваток. В каждой из них копошился ребенок. Аннушка удивленно замерла на руках врача: никогда

не видела так много детей сразу. В больнице в каждой палате было максимум по шесть человек, да и по возрасту ребята были разными. А тут как на подбор: все до года. Кто-то лежал безмолвно, уткнувшись лбом в решетку кровати, только изредка вздрагивая всем телом. Кто-то крутился с боку на бок, чтобы хоть чем-то себя занять. Кто-то плакал, безнадежно, протяжно. Кто-то стоял на четвереньках, раскачиваясь взад-вперед и подпевая себе «а-а-а-а», «а-а-а-а». И от этого заунывного пения становилось тоскливо и страшно.

Аннушку определили в свободную кроватку у окна. Рядом пустовала еще одна деревянная клетка. Все остальные места были заняты. По комнате, ворча себе под нос, ходила старая нянька. Она не успевала стаскивать со своих подопечных мокрые ползунки и надевать сухие штанишки. Стоило ей обойти всех по кругу, как оказывалось, что кто-то из группы успел уже снова напрудить. Распухшие от нагрузки ноги болели, думать старушка могла только об одном: как бы поскорее сесть и скинуть тапки, вытянуть натруженные ступни.

— Чего они ерунду всякую привозят? — снова забормотала старушка, дождавшись, когда врач положит Аннушку в кроватку и выйдет за дверь. — На кой черт полугодовалым карапузам книжки-тетрадки? Вчера вона от мэра-хера опять две коробки макулатуры приволокли. Помощь гуманитарная, чтоб им всем пусто было. Ты нам дай чего на пользу! Подгузников закупи. Пеленок одноразовых побольше.

Кто-то из детей громко вскрикнул: так, словно внезапно проснулся от привидевшегося кошмара.

— Вот именно! — пожилая женщина согласилась. — Дитя несмышленое и то понимает: так жить нельзя. А то в начале месяца по реестру пять пачек памперсов закупят на всю группу. Вроде как на месяц. Через неделю нету уже ничего. Как там начальство считает?! Мы эти подгузники как сокровища бережем. На ночь только надеваем. Днем вон с ползунками туда-сюда, как комбайн, без остановки. И на семь ночей только хватает. Это разве дело?!

Аннушка чувствовала, как ее крошечная голова взрывается от нарастающего вокруг шума. Дети плакали все громче, старушка, чтобы перекричать общий гвалт, тоже невольно повышала голос. Продолжала ругать начальство, власть и всех, кто устроил так, чтобы в стране было столько несчастных и брошенных детей. Спертый воздух, пропитавшийся парами детского пота и мочи, бурлил, давил на легкие. Спрятаться от него было негде — пустая кроватка, на дне клеенка, вот и все.

У няни закончились чистые ползунки. Она вздохнула с облегчением, собрала мокрые штанишки в охапку и понесла их вон. Теперь надо было ждать, когда появится из прачечной новая партия. А пока можно было передохнуть и исполнить мечту — сесть, наконец, в кухне, вытянуть ноги и выпить чаю. Не торопясь, слушая болтовню кухарок. Они там каким-то чудом все узнают первыми. Вот пусть и расскажут, откуда к ним новенькая прибыла.

После ухода няньки дети в группе словно взбесились. Все, как один, начали вдруг плакать, кричать. Аннушке не оставалось ничего другого, как присоединиться к общему хору: иначе нельзя было вынести этого ада. Сколько продолжался кошмар, она не знала — просто плакала навзрыд вместе со всеми.

А потом дверь в группу открылась, и на пороге возникли двое: молодая женщина с большой сумкой и та самая няня, которая меняла ползунки. Девушка тут же бросилась к одной из кроваток, вытащила из нее четырехмесячного мальчика и прижала к себе, стала целовать. Ребенок, мокрый с головы до ног, тут же оставил на платье матери темные следы. Дети притихли. Прижались лицами к решеткам — кто лежа на боку, кто привстав на колени — и стали ревниво наблюдать за разворачивавшейся на их глазах сценой.

— Маленький мой, — причитала молодая женщина, стягивая с малыша одежку, — описался.

— Да уж менять замучились, — пожаловалась нянька, — ты подгузники-то принесла?

— Принесла, тетя Люба. Как вы велели.

— Вот и надевай сразу. Хоть чистеньким полежит.

Девушка раскрыла сумку, не выпуская ребенка из рук, достала одежку, подгузник и стала возиться с сыном, беспрестанно воркуя над ним.

Аннушка напряглась в своей кроватке как струна. В интонациях женщины ей послышался голос собственной матери — такой ласковый, такой нежный. Она не могла понять, почему так долго они вдали друг от друга. Ее не пугали ни боль, ни побои — готова была все вынести, лишь бы оказаться на руках у мамы, как этот счастливый малыш.

— Ночью спал? Уже какал сегодня? — девушка сыпала вопросами.

Тетя Люба терпеливо ей отвечала. Чего не помнила, выдумывала на ходу, чтобы не расстраивать мамочку.

— Ты лучше скажи, что там с общежитием? Договорилась?

— Пока нет, — девушка расстроенно опустила голову, — говорят, с ребенком держать не станут. Нас в комнате и так пять человек.

— А квартиру снять нельзя?

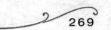

— Ну что вы! С моей зарплатой?! Надо хоть институт закончить, тогда повышение дадут.

— Долго тебе еще?

— Нет. Полтора года осталось.

— А Ванюшка как же?! — тетя Люба расстроилась. — Он за полтора года превратится здесь невесть во что. Сама будешь не рада.

— Вы думаете? — Девушка посмотрела на няню испуганными глазами.

— Не думаю я ничего, точно знаю! Тридцать лет уж работаю. Приходят детишки, глазки умненькие, живые. А через полгода глядишь — бревно бревном. Лежит, ни на кого не реагирует. Ты хоть и ходишь сюда каждый день по три раза, а толку мало. Ребенку дом нужен, семья.

— Где же ее взять, семью-то...

— Тоже мне беда. Молодая, красивая. Мужа ищи!

— Прямо так их и приготовили, этих мужей.

— Надо пытаться, — няня вздохнула, — под лежачий камень вода не течет. А родителей-то у тебя нет?

— Есть, но далеко.

— И что же?! — тетя Люба выкатила глаза. — Внука видеть не хотят?

— Они и не знают о нем, — девушка, переодев малыша, прижала его к себе и стала кормить, — я сказать побоялась. Отец убьет.

— Вот дура-то где! — старушка покачала головой. — Я думала, ты на всем белом свете одна. Потому тебя Иван Семенович и пожалел, разрешил оставить Ванюшку. Домой езжай, к маме с папой! Повинишься. Куда денутся? Примут!

— Но как же...

— Знать я ничего не желаю, — няня обиженно отвернулась, — а чтобы Ванюшки твоего к лету тут не было. К родителям вези. Заживет хоть как человек!

Аннушка обхватила перекладины своей кроватки обеими ручками, сжала кулачки так, что пальчики побелели и, не отрываясь, смотрела на счастливого младенца, который лежал у матери на руках и, бесстыдно причмокивая от удовольствия, сосал полную грудь. Она закрыла глаза и вспомнила запах своей мамы: сладкий, любимый. И оттого, что нельзя было сейчас его вдохнуть, нельзя было прикоснуться к родимой, стало так больно...

Как только мама Ванюшки ушла, нянька полезла в пакет, оставленный ею у сына под кроватью. Вытащила пачку подгузников, отсчитала восемь штук — на всех, кому по весу подходят — и стала переодевать детей.

— Бедненькие, — причитала старушка, застегивая на Аннушке памперс, — вот хоть и вам чуточку счастья перепало. Полежите, сердешные мои, немного сухими.

Глава 7

Уже несколько месяцев после записи программ, после каждого эфира Маша тут же бросалась к телефону — нет ли пропущенных вызовов? Нет. Ни Тамара Михайловна, ни даже Алла, сразу же профессиональным чутьем уловившая ее настрой, не звонили. Когда выдавались свободные от работы вечера, они с Олегом садились за компьютер и прочесывали все доступные базы данных о детях, оставшихся без родителей. Чтобы войти в систему, каждый раз приходилось заново ставить галочки напротив доступных параметров поиска. Цвет глаз — карий,

черный, серый, голубой или зеленый; цвет волос — черные, темные, светлые, рыжие, русые, светло-русые или темно-русые...

Система искала, выдавала скудные сведения: имя, месяц и год рождения, глаза, волосы, темперамент. Характер у всех малышей в базе был одинаковый — «спокойный». Фотографии нередко бывали размытыми, на многих изображениях младенцы спали. А некоторые детки лежали в боксах, обвитые капельницами и медицинскими трубками. Таких картин, ярких напоминаний о собственном малодушии, Молчанова боялась больше всего...

Наутро она набирала указанные под выбранными анкетами детей номера телефонов. Чаще всего включался факс или не брали трубку. Если под контактными данными было указано точное время, в которое нужно звонить — к примеру, третий понедельник месяца, после 15:00, — линия в этот период была беспросветно занята. А когда удавалось наконец услышать человеческий голос, нередко выяснялось, что этот ребенок давно устроен, и такие ответы Маша любила больше всего. Но чаще случались совсем другие разговоры. Убийственные, тяжелые. Несовместимые с жизнью болезни и недуги, на которые не было даже намека в анкетах детей, всплывали во всех подробностях.

От общедоступной базы не было толку. Молчанова начала пробиваться к региональному банку данных. Чтобы на месте получить консультацию специалиста, а не висеть часами и неделями на телефоне, нужно было заранее записаться на прием. За двадцать один день вежливый женский голос в трубке назначил время и посоветовал заранее, накануне визита, выбрать на сайте приглянувшиеся анкеты.

Они с Олегом топтались на пороге учреждения в ожидании, пока охранник найдет в списке их фамилии. Человек в форменной зимней куртке перелистывал свои бумаги по десятому разу: ни Молчановой, ни ее супруга в них не было.

— Не положено, — коротко резюмировал он, отодвигая Олега с Машей от входа.

Молчанова краем глаза заметила, как глаза мужа наливаются кровью. Она не слышала, что именно сказал охраннику Олег, но мальчишка побледнел, потом покраснел до кончиков ушей и безнадежно махнул рукой:

— Идите!

Но и у специалиста их ждал не лучший прием: куда испарилась Машина запись на этот конкретный день, здесь понятия не имели — на тот же час была назначена беседа с совершенно другим человеком.

— Все, что мы можем для вас сделать, это записать на другое время, — издевательски-вежливо сообщила молодая сотрудница с невыносимо писклявым голосом, — примерно через месяц.

— Но мы же сегодня приехали! — Молчанову трясло, она совала под нос девушке лист бумаги с аккуратной таблицей. — Муж взял отгул на работе. Я подобрала анкеты на сайте, как мне сказали. Вот список!

— Там информация быстро устаревает. Этих детей уже нет. А кто вам сказал, что нужно на сайт ориентироваться?!

— Ваша коллега! Вот по этому телефону.

— Вы ее имя-фамилию записали?

— Нет...

— Тогда не можем ничем помочь!

Весь следующий день Молчанова лежала в постели, чувствуя, что заболевает, и даже не делала попыток встать.

Она не хотела никуда ехать, не могла больше никому звонить. Смертельно устала. Стоило закрыть глаза, как ей начинали мерещиться ужасы, от которых кровь стыла в жилах: обвитые проводами и капельницами дети без рук и без ног неподвижно лежали, направив бессмысленные взгляды в никуда. Опухшие глаза, расплывшиеся переносицы, лица обезьянок, в которых не было и намека на осознанность... Как можно все это остановить?! Почему нет никакого вмешательства в жизни тех, кто закачивает себя спиртом, кокаином, опиатами, амфетаминами, еще бог знает какой дрянью и потом рожает детей?!

Дашка, вернувшись из школы и обеспокоившись непривычной тишиной в доме, заглянула в родительскую спальню.

— Мам, ты чего?

— Не знаю, — Маше было тяжело даже говорить, все тело, каждый сустав ломило, — кажется, я заболела.

— Давай чаю сделаю с медом. Или аспирина принести?

— Лучше чай...

— О'кей.

Обеспокоенная лисья мордашка ребенка скрылась за дверью. Маша только сейчас заметила, как обострились черты Дашкиного лица. Раньше ее девочка была такой женственной, мягкой, а сейчас походила на дикого зверька. Да и вела себя нередко точно так же. Перерастет ли? Справится ли с искушением свернуть не на ту дорогу? Права была профессорша — нужно собственного ребенка не упустить, сделать все возможное и даже больше, чтобы Даша выросла хорошим и счастливым человеком. Столько грязи вокруг, столько смертельных опасностей... Подросток, не имея житейского опыта, даже не в состоянии их правильно оценить. Всего-то один неверный шаг, и полетишь в пропасть. А назад пути нет. Но ведь не запрешь ребенка дома силой, не запретишь: все методы бесполезны, кроме одного — любой ценой научить человека самому разбираться в том, что есть белое, а что — черное.

Телефон вдруг вздрогнул и зазвонил. Маша нехотя потянулась к аппарату. На дисплее высвечивался незнакомый мобильный номер.

— Алло?

— Мария?

— Да!

— Это вас Алена беспокоит. Из опеки. Вы меня помните?

Маша мгновенно очнулась от дремы, позабыла о ноющей боли в теле и шустро села в кровати.

— Конечно!

— Вы еще не нашли ребенка?

— Нет! Я почти всю базу по Москве изучила.

— Понимаю. Поэтому и звоню. У меня тут несколько родителей удачно побывали в других городах. Вам удобно сейчас записать?

Маша пошарила глазами по прикроватной тумбочке в поисках блокнота и ручки. Как назло орудия труда, без которых она даже спать не ложилась, куда-то исчезли.

— Подождите минутку! — вскочила с кровати и прошлепала к письменному столу: — Теперь могу.

— Смотрите, — Алена зашуршала на том конце линии бумагами, — совершенно точно есть детки в домах ребенка в Ростове-на-Дону. Пишите телефон местной опеки.

— Записала!

— Еще можно смело ехать в Смоленскую область. Там в городе Ярцево замечательная опека. Встречают как родных. Пишете номер?

— Да-да, диктуйте!

— В Марий Эл мало усыновителей, а детки есть. Но лучше сначала позвонить, — Маша едва успевала за Аленой: названия городов, поселков и телефонные номера покрывали уже всю страницу, — если есть возможность, не затягивайте. Как бы не пришлось медицинские документы еще раз собирать. Все-таки уже столько времени прошло.

— Алена, — Маша почувствовала на глазах слезы благодарности, — спасибо вам! Вы не представляете...

Она запнулась, не смогла договорить.

— Ну что вы, — даже по голосу было слышно, что женщина смущена, — это моя работа. Я вам от всего сердца желаю найти своего малыша!

Болезнь Молчановой как рукой сняло. Дашка, вернувшись в спальню с кружкой горячего чая с медом и лимоном, застала мать выплясывающей посреди комнаты счастливый танец: прижав к груди блокнот, бывшая актриса выделывала невероятные балетные «па», запрокинув к потолку сияющее лицо.

— Ничего себе! — Дашка рассмеялась. — Ты что, уже выздоровела?

— Ой!

Маша замерла. Потом вытащила из рук дочери горячую кружку, поставила ее на стол и принялась обнимать ребенка, покачиваясь с Дашей из стороны в сторону, словно танцуя.

— Поедешь с нами?

— Куда?!

— За братиком. Или сестричкой.

— А школа?.. — осторожно поинтересовалась дочка, хитро сощурив один глаз.

— Записку напишу, — Молчанова удивленно посмотрела на дочь, — за один день ничего страшного не случится.

— Вы бы съездили для начала «на разведку». А я уже потом, ближе к делу. У нас целых три контроши на этой неделе. Все-таки конец четверти.

Маша с уважением взглянула на собственного ребенка. Надо же, всего несколько месяцев назад дочь и слышать ничего не хотела об учебе. А теперь переживает за итоги четверти. Неужели не прошли даром душеспасительные беседы? А она-то думала, что не доживет до такого счастья.

— Хорошо. Тогда с папой договорюсь, съездим пока вдвоем.

— Я дома одна останусь? — В глубине карих глаз промелькнул бесовской огонек.

Погруженная в свои мысли, Маша не заметила опасного свечения.

— Мечтать не вредно! — Она потрепала дочь по колким волосам. — Бабушку к тебе вызовем. Ты же у нас как младенец: ни на минуту оставить нельзя.

— Ой, да ладно! Зачем еще бабушку? Я и сама...

— Не сомневаюсь. — Мать тяжело вздохнула и сильнее прижала Дашку к себе. — Категорически нет!

— Я тоже тебя люблю.

Она не поняла, сказала это Дашка всерьез или ерничала в своей обычной манере. Впрочем, какая разница? Бальзамом на душу лились эти слова. Ласковые. Врачующие. Казалось, уже давным-давно Молчанова не испытывала такого острого желания жить.

А ночью как назло началась пурга. Дорогу сквозь мелкую белую крупу едва можно было различить. Олег ехал на черепашьей скорости в правом ряду, Маша таращила глаза в занесенную снегом тьму и старалась говорить не умолкая. Боялась, как бы водитель не задремал за рулем. Но и сквозь собственную болтовню Молчанова слышала, как скрипят под колесами, ломаясь и треща, миллиарды снежинок.

Дорога, казалось, тянулась вечно. Только к полудню, измученные и голодные, они прибыли на место. Небольшой городок с ухабистыми, занесенными снегом дорогами, — столица области, — казалось, все еще спал. Редкий прохожий торопливо пробегал по улице, пряча лицо в поднятом воротнике, и снова становилось пусто.

— Здесь хоть где-нибудь кормят? — мужчина окинул безликие серые дома тоскливым взглядом.

— Давай поищем.

Кафе оказалось на удивление приятным: чисто, тепло, вкусно. Цены и вовсе были далекими от реальности — словно они не от Москвы отъехали на четыреста километров, а улетели на другую планету.

— Думаешь, нам здесь повезет?

— Я уверена! С первого раза дозвонилась до них. Сказала, что от Алены, и сразу предложили приехать, познакомиться с близнецами. Мальчик и девочка.

— Куда нам сразу двоих? — Олег притворно-тяжело вздохнул.

— А что же делать? Сестру с братом разлучать нельзя. — Молчанова улыбнулась: недовольство Олега было напускным, она видела, с каким нетерпением он ждет этой встречи. Ради мальчика готов был на все, что угодно.

Бумажные вопросы решились в считаные минуты: две юные сотрудницы местного органа опеки проверили документы кандидатов в усыновители, выдали направление и пожелали удачи. Одна из девушек, пепельная блондинка с красивыми томными глазами, даже вышла из ветхого здания, в котором расположилось скромное учреждение с громким названием «центр усыновления», чтобы показать московским гостям дорогу.

Вся поездка в дом ребенка заняла пятнадцать минут. Их даже на порог не пустили: выяснилось, что близнецы уже ждут усыновления, к ним приходят приемные родители и совсем скоро они заберут сестренку с братишкой домой.

— И как же вышла такая накладка?! — от неожиданного поворота событий Молчанова растерялась.

— Откуда нам знать? Спросите в опеке, они там чего-то напутали.

Пепельная блондинка так долго извинялась, взгляд у нее был такой несчастный и виноватый, что не было ни сил, ни желания сердиться на нее. Супругов напоили чаем с конфетами из личных запасов, пообещали звонить, как только появится ребенок со статусом «на усыновление», и проводили до порога.

— Маруся, — Олег нехотя забрался на водительское сиденье: предстояло не меньше шести часов новой пытки за рулем, — объясни мне хоть что-нибудь. Я ничего не понимаю...

— Что тут непонятного? — Молчанова от расстройства не могла говорить, сипела. — Детям уже нашли родителей. Это прекрасно. Главное, чтобы у них была семья.

— Ты мне другое объясни! — Он с тоской смотрел на девственно-белую дорогу. — Что это за происки? В России сотни тысяч сирот: бери, усыновляй! Но ведь не доберешься! Одних еще не оформили, а без документов нельзя. К другим ходят раз в месяц какие-то родственники, седьмая вода на киселе, которые забрать не могут и разлучать с ними никак. Третьи то ли затерялись в этих бюрократических джунглях, то ли заперты как в тюрьме. Мы с тобой хотим чего-то плохого, незаконного?

— Нет.

— Так почему нас гоняют с места на место? Не осталось у меня никакого ресурса: ни физического, ни душевного.

— Олег, прости меня...

— Ты-то при чем?

Обратный путь дался тяжело. Разговаривать было не о чем. Музыка раздражала. Маша настроилась на волну своей радиостанции и прикрыла глаза, слушая родные голоса. Как же она завидовала тем, кто мог, вставая утром с постели, думать о работе; тем, кто, засыпая, хотя бы примерно знал, что принесет завтрашний день.

Около дома, перегородив подъезд к крыльцу, стояла «Скорая помощь». Сердце Молчановой похолодело. Она выскочила из машины и, путаясь в длинных полах пальто, вбежала в дом. Первая и единственная мысль была о Дашке — пока они искали незнакомого ребенка, которому нужна помощь, ее собственная дочь угодила в беду!

Врач с медсестрой стояли, склонившись над диваном. На нем, похожая на тюленя в своем сером шелковом халате, лежала Машина мама.

— Вырастили, — со слезами на глазах прошептала старушка, — как я ее удержу?! Ушла. До сих пор нет...

Маша сползла по стене, села на корточки и, закрыв ладонями лицо, завыла как волчица.

Глава 8

Аннушка в доме ребенка первое время плакала много и часто. Лежала потихоньку — все равно занять себя было нечем — и выла, глядя в потолок. Время от времени ее еле слышный плач превращался в неистовый крик — всем коллективом сразу начинали голосить. Даже самые опытные няньки-воспитатели в такие моменты не выдерживали: старались быстрее куда-нибудь уйти и плотно закрывали за собой дверь. Женщины, которые выполняли свою работу на совесть и душой болели за детей, возвращались быстро. Снова начинали возиться с подопечными: переодевали, кормили, давали игрушки. А вот тех, кто оказался в доме ребенка случайно — волей несчастливой судьбы, — ждать детям приходилось долго. И делали они все с раздражением, через силу. Так, словно это сироты были виноваты во всех их невзгодах.

Маленькая Аня быстро научилась отличать одних от других. Когда дежурила тетя Люба и Валентина Ивановна, уборщица, можно было себе кое-что и позволить: громче обычного всплакнуть, потребовать внимания. Никто не наказывал, наоборот, подходили, жалели. Эти морщинистые, сгорбленные, чем-то похожие друг на друга старушки, хоть и ворчали без перерыва, но за детками смотрели хорошо. И комнату в чистоте содержали, и ребятишек мыли-подмывали-переодевали беспрестанно. Не то что черноволосая костлявая нянька, которая приходила сменить тетю Любу. Эту сорокалетнюю женщину, недовольную собственной женской судьбой и неискоренимой бедностью, все вокруг раздражало. На детей она орала без перерыва, пока никто этого не видел и не слышал, била их мокрыми ползунками по лицу, чтобы неповадно было мочить одежку. Но хуже всего приходилось тем, кто имел неосторожность в ее смену испачкать штаны. Хотя, чего уж там говорить, за исключением семимесячной Лизы и трехмесячного Павлика, которые страдали жуткими запорами и могли по трое суток держать все в себе, пока не придет медсестра и не сделает клизму, доставалось всем без исключения. Нянька, уловив неприятный запах, не спешила подмывать попу и менять ползунки. Ей хотелось, чтобы кожа проштрафившегося покрылась красными пятнами, начала саднить. Только когда боль становилась невыносимый и несчастный начинал орать как резаный, она несла его под кран. Совала под воду, даже не потрогав ее рукой — холодная или горячая. Даже, наоборот, специально крутила только один вентиль: красный или синий. Такой способ наказания за проступок, казалось, доставлял ей особое удовольствие. Из-за нее в группе все дети боялись мыться. Никто не знал, что получится в следующий раз: ожог от кипятка или онемение кожи от ледяной струи.

Только когда к малышам заглядывала врач или — того лучше — сам Иван Семенович, черноволосая становилась добренькой, прекращала свои изуверства. Начинала суетиться вокруг кроваток, называла детей ласковыми именами. Но чем дольше за ней наблюдали, тем страшнее она после мстила своим подопечным.

На ночь, когда никого из начальства поблизости не было, заматывала всех без исключения в пеленки, чтобы не шевелились и вели себя тихо. Неважно, три месяца малышу или десять. Дети постарше яростно сопротивлялись, не хотели быть скованными по рукам и ногам. Но нянька и тут находила выход — поверх пеленок обматывала малышей веревками, чтобы не раскрутились. А те непокорные, которые умудрялись выбраться и из этого кокона, сильно об этом жалели: их оставляли до утра голыми лежать на клеенке. Мало того. Чтобы не возились и не мешали спать другим, за щиколотки и запястья нянька приматывала бунтовщиков к перекладинам кроватки.

Поначалу и Аннушка боролась за свою свободу. Ручки, прижатые к телу пеленкой, быстро немели и начинали болеть. Хотелось любой ценой вытащить их наружу. Но после того как нянька несколько раз ловила ее за этим занятием и на всю ночь оставляла мерзнуть распятой в неестественной позе, девочка смирилась. Научилась не обращать внимания на болезненные ощущения: человек рано или поздно ко всему привыкает.

За три месяца в доме ребенка Аннушка стала другой. К девяти месяцам ее взгляд потускнел и теперь был направлен не на внешний мир, а словно внутрь себя. Она потеряла всякий интерес к окружающим людям, к происходящему вокруг. Лишь изредка ее внимание привлекали незнакомые лица — она скользила по ним взглядом и, быстро оценив безразличие пришедших, теряла к взрослым людям всякий интерес. Если в больнице она еще улыбалась взрослым в ответ на их ласки и добрые речи, если хотела понравиться, ждала, что ее возьмут на ручки, то в доме ребенка у нее не осталось ни надежд, ни желаний. Она больше не верила ни единому человеку. Только знала, что никому не нужна. Когда чувство пустоты становилось невыносимым, Аннушка принималась убаюкивать и утешать сама себя — вставала на четвереньки и качалась взад-вперед, напевая протяжно и тоскливо «а-а-а-а-а», «а-а-а-а-а».

Особенно тяжело стало после того, как забрали домой Ванюшку. Как обычно, утром пришла его мама, только не торопливая и издерганная, как обычно, перед работой, а веселая, легкая. Собрала сыночка, одела его во все новое, долго обнималась с тетей Любой и Валентиной Ивановной, оставила детям в подарок целых три пачки подгузников — невиданная роскошь. Няня с уборщицей всплакнули на радостях, что бабушка с дедушкой приняли Ванюшку. Оказывается, только одну фотографию его увидели, и сразу влюбились. Велели дочке срочно везти внука домой. Сама пусть закончит учебу, разберется с жильем, а потом заберет своего сыночка. Пока они его сами воспитывать будут.

Аннушка, глядя на сцену прощания, ревела навзрыд. Она больше не помнила мамин запах, не могла восстановить в воображении тех сладостных ощущений, которые испытывала у нее на руках, только чувство невосполнимой и тяжкой утраты разрывало ее изнутри. В отличие от Ванюшки, который по три раза в день видел маму, а теперь и вовсе собирался с ней вместе уйти, ей надеяться было не на что. Напуганные ее громким воем, все дети в группе присоединились к общему плачу. Даже Ванюшка — счастливый дуралей — скорчил скорбную мину, словно собирался зареветь. Конечно, ему этого не дали: мама схватила его в охапку и, нежно покачивая, вынесла вон. Навсегда.

Мальчик в соседней с Аннушкиной кроватке появился внезапно. Измученная одиночеством и тоской, она провалилась посреди дня в тревожный сон. А когда очнулась, рядом с ней сидел светловолосый вихрастый пацан с хитрой и настороженной мордашкой. Новенькие обычно подолгу плакали навзрыд, заставляя присоединиться к их реву целый хор голосов. Но не этот мальчишка. Он придвинулся к самому краю кроватки и, игнорируя всех остальных, не отрываясь смотрел на Аннушку. Потом вдруг ухватился за две перекладины и резво поднялся на ножки. Девочка продолжала лежать. В свои девять месяцев она даже и не пыталась вставать — сломанная когда-то ножка начинала неприятно ныть, стоило только опереться на нее. Девочка могла переворачиваться с боку на бок, умела подниматься на четвереньки, сидеть. Но ни ползать, ни стоять Аннушка не умела.

Убедившись, что соседка не думает следовать его примеру, мальчик опустился на колени и просунул тоненькую ручку сквозь перекладины кроватки, пытаясь дотянуться до Аннушки. Не понимая, зачем он это делает, девочка скопировала его движение как обезьянка — перевернулась на бочок и тоже высунула ручку из своей клетки. Они оба старались, тянулись изо всех сил, и скоро их пальчики встретились. Мальчик пожал мягкую ладошку и улыбнулся. Анюта, почувствовав теплое и ласковое прикосновение, неожиданно для себя самой улыбнулась в ответ. А мальчик вдруг резко и коротко засмеялся от радости.

Удивленная Валентина Ивановна, которая домывала в группе пол, подняла голову, обернулась на непривычный звук и замерла, словно боялась спугнуть сказочное видение. Услышав за спиной знакомое шарканье, женщина подняла свободную от швабры руку и зашипела.

— Ш-ш-ш, Люба, замри! Ты погляди-ка, что делается!

Няня проследила за взглядом подруги и всплеснула руками.

— Батюшки! Жених и невеста!

— Новенький-то не промах, — Валентина Ивановна улыбнулась, — вот помяни мое слово, такой здесь не задержится. Заберут.

— Дай-то Бог! Только зря маются у нас, сердешные. Мученики без вины. Хоть одним пусть меньше станет.

— Где бы только взять этих усыновителей-то? С нашей жизнью. Своих детей нечем кормить.

— Не говори!

Они разошлись каждая по своим делам. А к вечеру, когда за окном уже стемнело и начальство отправилось по домам, тетя Люба осторожно придвинула друг к другу две кроватки — Аннушкину и Андрюшину.

— Чего тянуться-то, — пробормотала она ласково, — вот, так друг за дружку и держитесь. Вместе оно в жизни всегда веселей. Надежней.

Поначалу Андрюшка действительно принял одну только Аннушку. И правда держался за нее так, словно она могла ему чем-то помочь. А от взрослых шарахался как от огня: забивался в угол, втягивал голову в плечи и истошно кричал. Только постепенно, внимательно наблюдая за своей соседкой, он начал относиться к разным людям по-разному. Подпускал к себе тетю Любу, Валентину Ивановну, а на остальных смотрел настороженно, исподлобья. Долго-долго не желал расставаться с внутренним напряжением и испуганным выражением лица.

Зато Аннушку с появлением Андрюшки как подменили. Она больше не лежала целыми днями как бревно, забившись в угол кроватки, а старалась угнаться за своим новым другом. Он был старше ее всего-то на две недели, но умел намного больше. Домашняя жизнь, хоть и была тяжелой, сделала свое дело. Андрюшка резво вскакивал на ножки, ходил по своему загону, крепко держась за перекладины, ползал с невероятной скоростью туда-сюда. Тетя Люба, видя, как сложно усидеть активному мальчишке в узкой клетке кровати, позволяла ему порезвиться на полу — вытаскивала и отпускала. А Аннушка тем временем копировала движения соседа, пыталась не отставать. Стоя на четвереньках в кроватке, она поначалу никак не могла сообразить, в каком порядке нужно переставлять ручки-ножки, чтобы наконец сдвинуться с места. Да и сломанная ножка, хоть и срослась, как говорили врачи, без последствий, давала о себе знать. Но мальчик, словно специально, ползал перед подружкой взад-вперед, пока и она не научилась, превозмогая боль, передвигаться на четырех конечностях.

Месяц спустя они уже вдвоем носились по полу как два закадычных друга. Тетя Люба, которая ласково называла Андрюшку с Аннушкой «бандой», многое им позволяла. Они с Валей любили вечером посидеть в младшей группе, поговорить о том о сем, наблюдая за неугомонной парочкой.

— Знаешь что, — Валентина Ивановна подняла на руки Аннушку, которая подползла к ее подолу и теперь настырно пыталась встать на ножки, цепляясь за юбку уборщицы, — наверное, я все-таки Вере Кузьминичне позвоню. Не чужие все-таки люди.

— Это что за Кузьминична? — поинтересовалась тетя Люба, подхватывая прижавшегося к ее колену Андрюшку. — Из опеки?

— Она самая. Мы же родственники, хоть и седьмая вода на киселе.

— Да? А я и не знала.

— У нас в городе все друг другу родня, если покопаться. Но не в этом дело. Смотрю я, как эти двое тянутся к свободе, и думаю — нельзя сложа руки сидеть. Сама знаешь, что с ними через год такой жизни будет.

— Твоя правда, Валя.

— Вот я и похлопочу.

Раздолье, которое устраивали Аннушке и Андрюшке тетя Люба с Валентиной Ивановной, обрывалось с выходом в смену чернобровой няньки, которую коллеги за глаза звали «цыганкой». Поначалу, чувствуя над детьми бесконтрольную власть, она в обычной своей манере повела себя и с Андрюшкой. Но тот не стал безропотно дожидаться побоев и тычков — научен был горьким опытом. Стоило няньке появиться на пороге, как он устраивал грандиозный скандал: начинал реветь как паровоз, брыкаться так, что не подойти. Ни за что не позволял к себе прикоснуться. Орал истошно, пока из соседней группы не прибегала другая нянька. Только ей и давал себя переодеть.

Но беда все-таки стряслась. Когда Андрюшка не вовремя испачкал штаны во время дежурства «цыганки», то сам начал вылезать из грязных ползунков. Долго болтал шустрыми ножками, стащил с себя противную одежку. Заодно умудрился перепачкать все вокруг — и клеенку, и кроватку, и самого себя. Не желая лежать в грязи, поднялся на ножки и снова стал кричать что есть сил. Аннушка тоже пришла на помощь. Скоро уже весь коллектив истошно вопил, стараясь привлечь внимание взрослых.

Нянька явилась не скоро, с перекошенным от злости лицом. Заглянула в кроватку к смутьяну и схватила Андрюшку за плечико — встряхнула так, что у него искры посыпались из глаз. Он сделал это подсознательно, не специально, защищаясь, как раньше от побоев приемной матери, чем-то неуловимо похожей на няньку-«цыганку» — впился в костлявую руку всеми четырьмя зубами. Женщина, не ожидавшая такого подвоха, взревела. На ребенка обрушился град ударов и матерной брани.

В этот момент дверь в младшую группу отворилась, и на пороге возник Иван Семенович.

— Что здесь происходит?!

Ноги няньки подкосились от страха — отпираться было бессмысленно. Она поняла, что директор слышал и видел все.

— Этот паршивец меня укусил!

— И правильно сделал. А я-то, наивный болван, не желал верить в то, что про вас говорят. Думал, болтают.

— Я никого, никогда...

— Разумеется! Немедленно идите за мной.

Нянька выпустила Андрюшку из своих цепких лап, которые оставили на коже ребенка синяки. Мальчик тут же воспользовался свободой — отполз на противоположный конец кроватки и, тихонько всхлипывая, сел в уголке.

— И кто у вас тут работать будет, если меня уволите?! — Женщина повернулась к Ивану Семеновичу, лицо ее перекосилось от злости. — За три копейки дерьмо разгребать и вой этих дебилов слушать? Я-то уволюсь, проживу как-нибудь без сиротских харчей. А вы пойдите, поищите другую дуру, которая будет возиться с вашими недоносками!

Директор побледнел.

— Вон отсюда! — прохрипел он, придерживая рукой бешено застучавшее сердце: — Вы у меня так просто не уволитесь! Вышвырну по статье!

Дети смотрели на взрослых широко распахнутыми глазами. Они не понимали слов, не улавливали их смысла, зато четко слышали все эмоции, звучавшие в интонациях, и безошибочно читали выражения лиц. В каждом маленьком сердце после пережитых боли и ужаса появилось чувство победы.

Андрюшка, забыв о недавних ударах и синяках, сложил вместе маленькие ладошки и, не отрываясь глядя на Ивана Семеновича, разъединил их. Потом снова сложил вместе. И еще. Он хлопал так тихо и неумело, что звука почти не было слышно. Но директор все понял.

— Ишь ты какой, — мужчина с улыбкой скинул пиджак, повесил его на спинку стула и, засучив рукава, подошел к виновнику переполоха. — Пойдем-ка, помоемся. И няню позовем, чтобы прибралась у тебя в кроватке. Да? А то как же это можно, в такой грязи...

Глава 9

Из-за помех на линии почти ничего не было слышно. Маша выхватывала лишь отдельные слова: «мальчик», «вернули». Она накинула на плечи куртку и побежала вверх по лестнице — в подвале студии ее телефон работал из рук вон плохо.

— Простите, — прокричала она, — ужасная связь! Я не расслышала, повторите, пожалуйста!

— Вы ведь Мария Молчанова, правильно?

— Да.

— Меня зовут Вера Кузьминична. Мне Алена Викторовна из Москвы прислала копии ваших документов. Позвонила, сказала, что люди хорошие, ищут мальчика.

— Я вас слушаю!

— У нас есть ребенок. Поступил из приемной семьи, сейчас десять месяцев малышу. Можете приехать?

— Куда?!

Вера Кузьминична назвала город, Маша присвистнула. Приехать вряд ли — скорее уж прилететь.

— А когда?

— Да чем скорее, тем лучше! Успеете до вечера дать ответ?

Маша согласилась и нажала «отбой».

Отключившись, Молчанова почувствовала, что у нее кружится голова. Безумные эмоциональные качели измучили ее, и вот теперь она не знала, как поступить. Только вчера вечером они с мужем серьезно поговорили. Последний месяц Маша все больше склонялась к мысли о том, что пора расстаться с этой затеей: они с Олегом объездили немало поселков и городов. И практически всюду слышали заученные и абсурдные слова: «детей у нас нет». До сих пор она не могла понять, что все это значит. И разобраться не было никакого шанса — трубки бросали, двери захлопывали, объяснять не желали.

Зато теперь у Олега вдруг появился необъяснимый азарт: он и не думал сдаваться. Они словно поменялись с мужем ролями. Маша старалась убедить его в том, что нужно смириться и не настаивать — значит, это не их путь. А он, наоборот, говорил, что возврата назад нет, нужно идти до конца. И вчера после ужина они долго еще сидели за столом, ждали Дашку и спорили.

— Человек должен что-то сделать в своей жизни, — Олег смотрел жене в глаза. — Дом мы с тобой построили, ребенка родили, в профессии состоялись. Что дальше? Не могу я спокойно спать, зная, что где-то мучается мой ненайденный сын.

— Но ты же сам видишь, ничего не получается!

— Значит, просто время наше еще не пришло, Маруся. Наверное, не появился пока тот самый малыш, — он взял в свои руки ее ладонь, — но сдаваться нельзя. Начнешь отступать, подчиняться обстоятельствам, и, считай, все пропало. Конец мечтам.

— Но что мы с тобой можем сделать? Все так запутано.

— Искать. Ты как хочешь, а я не остановлюсь. Это моя гражданская позиция — нужно делать, что должно...

Еще с минуту она стояла на улице и крутила в окоченевших пальцах ледяной телефон. Когда же закончатся эти холода? На дворе конец марта, а снег и не думает таять.

Маша больше не понимала, что должно. Никаких мыслей. Она слишком устала от бесплодных попыток: самым простым было взять и обо всем забыть. Или хотя бы переложить ответственность на плечи Олега: пусть мужчина решает. Так она и сделала, взяла и написала мужу эсэмэс — «есть мальчик, 10 месяцев, если мы согласны, нужно лететь...». Прошло всего пятнадцать минут, — она успела только спуститься в буфет, заказать себе кофе — а он уже прислал ей в ответ маршрут-квитанцию. Три пассажира на утренний рейс: он, она и Дашка. Губы Молчановой расплылись в счастливой улыбке. Как же она любила в нем эту драгоценную способность самые важные решения брать на себя. Ей осталось только позвонить Вере Кузьминичне, предупредить, что завтра к полудню они будут на месте.

А ночь все перевернула с ног на голову. Маша окончательно и бесповоротно убедилась — она не хочет больше детей. Никогда в жизни! Ее единственным желанием было сделать так, чтобы и Дашка куда-нибудь исчезла — отправилась в надежное и безопасное место без права общения с внешним миром до тех пор, пока ей не исполнится хотя бы восемнадцати лет. И тогда пусть живет отдельно, без родителей, поступает как хочет.

Днем Молчанова позвонила дочери, предупредила, что рано утром — вставать нужно в пять утра — они летят знакомиться с будущим братиком. Дашка сделала вид, что все поняла, и после этого пропала. Телефон не брала, на эсэмэс не отвечала. Явилась к полуночи с запахам табака на одежде и в волосах, с глупым, надменно-высокомерным выражением лица. Словно она совершила какой-то подвиг во имя свободы человечества.

— Где ты была? — Маша изо всех сил пыталась подавить заклокотавшую в ней ярость.

— Какая тебе разница?

— Ты не понимаешь?! Элементарно не догадываешься, что мы с отцом сходим с ума от страха за твою жизнь?!

— Со мной все норм.

— Откуда нам знать?! Ты не отвечаешь на звонки! Мы уже миллион раз это обсуждали!

— Вот и хватит париться. Вы меня достали своей опекой.

Дашка попыталась пройти мимо матери, но тут Маша уловила слабый запах спиртного.

Молчанова знала, что всю жизнь будет себя за это корить, что так поступать нельзя, но в тот момент будущее больше не имело значения. Его попросту не было, потому что настоящее, несмотря на адовы усилия, разваливалось на части в ее руках. Она почувствовала, что теряет единственного ребенка.

Все в один миг откатилось назад, к нулевой точке. Олег не успел ничего сделать, он даже не понял, как это произошло. Обезумевшая, Молчанова кинулась к Дашке, схватила ее за ворот толстовки и стала трясти. В тот миг она хотела лишь одного — придушить неразумное существо, которое сама же породила на свет. Ей было невыносимо больно оттого, что она осквернила мир пришествием этого монстра, который не в состоянии сам научиться жить, зато истязает и мучает других. Злость бурлила и клокотала, заполняя до краев каждый ее сосуд, не оставила в ней ни жалости, ни здравого смысла. Конечно, она знала, что виновата во всем сама, что это ее оплошность — не так зачала, не так выносила, не так родила и воспитала, но от этого ярость, помноженная на ненависть к себе, становилась только страшнее.

— Ты меня задушишь, — прохрипела Дашка, глаза которой вмиг прояснились: в них заплясал первобытный ужас.

— Да, — Молчанова не ослабила хватку, — и на всю жизнь сяду в тюрьму! Я только этого и хочу!

Через несколько секунд она остановилась. Сама. Уползла, как побитая собака, оставив Дашку зализывать раны. Олег тут же бросился к дочери. Краем глаза Маша успела заметить, что испуганная девочка даже не думает отталкивать отца — позволяет ему осматривать шею, на которой четко обозначился тонкий красный след от жесткого ворота.

До утра в доме никто не сомкнул глаз. Молчанова сидела, уставившись в одну точку: ее раздирала на части такая острая смесь боли и стыда, что это чувство было не совместимо с жизнью. Она хотела лишь одного — умереть. Нет смысла ехать куда-то — в ее жизни никогда больше не будет детей. Она сама ничем не лучше тех родителей, которые издеваются над своими чадами и лишаются за это родительских прав.

Но когда время пришло, Олег молча вошел в комнату и строго посмотрел на жену. Она не посмела возразить: послушно поднялась, стала собирать сумку. Также безмолвно на другом этаже Дашка складывала в рюкзак свои вещи. Ни по дороге в аэропорт, ни в самолете они не сказали друг другу ни единого слова. Олег сидел между ними, словно телохранитель и арбитр: ни на секунду не ослаблял своего внимания. Маша видела, что он не осуждает ее за ночной срыв, понимает чувства жены, но, повторись это когда-нибудь вновь, уже не простит. Она останется одна.

Незнакомый город встретил проливным дождем. Из аэропорта они взяли такси, доехали до нужной улицы, после чего водитель долго плутал по разбитым дворам в поисках здания опеки — старого двухэтажного барака. Наконец нашлось и оно. Развороченный асфальт перед входом, щербатые ступени и растрескавшийся от времени кафельный пол. Дверь в кабинет была открыта, но обе сотрудницы оказались заняты: каждая беседовала со своим посетителем. Маша опустилась на старый диван напротив двери. Дашка пристроилась на противоположном подлокотнике, подальше от матери, а Олег стал мерить шагами темный коридор, старательно не выпуская из виду дочь и жену.

Молчанова сидела без движения, прикрыв глаза. Она не могла думать ни о чем, кроме собственной семьи. Ее мир снова стал призрачным, шатким. Он не был опорой ни для нее самой, ни для Даши, ни для Олега, а значит, не мог оказаться подходящим убежищем для маленького человека. Как можно брать пассажира на борт тонущего корабля? Как можно звать в дом гостя, когда крыша сотрясается и стены ходят ходуном от мощных подземных толчков?

— Вы ко мне? Проходите!

Полная миловидная женщина проводила посетителя, немолодую даму, до двери и теперь с интересом смотрела на Машу, Олега и их дочь. В проницательных карих глазах читалось недоумение.

— Вы Вера Кузьминична? — Молчанова тяжело поднялась с дивана.

— Да.

— Тогда к вам. Моя фамилия Молчанова, мы из Москвы. Вчера созванивались с вами по поводу десятимесячного мальчика.

— Ой, что же вы сразу не сказали?! — И без того круглое лицо расплылось в солнечной улыбке: женщина нашла объяснение мрачному виду гостей. — Устали с дороги? Не спали, наверное, всю ночь? Давайте кофейку!

Сопротивляться было бесполезно. Как Маша ни отбивалась, а Вера Кузьминична, радушная хозяйка, тут же поставила чайник, достала из нижнего ящика стола три чистые кружки. Извлекла откуда-то банку кофе, миску с печеньем.

— Вы пока чуть-чуть отдохнете, — она говорила, не умолкая ни на секунду, — а я вам все расскажу. Вот, держите чашку.

— Спасибо.

— Мальчик замечательный. Зовут Андрюшей, родился в Москве. Представляете?

— Надо же, — Молчанова покачала головой: разделить энтузиазм Веры Кузьминичны она сейчас не могла. Ей было все равно, что это за ребенок и где он изволил появиться на свет.

— Там его определили в детское учреждение, а потом устроили в приемную семью.

— Как же он в вашем городе оказался? — Молчанова профессионально на автомате поддерживала разговор.

— Очень странная история, вы правы! Его новые родители родом из этих мест, выросли здесь, выучились. А лет десять назад в Москву переехали, какой-то там бизнес открыли. Только в последнее время у них с этим не заладилось.

— Почему?

— Кто же его знает, — Вера Кузьминична тяжело вздохнула. — В общем, накрылся их бизнес. И они набрали детей ради денег: за каждого по договору о приемной семье ежемесячно платят приличную сумму. Думали, вернутся в свой город, дом у них тут неплохой остался, будут жить — не тужить на детские деньги. Но малыши-то оказались непростыми. Они и с одним не смогли бы справиться, не то что с семерыми!

— Как только им доверили детей...

— Ой, да как заранее-то распознаешь?! Приходят вроде в опеку приличные люди. И семья полная, и документы в полном порядке. А потом начинается. Чего только не вылезает наружу!

— В каком смысле? — Молчанова вздрогнула: наверное, и она со стороны выглядела как «приличный человек». Никому бы и в голову не пришло, что ей нельзя доверить ребенка.

— Бьют детей. Издеваются. Андрюшку нашего к батарее привязывали, чтобы сам с горшка не вставал. Наказывали, чуть что. Это в таком-то возрасте! Ребенок до трех лет не обязан свои естественные потребности контролировать. И играть, и шалить, и мир познавать ему положено.

Маша, подавленная рассказом Веры Кузьминичны, сидела, уткнувшись носом в свой кофе. Время от времени она поглядывала на Дашку, ждала, что та не выдержит и расскажет, что и ее мать такая же сумасшедшая: не может нормально объяснить ребенку, что плохо и что хорошо. Вместо этого лезет в драку. Но Даша, к ее удивлению, скромно сидела, сцепив пальцы, костяшки которых побелели от напряжения, и внимательно слушала Веру Кузьминичну.

Та говорила долго. Половину слов Маша пропустила мимо ушей. Наконец, выдав направление и объяснив, как добраться до дома ребенка, женщина отпустила их с миром.

Обшарпанные стены невысокого здания прятались за лесом деревьев. Молчанова подумала, что летом они ни за что не отыскали бы среди густой листвы дом ребенка — так надежно он оказался скрыт от посторонних глаз. Да и добраться до входа было непросто: огромные сугробы размыл обрушившийся на город дождь.

Тысячи раз Маша прокручивала в голове первую встречу с ребенком, пока думала об усыновлении и училась в школе приемных родителей. На самом деле — в этом она уже успела убедиться на личном опыте — все всегда случается не так, как себе представляешь. Нет смысла тратить силы и время на игры воображения: в реальности не будет ни торжества, ни ощущения исключительности момента. Кроме волнения и дрожи в коленях жизнь с фантазией не связывает ничто.

Промочив ноги до колен, они добрались наконец до крыльца. Надели предусмотрительно купленные в аптеке бахилы.

— Детям до 14 лет нельзя, — сотрудница в белом халате, которая вышла их встретить, вопросительно посмотрела на Дашу.

— Мне уже исполнилось пятнадцать, — девочка под изучающим взглядом невольно сжалась и полезла в рюкзак за паспортом.

— Ладно, — проверять документы сотрудница не стала, — тогда идите за мной все вместе.

В небольшой комнате, куда их пригласили, стоял видавший виды манеж. Ровно посередине в нем сидел серьезный и грустный мальчик: такой маленький, что Маша никак не могла поверить в тот возраст, о котором говорила Вера Кузьминична. Он обернулся на скрип двери, мельком взглянул на взрослых и отвел взгляд, словно ему не было до посетителей никакого дела. Только едва заметно напрягся. Светлые, чуть вьющиеся волосики ребенка были похожи на пух. Тонкие ручки упирались в дно манежа. Мальчик сидел тихо, не играл, хотя рядом лежали кубики и погремушки. Он, не отрываясь, смотрел в окно, за которым, производя невероятный для такого маленького создания шум, скакал по тонкому металлическому отливу воробей. Дождь закончился, выглянуло солнышко, и оттого неугомонной птичке было безумно весело.

— Это и есть Андрюшка? — почему-то шепотом спросил провожатую Олег: Маша по голосу мужа догадалась, что он страшно нервничает.

— Да, он самый. Славный малыш. — Женщина не стала понижать голос. — Только вот после неудачного опыта в семье начал побаиваться взрослых. Хотя виду обычно не подает. Он у нас гордый!

Маша заметила, как внимательно Дашка смотрит на малыша. Он вдруг вздохнул по-взрослому тяжело, и Молчанова заметила, какой тревогой наполнились глаза дочери. Девочка осторожно подошла чуть ближе к манежу. Мальчик обернулся, перевел на нее встревоженный взгляд. Несколько секунд они молча смотрели друг на друга, словно прощупывали, изучали.

— Меня Дашей зовут, — представилась девочка, улыбаясь, — а ты Андрюшка. Правильно?

Ребенок забавно повернулся на попе вокруг своей оси так, что оказался лицом к лицу с новой знакомой. Машу с Олегом он при этом продолжал игнорировать — демонстративно не замечал взрослых.

— И как тут тебе? — Дашка опустилась перед малышом на колени и подползла еще ближе. — Я бы, наверное, после Москвы жить здесь у вас не смогла. Скучно.

Андрюшка моргнул, не сводя внимательных глаз с большой девочки. Что в ее облике — то ли короткие красные волосы, то ли странная, неестественная для такого большого человека поза — показалось ему смешным, не известно. Но он вдруг коротко и отрывисто хохотнул. И тут же, стараясь скрыть свою секундную слабость, стал серьезнее прежнего.

— Надо же, как ему ваша дочка понравилась, — женщина в белом халате изумленно покачала головой. — Если честно, она очень похожа на одну его маленькую подругу. Просто удивительно!

Дашка, ободренная словами сотрудницы, окончательно осмелела. Позволила себе залезть рукой в манеж, взяла желтый кубик и протянула Андрюшке. Тот сделал вид, что не замечает ее жеста. Не отпрянул, не отодвинулся, но отвернулся и снова стал тоскливо смотреть в окно, за которым по-прежнему радостно выделывался неугомонный воробей.

Минут через двадцать безмолвного общения Андрюшку подняли на руки и унесли. Он не сопротивлялся. Казалось, все, что происходит вокруг, нимало его не касается — столько в его позе и взгляде было отстраненности. Хотя это впечатление было ложным: краем глаза он зорко следил и за мужчиной, и за женщиной, и за новой юной знакомой, которая была похожа на девочку и на тетю одновременно. Андрюшка почувствовал, что рядом с этими людьми ему было спокойно, безопасно. А еще понял, что понравился Даше, которая и так и эдак пыталась его развлечь, кривлялась перед ним как ребенок.

— Что будем делать? — Олег прикрыл дверь, за которой секунду назад скрылся Андрюшка. Руки мужчины дрожали. — Маруся, ты как?

— Если честно, я вообще ничего не поняла, — Молчанова растерянно смотрела то на мужа, то на дочь, — никаких необыкновенных чувств. И ощущения «наш ребенок» тоже нет. Хотя мальчик замечательный, но я не знаю, что делать...

— Вы что! — Дашка возбужденно вскочила с колен. — Вы видели, какой он умный? Где вы еще такого ребенка найдете? Вообще, все на свете понимает.

— Откуда ты знаешь? — Олег с удивлением наблюдал за энтузиазмом дочери.

— Знаю, и все! Папа, ты же видел, как он смотрит?

— Видел...

— Андрюшка лучший. Честно!

— Я-то не возражаю. — Отец улыбался.

— Мама, — Дашка неожиданно подошла к Маше и обняла ее, — прости меня, пожалуйста. Я очень перед тобой виновата.

— Я тоже, — Молчанова уткнулась взрослому ребенку в плечо, — и ты меня прости.

Они помолчали.

— А давайте уедем отсюда сразу вместе с ним, — попросила Даша, — нельзя его тут оставлять.

— Почему? — Олег внимательно смотрел на собственного ребенка: словно увидел Дашку впервые в жизни

— Русские на войне своих не бросают. — Она улыбнулась и хитро подмигнула отцу из-за маминого плеча.

Он не смог ничего ответить, но Молчанова и спиной почувствовала, как у мужа перехватило дыхание.

— Думаешь, мы справимся? — Она крепче обняла дочь. — С тобой одной-то не можем сладить.

— А вы мне будете поручать Андрюшку, и я чуть-чуть повзрослею.

— Дашка-Дашка, твоими бы устами... — Она стала укачивать дочку в своих руках, как маленькую. — Давай так: сделаем, как скажет папа.

Олег помолчал, серьезно глядя на своих женщин.

— Без пацана в доме я с вами, бабами, с ума сойду! А если серьезно, — он поднял лицо к потолку, — я понял, что меня больше не волнуют мои желания. Твои, Маруся, тоже. И твои, Дашка, ты уж прости. Есть замечательный маленький человек, ему нужна помощь. Вот и все.

С решением, которое созрело всего за пару минут, но уже подарило невероятное ощущение спокойствия и правильности, они медленно шли к выходу: собирались, не теряя времени, ехать к Вере Кузьминичне, писать согласие и выяснять, что теперь нужно делать. Наверняка придется

заново пройти кое-какие обследования. Занятые оживленным разговором друг с другом, обсуждением срочных дел и покупок, они не заметили маленькую сгорбленную старушку, которая мыла полы под лестницей.

— Ходят, — пробормотала женщина, продолжая с остервенением натирать старый линолеум, — топчут почем зря!

— Но детей-то надо по домам забирать. — Олег весело возразил бабушке: ощущал такой душевный подъем, что ни уборщица, ни кто другой не мог разрушить этого чудесного настроения.

— Кого это вы тут забираете? — полюбопытствовала старушка, подняв наконец взгляд от ног гостей к их головам.

— Андрюшку.

Валентина Ивановна застыла с выражением ужаса на лице.

— Из младшей группы?

— Да. — Олег удивленно смотрел на уборщицу.

— Одного, что ли? А как же Аннушка?!

— Простите?..

— Эти двое-то не разлей вода! — Старушка отчитывала взрослого мужчину как школьника, который не знает элементарных вещей. — Их так и прозвали у нас неразлучниками. Нельзя им друг без друга!

— Аннушка — это Андрюшкина сестра? — Олег в растерянности смотрел на старушку. — Нам ничего не говорили.

— Не родственники они никакие, — бабушка разогнулась, отставив швабру и уперев руки в бока. — Просто любовь.

— Какая еще любовь?! — Олег стоял, обескураженный.

— Самая обычная, когда друг за друга горой. — Старушка торопливо вытерла о передник натруженные ладони. — Ну, чего замерли? Забирать, так двоих! Пойдемте скорее, я вас к директору отведу. К Ивану Семеновичу. Он меня уважает, глядишь, и послушается старушку.

Глава 10

— До сих пор не могу поверить, — Молчанова, стоя на полу на коленях, торопливо запихивала в сумку памперсы, бутылочки, соски, новую, выстиранную и выглаженную, детскую одежду, — Аннушка вылитая Дашка в младенчестве. Ты слышал? Я ее пока в доме ребенка кормила, несколько раз по ошибке «Дашенькой» назвала.

— Не просто слышал, — Олег улыбнулся, погладив жену по растрепанным волосам, — я вас тихонько на видео в телефоне записал. На память. Теперь каждый день смотрю.

— Ах, ты! Папарацци. Предупреждать надо!

— Да ты так занята была, что не хотелось тебе мешать. — Олег залез в Машину сумку, вытащил оттуда огромную пачку подгузников, открыл ее, извлек десять штук, положил их обратно, а пачку отставил в сторону. — Можно подумать, ты сама нас с Дашкой и ребятами без конца не фотографировала? Каждую секунду: «повернитесь, улыбнитесь».

— Так я для истории! Теперь хоть фотографии смотрю, а то совсем бы тяжело было, — Молчанова задумчиво взяла пачку подгузников, — скучаю без них безумно. Как они там без нас? Подожди-ка, ты почему в моей сумке роешься? Я лучше знаю, что нужно брать!

— А я лучше планирую. — Он забрал у нее подгузники и отставил подальше. — Через четыре часа вылетаем, там сразу едем в дом ребенка, берем документы, в пятнадцать часов у нас суд. Потом забираем детей. Если все хорошо, покупаем билеты на поезд в Москву. Утром мы дома. По пять штук на нос на одну ночь за глаза хватит!

— Тоже мне, опытный отец! А вдруг с документами что-то не так? Вдруг суд не состоится?

— Закрутилось-понеслось... — Олег поднялся с пола. — Маруся, все у нас с документами в порядке. Все справки-заключения мы обновили. А вот если «что-то не так», детей все равно не отдадут. И подгузники не помогут. К тому же этого добра и там в магазинах хватает.

— Там у нас времени не будет! — Она вдруг перестала складывать вещи и застыла, испуганно глядя на мужа. — Что значит «не отдадут»? Ты забыл, как Андрюшка с Аннушкой радовались, когда нас видели? Они же тоже, наверное, скучают... У меня лично такое чувство, что мы не одну неделю были вместе, а целую жизнь. И потом расстались из-за этих бумаг.

— Отставить панику. — Он взял жену за руку. — Все хорошо. Мы получим заключение суда и заберем детей.

— Олег, точно не может быть по-другому? — Она до боли сжала его ладонь. — У меня только сейчас, впервые в жизни, появилась уверенность, что все идет как надо. Все в жизни правильно. Никаких сомнений, что наше место рядом с этими детьми.

— Так и есть!

— Удивительно, — Маша мечтательно улыбнулась, — когда беру на руки Аннушку или Андрюшку, чувствую такое спокойствие, такую необъяснимую силу...

— Маруся, — Олег поцеловал жену в макушку и поднялся с пола, — надо поторопиться. Такси через тридцать минут.

Свободного времени у них в тот день не оказалось ни секунды: не успели даже повидать Андрюшку с Аннушкой до заседания суда. Можно было встретиться минут на пять, но Маша сама не захотела: во-первых, боялась передать детям свое сумасшедшее волнение, а во-вторых, вбила себе в голову, что это плохая примета. Лучше было прийти в дом ребенка уже с решением суда и сразу забрать детей с собой. Раз и навсегда.

Они носились по городу на такси, добирали документы — из дома ребенка, из опеки. Взвинченные и взволнованные, не заметили, что Иван Семенович, который выдал им под роспись бумаги для суда, как-то странно посмотрел, словно раздумывал: сказать — не сказать. На заседание приехали рано: целый час сидели в коридоре на неудобной деревянной скамейке, не замечая голодного урчания в желудках, и переживали, как перед главным экзаменом в жизни.

Молчанова давным-давно и думать забыла обо всем, что мучило ее раньше — характер, гены, совместимость, наследственность, скрытые болезни. Стоило ей несколько раз встретиться с Андрюшкой и Аннушкой, провести с ними время, поиграть, подержать детей на руках, как все сомнения улетучились. Она чувствовала себя так, словно влюбилась.

Даже слова психоневролога, к которому они с Олегом возили ребят для независимого обследования, не произвели на нее особого впечатления.

— Вы же понимаете, что алкоголь в период беременности — это большой риск?

— Понимаю, — Маша коротко кивнула, продолжая натягивать на неугомонного Андрюшку штанишки.

— Никто не знает, что обнаружится к трем годам. Пока эти дети как кот в мешке.

— Все дети как кот в мешке. — Она улыбнулась врачу. — Иногда родителей ждут такие сюрпризы...

Сейчас, перед дверью зала заседаний номер три, она мечтала лишь об одном: чтобы суд вынес положительное решение. Все страхи были связаны только с тем, что что-то вдруг может пойти не так. И снова придется лететь в Москву, снова тратить время на сбор документов. А Аннушка с Андрюшкой будут все это время ждать их в доме ребенка.

Наконец, судья явилась — привлекательная женщина на высоченных каблуках и с кокетливой прической продефилировала к заветной двери, которую Олег с Машей гипнотизировали на протяжении последнего часа. Вечерний макияж, розовый шелк, выглядывавший из-под строгой мантии, ясно говорили о том, что на вечер у дамы грандиозные планы. В таком наряде служительница Фемиды смотрелась бы забавно, но выражение ее лица не допускало и мысли об улыбке: суровый взгляд пронзительных глаз буравил заявителей из-под плотно сведенных бровей. Молчанова не могла избавиться от идиотского ощущения: словно она собиралась совершить что-то незаконное, хотела присвоить себе детей, которые по праву принадлежали другим женщинам.

Наконец их пригласили в зал заседаний. Внизу, по левую сторону от возвышения, на котором было место судьи, расположилась секретарша: молоденькая девушка в причудливом канареечно-желтом платье. Сотрудница опеки, разряженная словно на дискотеку, сидела в дальнем углу. Присутствующих подняли, судья гордо прошест-

вовала из временного укрытия к своему трону. Складывалось такое впечатление, что зал суда служил сотрудницам заодно и подиумом.

Только женщина-прокурор, занявшая стол возле двери, отличалась форменной строгостью: волосы зализаны и собраны в узел; ни расстегнутых пуговиц, ни украшений.

Закрытое заседание началось. Сначала долго и монотонно зачитывали перечень документов, приложенных к заявлению. Потом — выдержки из характеристик и заключений. Затем дали слово заявителям. Маша, у которой ноги подкашивались от страха, вздохнула с облечением, когда Олег, успокаивая, положил ей на мгновение руку на колено и сам поднялся со стула. Он отвечал на вопросы прокурора, которого интересовали условия и детали жизни семьи. Обращался к судье, дисциплинированно добавляя к каждому высказыванию «ваша честь». Объяснял, что в их решении об усыновлении нет указанного в бланке заявления мотива «по медицинским показаниям». Зато присутствует горячее желание поделиться с маленьким человеком благополучием, дать ему шанс на счастливую жизнь.

Судья старалась не смотреть на мужчину, хотя Маша видела, каким любопытством наполнены короткие взгляды, которые она время от времени бросает на выступавшего. Прокурор, напротив, не отводила от говорившего взгляд, словно пыталась понять, нет ли подвоха в его словах. Зато секретарь суда открыто пялилась на Олега. Словно девушка впервые в жизни увидела человека, который собирался усыновить ребенка, потому, что это — его гражданский долг.

Олег закончил. Вопросы прокурора тоже иссякли.

— У вас все? — судья подняла на мужчину глаза.

— Да, ваша честь!

— Садитесь, пожалуйста.

Олег опустился на свое место, и Маша заметила крошечные капельки пота в жестких, коротко стриженных волосах мужа. Он откинулся на спинку неудобного стула так тяжело, словно не пять минут произносил речь, а как минимум три часа бежал с полной выкладкой по пересеченной местности.

Приступили к рассмотрению документов детей. Быстро перечислили все, что было в деле Анны Мочаловой, упомянули о смерти матери и лишении прав отца. Перешли к бумагам Андрюшки.

— Ваша честь, прошу слово. — Прокурор подняла руку.

— Пожалуйста!

— У меня возражения. — Женщина встала со своего места. — В деле Андрея Шварца есть невыясненные обстоятельства.

— Какие? — судья вскинула бровь.

— Мать мальчика желает восстановиться в законных правах.

Маша почувствовала, как земля уходит у нее из-под ног. Она ахнула и тут же зажала ладонью рот, приказывая себе замолчать. Судья бросила на нее обеспокоенный взгляд и снова обратилась к прокурору:

— Продолжайте.

— Мать согласно процедуре составила два иска: о восстановлении родительских прав и о возвращении ребенка в родную семью. Вчера иски были предъявлены в учреждение, где находится ее сын. В дом ребенка.

— Почему вы не поставили в известность суд и не предложили перенести дату заседания?

— Заявители иногородние, — прокурор взглянула на Машу и Олега, — наверняка уже были куплены билеты. Кроме того, по делу Анны Мочаловой у нас возражений нет.

— Объявляю перерыв! — Судья стремительно поднялась с места и жестом попросила прокурора подойти к ней.

К Маше и Олегу тут же подскочила секретарша, попросила их подождать продолжения заседания за дверью.

Судорожно хватая воздух раскрытым ртом, Молчанова выскочила за дверь. В коридоре ей стало хуже — в ушах словно заплясали пожары, голова закружилась. Олег подхватил жену и торопливо вывел на свежий воздух. Он и сам был в смятении, не понимал, чего теперь ждать. Здесь, в чужом городе, он не мог ничего предпринять: ни найти неофициального выхода на судью, ни попытаться в неформальной обстановке объяснить прокурору, что дети успели привязаться друг другу и к ним самим. А главное, он не имел никакого морального права мешать тому, что должно было произойти. Пока ребенка не усыновили, за родной матерью сохраняются приоритетные права. И это правильно! Так и должно быть. Каждому человеку нужно давать шанс исправить к лучшему свою жизнь.

— Маруся. — Он осторожно встряхнул жену за плечо. — Нам важно, чтобы Андрюшке жилось хорошо. Правильно?

Молчанова дрожала всем телом под холодным апрельским солнцем. Губы ее двигались, шевелились, но не произносили ни «да», ни «нет».

— Наши желания не имеют значения. Главное, чтобы ребенок был счастлив. Ведь так?

Она посмотрела на мужа с обидой, с болью. Но не решилась возразить.

— Ты же сама всегда говорила, что нужно защищать не только ребенка, но и женщину, его мать. Что в родной семье малышу лучше всего. И только если это невозможно, опасно для жизни, нужно искать приемную семью, в которой человек сможет вырасти.

Маша молча кивнула.

— Пойдем, ты замерзнешь здесь без пальто. Да и нас могут позвать в любую минуту.

Ждать пришлось целый час. За дверью происходило непрерывное движение: слышались разговоры, раздавались звонки. Из обрывков телефонных бесед складывалось такое ощущение, что кого-то разыскивают. Наконец Олега с Машей пригласили в зал. И снова эта глупая церемония «суд идет», снова неживые разговоры по форме. Какое может иметь значение протокол, когда решается судьба человека? Маленького ребенка, который не может постоять за себя!

Разрешили сесть.

— Мы нашли возможность не переносить заседание, — во взгляде судьи Маша по-прежнему ничего не смогла прочесть, кроме суровости, — принимая во внимание то, что заявители иногородние. Поэтому готовы рассмотреть все нюансы дела сегодня. Прошу пригласить в зал Екатерину Викторовну Шварц.

Олег непроизвольно кашлянул, поперхнулся, но промолчал.

— На данном этапе в качестве свидетеля, — сжалившись, пояснила судья.

В зал заседаний прошла невысокая женщина, одетая в поношенные джинсы и видавший виды свитер. Редкие темные волосы, некрасивое лицо, но·все еще привлекательная фигура. Видимо, она хорошо знала о своих преимуществах: встала, выпятив одно бедро и выставив вперед грудь. В ее позе был какой-то вызов, чрезмерная наигранность, но Маша подумала, что это все от волнения. Если бы ее саму сейчас попросили встать, нет сомнений, она тоже смотрелась бы неживой куклой. Как ни старалась, Молчанова не могла разглядеть в чертах Екатерины Викторовны лица Андрюшки. Разве что глаза — такие же небесно-синие, как у сына — могли говорить об их родстве.

— Мы вас слушаем.

— В общем... — женщина испуганно замолчала, потом собралась с духом, — у меня есть сынок. Зовут Андрюшка...

— Суду это известно, — судья нетерпеливо перебила, — говорите по существу. Вы хотите восстановиться в родительских правах?

— Да.

— А что с вашими старшими детьми? Вы уже подали иск их опекунам?

Было видно, что Катя оказалась не готова к такому повороту событий.

— Пока не нашла их, да. — Женщина нервно сглотнула. — Но собираюсь.

— В чем причина вашего желания вернуть детей?

— Как же, — она затравленно взглянула на судью, — это ж мои, родные! Вы не думайте. Я люблю. Только денег не было, не могла прокормить.

— А теперь что-то изменилось?

— Теперь устроилась на работу. Постоянную, — Екатерина Викторовна улыбнулась, и Маша заметила, какие плохие у несчастной женщины зубы.

— Кем?

— Да уборщицей, в ресторан. По ночам надо работать, зато платят хорошо!

— И кто же будет сидеть в это время с детьми?

— Мама моя, Елена Шварц.

— Хорошо, — судья бросила быстрый взгляд на прокурора, — у нас есть сведения, что на момент рождения вашего младшего сына Андрея у вас не было постоянного места жительства.

— Как это?! — Женщина возмущенно вскинула брови. — Я всегда у матери была прописана.

— Правильно. Но по данным участкового вы там не жили.

— А этот-то тут при чем? — В глазах Кати сверкнула ненависть. — Он всегда ко мне придирался! Жила — не жила. Какая разница?

— Хорошо. Итак, сейчас вы живете с матерью, бабушкой ваших детей. Она согласна помогать вам в воспитании.

— Да! — Катя обрадовалась, что ее наконец услышали. — Только она теперь не ходит, парализовало ее. Понимаете? Поэтому и меня обратно жить позвала.

Прокурор с судьей многозначительно переглянулись.

— Расскажите, что же все-таки заставило вас преодолеть такой трудный путь? Найти сына в другом городе, купить билеты, приехать за ним?

— Понимаете, — женщина долго подбирала слова, боясь ошибиться с объяснениями, — я раньше не могла ребеночка содержать. А сейчас могу! И с жильем теперь уже все хорошо. Расселение у нас скоро в доме, квартиру новую дадут, всем места хватит — чем больше людей в комнате прописано, тем больше метров...

Девушка-секретарь, не удержавшись, щелкнула языком. Судья бросила на свою подчиненную суровый взгляд, но было уже поздно: Екатерина заподозрила неладное, замолчала. Только сейчас, когда женщина в очередной раз покачнулась на нетвердых ногах, Молчанова поняла, что за нервозностью стоит еще одна причина: Катя была пьяна.

Повинуясь безмолвному приказу начальницы, девушка встала из-за своего стола и снова подошла к Олегу с Машей.

— Судья просит вас подождать за дверью.

И снова перед глазами белое полотно двери, на которое больше не было сил смотреть. Через двадцать минут — они сидели, отсчитывая секунды — выпустили Екатерину Шварц. Ни на кого не глядя, глаза в пол, женщина поспешила к выходу. Маша, не успев сообразить, зачем это делает, бросилась следом за ней. Нагнала ее в коридоре, остановила.

— Простите, что там?! — Она схватила женщину за тощую руку.

Та подняла на Молчанову мутный взгляд, решительно вытащила свою ладонь и, дохнув в лицо Маши перегаром, пробормотала.

— Сказали, с вами ему будет лучше...

— Да?!

Катя с досадой махнула на Молчанову рукой и собралась идти своей дорогой.

— Спасибо вам огромное, — скороговоркой проговорила Маша.

— За что?!

— За Андрюшку! Он подрастет, мы объясним, что вы его любите, просто не могли быть рядом... Вдруг потом встретитесь?

— Не надо ничего...

— Почему?! Все еще изменится, образуется.

Катерина горько усмехнулась.

— Знаете, это сорваться легко... Не выдержать удар, поплыть по течению... А выбраться, — женщина прищелкнула языком и, оттопырив нижнюю губу, отрицательно покачала головой, — нееет. Нельзя.

Маша вздрогнула: от этих слов веяло такой безнадежностью, словно человек заживо себя похоронил. Мама Андрюши покачнулась на нетвердых ногах и, придерживаясь ладонью за стену, медленно направилась к выходу...

* * *

Дни пролетали как мгновения — хлопоты и заботы наполнили жизнь до краев. Молчанова с удивлением поймала себя на мысли, что всего год назад, в это же время, весной, они с Олегом сидели в душной аудитории и, пристыженные, смотрели фильм Ролана Быкова. Сколько воды утекло с тех пор! Прошла целая вечность.

— Послушай, — Маша тихонько подкралась к Олегу, который варил ребятам кашу на ужин: в черном фартуке, с поварешкой в руке муж выглядел удивительно привлекательно. — А почему мы с тобой раньше не замечали, что дети это такая радость? Думали, ребенок приносит сплошные проблемы, переживания.

— Глупые были. — Олег усмехнулся.

— Бедная Дашка! Как только она с нами, дураками, выросла?!

— Подожди, — он обернулся к жене и подмигнул, — вот повзрослеет немного наша «банда», устроит тебе веселенькую жизнь!

— Пусть. — Маша обняла мужа за талию и положила голову ему на спину. — Я теперь взрослая мама. Опытная. Не то чтобы все на свете знаю, но хотя бы понимаю, в чем мы по молодости ошибались.

— Будем исправляться.

— Куда же мы денемся...

— Ну что, пойдем звать «банду» на ужин? Каша готова.

Он выключил огонь на плите, и они вместе, взявшись за руки, пошли на цыпочках в детскую комнату: хотели понаблюдать, чем заняты дети без них.

Ребята во главе с Дашкой ползали друг за другом по полу, играли в какие-то причудливые младенческие догонялки: понять, кто за кем и в какой момент гонится, было решительно невозможно. Зато всем было весело. Аннушка с Андрюшкой заливисто хохотали, а Дашка, усиливая эффект, корчила им страшные рожи и то и дело хватала брата с сестрой за пятки.

— Мне даже как-то неловко, — Молчанова широко улыбалась, глядя за веселой возней, — я всего лишь хотела кому-то помочь, а получилось так, что сама оказалась до неприличия счастлива. Надо же, мама троих детей! Разве такое возможно?

— А почему нет?

— Я пока не заслужила такой сумасшедшей радости. Столько всего предстоит еще сделать, чтобы эти трое выросли хорошими и счастливыми людьми.

— Сделаем, Маруся! Начало положено. Мне лично жизнь наша нравится. Такое счастье возвращаться домой...

— А вдруг что-то случится? Пойдет не так?

Дети наконец заметили, что за ними подглядывают. Младшие, радостно визжа, тут же бросились к родителям. Молчанова подняла на руки Андрюшку, который подбежал к ней на четвереньках и тут же поднялся на ноги, обнял маму за колени; Олег тут же подхватил Аннушку: уже изучил ее любовь к справедливости.

— Преодолеем! Справимся.

— А вот это будет ясно лет через восемнадцать. Пока еще не известно, что всех нас ждет.

— Мам, хватит париться! — Дашка поднялась наконец с четверенек и стала закидывать в коробку игрушки, которые они с «бандой» раскидали по всему полу. — Не будете ждать всякой неведомой фигни, она и не случится. Просто радуйтесь жизни!

Родители переглянулись, Олег весело подмигнул жене и подошел к ней поближе, давая возможность непоседливому Андрюшке дотянуться до Аннушки. Свободную руку папа положил маме на талию и поцеловал по очереди макушки обоих малышей.

— А-а, обниматься! Без меня?!

Дашка подскочила к маме с папой, обхватила их руками, стиснула, и все они, впятером, оказались в одном плотном кольце. Не так-то просто было разорвать этот круг!

Оглавление

Литературно-художественное издание

ДЕЛА СЕМЕЙНЫЕ.
Проза Д. Машковой

Диана Машкова

ЕСЛИ Б НЕ БЫЛО ТЕБЯ

Ответственный редактор *О. Аминова*
Литературный редактор *О. Лифинцева*
Младший редактор *О. Крылова*
Художественный редактор *С. Власов*
Технический редактор *Г. Романова*
Компьютерная верстка *В. Фирстов*
Корректор *О. Степанова*

ООО «Издательство «Эксмо»
123308, Москва, ул. Зорге, д. 1. Тел. 8 (495) 411-68-86, 8 (495) 956-39-21.
Home page: **www.eksmo.ru**   E-mail: **info@eksmo.ru**

Өндіруші: «ЭКСМО» АҚБ Баспасы, 123308, Мәскеу, Ресей, Зорге көшесі, 1 үй.
Тел. 8 (495) 411-68-86, 8 (495) 956-39-21
Home page: www.eksmo.ru   E-mail: info@eksmo.ru.
Тауар белгісі: «Эксмо»
Қазақстан Республикасында дистрибьютор және өнім бойынша
арыз-талаптарды қабылдаушының
өкілі «РДЦ-Алматы» ЖШС, Алматы қ., Домбровский көш., 3«а», литер Б, офис 1.
Тел.: 8 (727) 2 51 59 89,90,91,92, факс: 8 (727) 251 58 12 вн. 107; E-mail: RDC-Almaty@eksmo.kz
Өнімнің жарамдылық мерзімі шектелмеген.
Сертификация туралы ақпарат сайтта: www.eksmo.ru/certification

Сведения о подтверждении соответствия издания
согласно законодательству РФ о техническом регулировании
можно получить по адресу: http://eksmo.ru/certification/

Өндірген мемлекет: Ресей
Сертификация қарастырылмаған

Подписано в печать 20.10.2014.
Формат 84×108 $^1/_{32}$. Гарнитура «FreeSetCTT».
Печать офсетная. Усл. печ. л. 16,8.
Тираж 3 000 экз. Заказ № 7526.

Отпечатано с готовых файлов заказчика
в ОАО «Первая Образцовая типография»,
филиал «УЛЬЯНОВСКИЙ ДОМ ПЕЧАТИ»
432980, г. Ульяновск, ул. Гончарова, 14

ISBN 978-5-699-72699-8

Оптовая торговля книгами «Эксмо»:
ООО «ТД «Эксмо». 142700, Московская обл., Ленинский р-н, г. Видное,
Белокаменное ш., д. 1, многоканальный тел. 411-50-74.
E-mail: reception@eksmo-sale.ru

*По вопросам приобретения книг «Эксмо» зарубежными оптовыми
покупателями* обращаться в отдел зарубежных продаж ТД «Эксмо»
E-mail: international@eksmo-sale.ru
*International Sales: International wholesale customers should contact
Foreign Sales Department of Trading House «Eksmo» for their orders.*
international@eksmo-sale.ru

*По вопросам заказа книг корпоративным клиентам, в том числе в специальном
оформлении,* обращаться по тел. +7 (495) 411-68-59, доб. 2261, 1257.
E-mail: ivanova.ey@eksmo.ru

*Оптовая торговля бумажно-беловыми и канцелярскими товарами для школы и офиса
«Канц-Эксмо»:* Компания «Канц-Эксмо»: 142702, Московская обл., Ленинский р-н, г. Видное-2,
Белокаменное ш., д. 1, а/я 5. Тел./факс +7 (495) 745-28-87 (многоканальный).
e-mail: kanc@eksmo-sale.ru, сайт: www.kanc-eksmo.ru

В Санкт-Петербурге: в магазине «Парк Культуры и Чтения БУКВОЕД», Невский пр-т, д.46.
Тел.: +7(812)601-0-601, www.bookvoed.ru/

Полный ассортимент книг издательства «Эксмо» для оптовых покупателей:
В Санкт-Петербурге: ООО СЗКО, пр-т Обуховской Обороны, д. 84Е. Тел. (812) 365-46-03/04.
В Нижнем Новгороде: ООО ТД «Эксмо НН», 603094, г. Нижний Новгород, ул. Карпинского, д.
29, бизнес-парк «Грин Плаза». Тел. (831) 216-15-91 (92, 93, 94).
В Ростове-на-Дону: ООО «РДЦ-Ростов», пр. Стачки, 243А. Тел. (863) 220-19-34.
В Самаре: ООО «РДЦ-Самара», пр-т Кирова, д. 75/1, литера «Е». Тел. (846) 269-66-70.
В Екатеринбурге: ООО «РДЦ-Екатеринбург», ул. Прибалтийская, д. 24а.
Тел. +7 (343) 272-72-01/02/03/04/05/06/07/08.
В Новосибирске: ООО «РДЦ-Новосибирск», Комбинатский пер., д. 3.
Тел. +7 (383) 289-91-42.
E-mail: eksmo-nsk@yandex.ru
В Киеве: ООО «РДЦ Эксмо-Украина», Московский пр-т, д. 9. Тел./факс: (044) 495-79-80/81.
В Донецке: ул. Артема, д. 160. Тел. +38 (032) 381-81-05.
В Харькове: ул. Гвардейцев Железнодорожников, д. 8. Тел. +38 (057) 724-11-56.
Во Львове: ТП ООО «Эксмо-Запад», ул. Бузкова, д. 2. Тел./факс (032) 245-00-19.
В Симферополе: ООО «Эксмо-Крым», ул. Киевская, д. 153.
Тел./факс (0652) 22-90-03, 54-32-99.
В Казахстане: ТОО «РДЦ-Алматы», ул. Домбровского, д. 3а.
Тел./факс (727) 251-59-90/91. rdc-almaty@mail.ru
Интернет-магазин ООО «Издательство «Эксмо»
www.fiction.eksmo.ru
Розничная продажа книг с доставкой по всему миру.
Тел.: +7 (495) 745-89-14. E-mail: imarket@eksmo-sale.ru